餘生

舞鶴

目次

舞鶴，與我們

朱天文

他倆流放海外。在波爾多，西風吹起時聞得見大西洋。

——約翰．伯格（John Berger）

每次我跟舞鶴一起時，難以名之，覺得只有這句話可以描述：「他倆流放海外。」

現在，《餘生》再次新版，欲收入我給大陸簡體字版寫的序文，除非舞鶴異議，我簡直滿懷願意，就像西風吹起時聞得見大西洋。

但何以是流放？何以是海外？

我非常，非常感激舞鶴的。在世間我能夠想像的人際關係裏，再不會有這樣一種關係了。一種我稱之為師兄、師妹的關係。

小時候眷村，孩子們愛在村邊墳墓山坡竄上竄下，凸凹頗具落差的墳座地形十分適合玩武俠輕功，大家樂此不疲搬演著邵氏黑白片《女俠草上飛》，于素秋、蕭芳芳、陳寶珠，時友時敵，殺個不休。玩不夠，放學一脫離糾察隊視線便豬羊變色，繼續把沒殺完的陣仗一路殺回家。女同學們互扮師兄師妹，從小已分出個性似的，有人天生當師兄，有人永遠做師妹，倒從來沒有過師姊。也沒有師弟。姊弟戀成為通俗劇偶像劇的內容，是很久很久以後的事。古昔，那個沒有什麼公共空間可供女性活動的年代，人際網路僅及於親屬，表哥表妹一出場，即接受暗示的成了一對戀愛嫌疑犯。

師兄妹，卻複雜多了。

一言以蔽之，倫理。

不只是兄友弟恭、五常五倫的那種倫理，多了現代社會的職業倫理。不過職業倫理，離開職場，倫理就管不到。仍帶著前現代的氣質呢，師徒制的倫理。或更擴大一些，手工業的倫理。落在單獨個人身上，手藝的倫理。這樣的倫理，十分之嚴格甚至，嚴厲。比亂倫禁忌還約束人。並非誰要約束你，是你自己要約束。用一個含有負面意思的詞彙，制約，你受到手藝倫理的制約。

我兩次白紙黑字援引過普利摩．李維《滅頂與生還》裏的例子，講他在奧茲維茲集中營所見，現在我再寫一次。

化學家李維，另有一本好看極了的書《週期表》，卡爾維諾讚美他是同代義大利作家裏最好的一位。他記述奧茲維茲集中營，其中少數得以從事原本職業的人，如裁縫、鞋匠、木匠、鐵匠、水泥匠等，因為恢復了原本習慣的活動，而重拾某種程度的人性尊嚴。他記述一個痛恨德國和德國人的水泥匠，但是納粹派他去建防彈的保護牆時，他卻把牆建得筆直牢固，磚砌得整齊漂亮，該用的水泥份量一點不少。李維說：「我經常在同伴（有時候甚至我自己）身上，發現一種奇異的現象。把工作做好，這個企圖是如此深植我們心中，迫使我們連敵人的工作都想做到最好，以至於你必須刻意努力，才能把工作做壞。蓄意破壞納粹交代的工作，不但招致危險，還必須克服我們原始的內在抗拒。」

手藝倫理的制約，是的李維好驚人的觀察。此制約，經常恐怕是惹人厭的，頑固到令人生恨，可也幸虧這頑固，一門手藝保存了下來。也許華人世界裏歷經兩次政黨輪替的台灣，堪可苦澀體會這種頑固倫理的好處，因為看起來只有它，最能抵抗意識形態鋪天蓋地侵襲來的時候。台灣人學得了教訓，各種各樣的倫理制約，越多樣，越難收編。被誰收編？政客，當權者，民粹操盤家。倫理制約這裏那裏，錯綜搭鏈著，學會跟政治力說不。相對於政治力，那叫社會力，讓社會力把政治恰如其分圈入它事務的鳥籠裏吧。而手藝倫理，對任何想染指進來比東劃西的傲慢，一向總是說，請出去。

我見到舞鶴，已年近半百，人生過了五十大致是減法，譬如、朋友和友情，一路減。（一群跨過五十門檻的女人得到了一句新春開示偈語：東風吹，戰鼓擂，年過五十誰怕誰。）然而舞鶴，是我的加法。

如此之容易，如此之困難。

難在、啊難在人身難得，直信難有，大心難發，經法難聞，如來難值。

我高中一年級暑假開始寫小說，雖是為賦新詞強說愁之下的廢棄品，也至今寫齡快要四十，便任何一門手藝，亦老師傅矣。單單這寫齡，豈不已夠人身難得？我意思是，遇見舞鶴的時候，年歲已夠長，小說這門手藝已很老，在擠滿先賢先靈簡直再難塞進一名新鬼的堂奧之奧處，忽然見到，我們只能詫異驚呼：「你是誰？你在這裏？」

> 之於那十年在淡水的閉居生活，我有這麼一句話寫在〈悲傷〉：孤獨並生愛神與邪魔。這些作品，大約是邪魔的產物，都有愛神的質地。
>
> ——舞鶴

邪魔與愛神，讓人想起誰？我想起舊俄巨匠杜斯妥也夫斯基。

巨匠乃日本語，偉大藝術家。但匠這個詞，在中文裏是貶抑的。作品匠氣，完了，不是等級之別，是根本未入級。古昔，這是一般知識界都明白的評鑑。入級意味著，穿透制約。

不說打破制約，說穿透，且看近三十年來國際樂壇最奇特風景的鋼琴大師波哥雷里奇（Ivo Pogorelich）怎麼說，他彈法大膽出奇，形象前衛叛逆，他說：「叛逆？不，我一點都不叛逆。事實上，我所受的家庭教育和音樂教育，都相當尊重權威。不向權威看齊，難道要跟無知學習嗎？」（去年蕭邦誕生兩百年，五月波哥雷里奇再度來台演奏，精彩的焦元溥寫了一篇精彩的採訪文章，我談到波哥雷里奇的地方，皆出自此文。）

彈蕭邦，聽眾覺得新奇，波哥雷里奇卻有所本：「我認為蕭邦詮釋中最危險的錯誤，就是以『浪漫』的方式表現他。蕭邦雖然身處浪漫時代，但他本質上是革命家，他的音樂在當時是全然的前衛大膽。如果不能表現蕭邦的革命性，卻把他和其他浪漫派作曲家以同樣的浪漫方式表現，那根本背叛了蕭邦的精神。」

那麼彈蕭邦最難在哪裏？難在、「我認為演奏者必須真心且誠實。蕭邦的音樂容不得一絲虛偽。這也是我永遠努力的方向，我從不演奏自己不相信的音樂或彈法。」

真心且誠實，什麼意思？在這個文字貶值，一切定義彷彿處於糊渾搖移的浮動定義的年代，這兩個詞語，出現在眼前，似乎只可能是反諷，諧謔，或kuso搞笑。那就確認一下這兩個詞語的本來定義，至少對於還願意耐心讀此文至此的讀者，真心且誠實，沒錯，一如它們字形的表面意思，全部意思。

波哥雷里奇說：「蕭邦和李斯特曾是非常親近的朋友，但他們也彼此嫉妒對方。蕭邦希望能有李斯特的超絕技巧，李斯特則羨慕蕭邦的創意和靈感。就所受的音樂教育而言，李斯特可說更『全面』，他的創作類型更豐富，寫鋼琴音樂也譜管弦樂作品。我們在李斯特身上也看到明確的貝多芬傳統，把貝多芬精神以新方式延續。」

李斯特是一呼百應的樂壇盟主，而始終抗拒人群的蕭邦，只活了三十九歲。波哥雷里奇說：「李斯特之後，沒有人能夠脫離他鋼琴上的影響，他是絕對的鋼琴皇帝。蕭邦之後，鋼琴音樂脫胎換骨，他是永恆的鋼琴貴族。」

才三十九歲的蕭邦！太嘆息了所以我們說，人身難得。是要到四十歲，舞鶴才離開淡水啊。才開始以平均一年一篇短中篇、中篇、長篇的寫作節奏，直到出版《餘生》，十年間寫出了獨一無二只有舞鶴才能寫的那幾本重量級小說。

且不管別人，我自己就好奇，四十歲之前，等量的十年光陰，舞鶴閉居淡水，他在做什麼？

按一般時間表，這十年是成家立業期，立功立德立言期，舞鶴呢？中篇〈悲傷〉裏倒有一句，「努力做一個無用的人」。舞鶴式黑色幽默的造句，凡使用中文者皆很明白，無用一詞，背後可是有位超級大師老子在壓陣，老子云，無用之用方為大用。說得出努力做一個無用的人，這樣的人，他當然自知，付出之代價是昂貴的。昂貴。

譬如初見舞鶴，在我父親去世第五年舉辦的「紀念朱西甯先生文學研討會」，舞鶴爽快答應出席了最後一場發言，結束後穿越春寒三月的台大校園去吃晚飯，我與天心天衣參差走傍他身邊，杜鵑開得紛爛。我至今記得，他言語裏的柔軟微笑，彷彿無限嚮往，他說若他的孩子不是男孩，是女兒，當年他也許會駐足下來於家，若有三個女兒，他會像我父親一樣過著有家庭生活的寫作生涯吧。這我相信。他那本驚世駭俗因此吸引來不少「錯誤」讀者的長篇小說《鬼兒與阿妖》，扉頁獻詞云，「如果我有女兒，我送她這本書／和一隻可以抱在胸前的黑貓咪」。鬼兒窩裏，「肉體有她完整自足的生命」的女女們，朱天心說此書令她想到《聊齋》裏那些女子。而《餘生》後記說，「我寫這些文字，緣由生命的自由，因自由失去的愛。」

所以舞鶴，遠離（或放棄）婚姻家庭生活的舞鶴，這很昂貴。

然而整整八〇年代，文壇不知舞鶴。說他埋頭墾讀，但飽讀詩書把腦子讀壞了的亦大有人在。說他寫一抽屜（並非形容詞而是事實的一抽屜因為十年間一篇也不發表）他自稱「主題逼壓、與形式實驗兩者切磋成類僵化了的東西」，大半他也當垃圾扔掉了。沒有目的的墾讀，寫作而不發表，這兩個，都很昂貴，舞鶴以一種簡單到不能再簡單的生活條件來支持。出家僧人還有廟可以掛單，他廟都不掛。

這樣很偉大嗎？大心難發，小說做為一種志業？但我已看見舞鶴在那兒蹙眉嘻呵，搖頭笑著了。

我們同代之人哦，同福，同禍，亦同其慧。七〇年代我唸高中大學，辦《三三集刊》，舞鶴呢？「我自少年時代開始寫作，詩、散文、評論都曾嘗試，一度還迷上舞臺劇。這是一個文學青年的一般歷程。如今，我只留下〈牡丹秋〉一篇作為紀念……」

〈牡丹秋〉是我們能看到的舞鶴的第一篇作品，寫於大學三年級，出手就高。那個年紀的一段愛情同居生活終至分開，寫實而詩韻，而辯證上升至存有處境的思索。詩韻與辯證，我要寫到《荒人手記》才有的，舞鶴開始就有了，並且一直是他日後的小說特質。

第二篇小說〈微細的一線香〉，舞鶴自己說，「一種『文學的使命感』在背後驅策，寫得坎坎坷坷，鑿痕處處，我年輕時一個龐大的文學夢想，寫作〈家族史〉之前的一篇試筆。我不喜這般所從來的小說，不過猶記得當時落筆儼然，是蒼白而嚴肅的文學青年立志寫的『大而正統』的作品。」

然後我們看到一個中篇，舞鶴說，「重校一九七九年的〈往事〉，難免疙瘩，政治社會意識直接呈顯在對話中，顯然其餘的鋪陳只為這『時代批判意識』而服務。反省這般作品，感想有二：每個當代都有其『意識強勢』，另外，作者無能逃離當時代的氛圍。其時，我二十八歲，就讀台北某研究所，居住淡水小鎮，處在『黨外運動』的暴風圈中。」

三篇發表的小說，然後，舞鶴就不見了。

一，二，三，跳級一樣，舞鶴用三篇小說就跳到許多小說家寫了大半輩子小說時候的心境：為什麼要寫，寫這些幹什麼，有用嗎，寫給誰看呢，不寫了。唐諾的新書《世間的名字》裏一篇〈小說家〉列出來一排這樣的小說家。而我三十一歲仍未寫出像樣的東西就傍言傍語倦勤了在《炎夏之都》自序說，「我心裏每有一種就此不寫了的衝動，因為再怎麼寫，也寫不過生活的本身。作者的一通篇文章，往往還不如平常人的一句平常話。那些廣大在生活著的人們，『不寫的』大眾，總是令我非常慚愧。」

廣大在生活著的人們，所以知識份子們且得「下生活」去了。何況那些大災難，說都沒得說——「奧茲維茲之後，文學還有未來嗎？」

英國小說家葛林的長篇《一個燒毀的痲瘋病例》，唐諾寫道，「有著世界級聲名的大建築師（儘管並不是大小說家）奎里一覺醒來，吃了一頓過飽的早餐，例行地拎起簡單行李到機場，卻遊魂也似搭上往非洲某地的班機，能離開多遠就岔向多遠的一逕往形狀如一顆人心的非洲大陸深處走去。最後『因為船只走到這裏』的停在痲瘋病人村，所有人（甚具隱喻的）都懷疑奎里是個躲避追輯的逃犯；小說最前頭的題辭裏葛林告訴我們，一個小說作家，終其一生，很難不長時間的心生一事無成的失望。很清楚，這懷疑的已不是自己而已，而是直指小說了。」

神隱的舞鶴之消失，就像奎里因為船只走到這裏，便停在這裏。

中國當代畫家劉小東，他說繪畫幾千年到現在，基本上你可以說繪畫已經是零，已經再無可畫，好好一塊畫布在那裏，多美啊，畫它作啥。這樣，你拿起畫筆，作畫。你就是你那麼一點點可憐的當下，當代，然後你得從頭開始自己走一遍。劉小東返鄉畫

《金城小子》，在遼寧凌海市金城紙廠，我響應他的詩語唯只有學舌說，直到你自己也成為一條小徑。

「夢幻空華，六十七年，白鳥淹沒，秋水連天。」哪位禪師的辭世偈，亦舞鶴淡水十年。

舞鶴當然是儘管調侃自虧，孤獨與寂寞對坐，不知寂寞為何物。直到一天孤獨吃著小雜鍋，自己吃一口，貓吃一口，寂寞發話了：「你看看，到了這步田地，再下去沒邊了。」孤獨頷首同意。

《十七歲之海》後記舞鶴寫，「海是在孤寂歲月中不斷凝視的自淡水、三芝到老梅的海。」

到得，歸來。

歸來的舞鶴這樣說，「十年間去掉了許多禁忌和背負。十年後出淡水自覺是一個『差不多解放了自己』的人，當然也解放了文學青年以來的文學背負，在我寫〈拾骨〉時才初次體會寫作的自由，其中源源流動的韻。這兩者，『書寫自由』與『小說之韻』，在隨後的〈悲傷〉一篇中得以確認。」

出淡水的舞鶴，生猛得！小說裏說屎說尿，道在屎尿，不是什麼新鮮詞了，那種生猛，我想著是巴赫金講的狂歡節（肉體性、物質性、社會性、宇宙性的緊密結合），小丑（公然推翻上下關係所引起的哄笑），荒誕現實主義，性與生之欲，死亡和再生。《悲傷》後記寫，「肉體仍不自由嗎，何必花費這麼多文字來確定『自由』。生命仍不自由嗎，否則『書寫自由』怎會成為生之唯一完整的自由。」由於書寫自由，由於生活方式，舞鶴堪稱惡名昭彰矣。他照舊不與文壇往來，任憑惡漢之名傳播。但我們說，到得歸來是餘生。既是餘生，又有什麼可損失的呢？

誠如舞鶴在《餘生》一再強調的，他的碑失去了史詩的、英雄的意義，充其量是「餘生」紀念碑。舞鶴的寫作實驗性強烈，未必篇篇都能成功。我卻仍然要說，他面對台灣及他自己所顯現的誠實與謙卑，他處理題材與形式的兼容並蓄、百無禁忌，最為令人動容。論二十一世紀台灣文學，必須以舞鶴始。

——王德威

向來與人為善的王德威，學術圈內人人頭上一片天卻都打心底歎佩最耐煩、耐操的王德威，好教養範兒的王德威，居然如此跋扈的點題舞鶴。

王德威一直被看成夏志清的接續者。半世紀前夏志清那本《中國現代小說史》，為英語世界研究現代中國文學開了先河，至今仍沒有可與之並比的另外一部小說史出現。夏志清的功夫是，當年耶魯很少中國現代小說藏書，而哥倫比亞大學多，夏志清每月去哥大一次，就所能讀到的作家作品，一本一本，從頭到尾（沒錯，不是摘讀不是跳讀更不是只讀二手傳播的）仔細讀完。夏志清自許《中國現代小說史》有個好處，裏面每一位作者都不一樣，他率直謂此書：「是有個人觀點的第一本。」王德威繼承了讀原典這門功夫，每一本小說，從頭讀到完。他且讀得多，讀得廣。王德威在學院，我覺得他好處難得是，幾次不多的談話中，每看見他對自己身處學院的狀態忍不住會露出笑泡泡。我從未忘記他講此話時的語氣：「夏先生的英文好，有personality，我們的沒有。」

所以王德威如此個人觀點的說出，「論二十一世紀台灣文學，必須以舞鶴始」，非同小可，我們得走進去考察，真的假的？

首先，文學。

噢我的當下和當代，文學二字，幾乎我們得像是《犯罪現場》（CSI：New York）影集裏邊亮出身份邊衝入淫窟毒窩的紐約警局把我們飽受殘虐的愛人搶救出來，洗淨她，療癒她，加倍護惜她。文學定義肯定是要再確認，以一連串不字為開頭的削去法把愛人從污傷裏清除出來。她不是臉書，不是推特，不是噗浪，不是部落格，不是微博，不是網路文學，不是……

不是生與死的距離啊我的愛人，世上最最遠的距離，是我站在你面前，而你不知道我愛你。

這樣的我一再要確認手藝倫理並跟小學老師一樣為語詞再三定義時，這表示，手藝倫理已經在消逝而去。我們學國語算數，初高中習國文，大學有通識課大一國文，這是常識通才基本配備，但我的當代，國文將變成一門專才，一宗獨活，一件編織，一家打銀工坊了。

經常我被問，寫小說和寫劇本有何不同，夏天在北京的國家圖書館講〈我對文學的黃金誓言〉，面對大陸讀者我換了個說法，寫劇本（寫一切實用的）我用橫寫無妨，寫小說不行，一定而且只能，直寫。

橫寫，寫有用的。直寫，寫無用的。舞鶴斯人，獨自提出「小說之韻」，我們聽過韻文與非韻文之別，小說也有韻？有得很噢，不直寫我就不會寫了（手藝倫理可惡的制約）。

看起來，中文橫寫，與直寫，分了兩岸的風流。

中文橫寫，小說家必須「下生活」。採最簡約以至於符號性的分類，這是魯迅系譜——然而同時，魯迅也是鮮明的文體家。

另一個系譜，好吧我們說，張愛玲系譜。

八〇後張愛玲的〈傾城之戀〉於大陸「首發」，當年阿城讀到納悶，哪個工廠裏女工寫的好小說，上海真是臥虎藏龍。阿城初來台灣大家唱KTV，英文歌都沒聽過，聽到一首說，這個有東歐風。兩岸分屬於冷戰時期地球的兩半，世紀末或改革開放，或低盪重建，兩側開始補修學分似的，把另一半陌生空白補上。大陸這幾年國學熱，台灣可是沒熱過，從小要考試的。「寂寞身後名」，張愛玲與「張學」橫掃小資，恐怕也是還在修學分。

小說之韻，舞鶴是這麼說的。這有韻無韻，也許平分了兩岸小說秋色之不同。

台灣延續民國以來從右到左的直寫中文，書法橫條也右邊寫起。小時候報紙標題、街上標語及各種文書，如果放橫了，一概右到左。報紙開始橫排，是一家報導影劇娛樂體育藝文民生新聞的報紙。九〇後各報紙紛紛改橫排，台灣報紙特有的副刊，終於也橫排。我家訂三份報，兩報的正刊（A版）還維持直排，如果沒有錯，這兩報的凡是放橫的標題，改成從左邊讀起，彷彿兩報一齊約好的，是二〇〇二年秋末的事。記得世紀交替，或右讀到左，或左讀到右，「那時沒有王，人人任意而行」，人人自動切換系統運行無礙，雖然偶爾也將橫排的「王眼科」看成了「斜眼王」。

以書寫的便利，自左橫寫到右，至少一樁，不踐字，因此不會沾染字墨而把字紙寫髒。尤其暑熱天，汗如雨下，而仍右起直寫，那就像雨天走路不一刻工夫便濺得滿腳泥點，除非拿紙墊在腕下隔開寫好的字行。就我所知，還有非抽菸寫不出稿的，在咖啡館百分之九十九禁菸的台北當下，也許僅存那麼一家肯仁慈闢出一室臨街開窗因此沒有空調的讓抽菸人筆耕，因此夏若蒸籠，冬似冰箱，筆耕人一字一字寫出字。

以上，可視為一個手藝人的作坊圖像。評論稱之文字煉金術，也可。

而小說做為文字煉金術，大陸有誰，我只能就教之。在台灣，此系譜第一位，王文興。再有七等生。七等生啟蒙了我輩許多文藝青年（譬如舞鶴）相信，這才是文學。然後，郭松棻。他們皆屬於白先勇現代主義世代，連左翼知識份子郭松棻的參加保釣運動，也應放在現代主義脈絡裏來理解。郭松棻鍛鑄文字之精純，比諸台灣現代詩的最高成就毫不遜色，甚且超過（評論家黃錦樹有專文談郭，且說郭的繁複精工，也可能是五四新文學以來的最高成就之一）。文學的純粹度，止於郭松棻。然則二〇〇七年舞鶴出版《亂迷》第一卷，把這極限之極，又推進一隙隙。《亂迷》含金量之高，簡直在拒絕買家，舞鶴自己說，三百個讀者罷。

純粹到這樣，是要激怒人的，證實了王文興所言，「作者可能都是世界上最屬『橫征暴斂』的人，比情人還更『橫征暴斂』。」身為小說同業，我只有感謝。因為我不會這樣做，也沒有人會這樣做，唯舞鶴一人，把這種可能性做出了風景。

世間有純粹一詞，只是，有純粹之物嗎？

我知道威士忌有，蘇格蘭純麥威士忌（singal malt wisky）。歐洲某些個性小酒吧，甚至供應單一純麥（singal singal malt），這種威士忌不但來自單一釀酒廠，且是不再與同個酒廠其它酒桶的酒調配的單一酒桶陳年釀出，這意味，沒有一桶酒的口味是相同的。

舞鶴純粹。

只不過，純粹之人出現在眼前，大家倒不識。所以說，直信難有，如來難值。

所以台灣文學，止於舞鶴。亦所以為什麼王德威說，二十一世紀台灣文學必須以舞鶴始。在這個意義上，舞鶴是我們的師兄。

只有塞尚知道這究竟怎麼一回事。於是他懷抱著其他印象派畫家未曾有過的信念，單槍匹馬、焦急熱切展開一項劃時代任務：在繪畫裏創造一種新型態的時間與空間，好讓經驗最終能再次於繪畫裏得到分享。

——約翰．伯格

純粹，似乎必得跟精工一起。但舞鶴讓我們看見，純粹可以生猛。

舞鶴的書寫自由，《餘生》之後，《鬼兒與阿妖》到《亂迷》，有謂他嗑了藥寫，有謂他起乩。我想到阿城講朱天心的小說〈去年在馬倫巴〉裏邊緣人最後變成一隻爬蟲類，「瘋得有條有理」。有邏輯的瘋，負責任的瘋，按馬奎茲的名言是，「我的小說每一行都有寫實的基礎。」舞鶴則說，「我的小說是亂民式的。」然後他加了但書，「亂民式，因為沒有美的、正的，如果有，人們還是喜歡看。」

若非高度專注和專志，寫不出舞鶴亂民式的小說之韻。若非頭腦清晰，不能自知自覺自己的是亂民。始終對自己刻苦苛求的波哥雷里奇（舞鶴？）說：「無論唱片錄音或音樂會演出，我的最高目標就是演奏的清晰明確。要達到清晰明確和靈感或天分無關，只能靠夜以繼日的努力。」無論前衛叛逆，無論亂民，靠的都是手藝和苦功。惡漢之名遠揚的舞鶴，但我沒見過有像他這樣閑在自在的人。他站在那裏，「昨日豆棚花下過，突然迎面好風吹，獨自多立時。」

我少少幾次聽他公開場合談論創作，和顏靜色，言語簡潔，有一股內力（內在的力量），優時甚至帶勢，並非強勢，而是生命之勢。我心想，這是舞鶴十年獨居能夠獨過來的功力了。

獨學無友，偏航至孤荒絕域至烏何有之鄉的人，沒能夠獨過來。舞鶴獨學，而能自我校正，聽憑內在的指針獨力導航，做為現代人，做為受現代主義啟蒙洗禮的小說家，他真的心智強健。非常強健。

三年前加州大學聖塔巴巴拉分校舉辦「重返現代：白先勇、《現代文學》與現代主義國際研討會」，白先勇在此執教居住已近半世紀。兩整天從早到晚都圍繞這個題目說，黃昏時沿白玫瑰盛開如沸的河邊走去院長家吃飯，延續話題我問舞鶴：「現代主義者，常常是病體，也是文體。郭松棻說文學是嗜血的，要你全部人都獻上，還不保證能成功？」

舞鶴一貫的節約說：「這是不對的。這會倒過來影響你的內在，傷害到作品。」

啊這是不對的？我一向知道只有寫得好與寫得不好，什麼時候文學竟有對跟不對。我以為已經夠理解舞鶴了？

本來，現代主義在台灣，遲到又早熟的。遲到（《現代文學》創刊於一九六〇年）

是相對於歐美，早熟是台灣尚未到達資本主義中產階級文化的社會條件時已透過翻譯引進在大量閱讀著了。朱天心小學四年級讀到《羅麗塔》，至今納布可夫仍是她前三名鍾愛的小說家。我們，都是現代主義大氣候下長出來的花花樹樹，受它益，也受它害。藝術史上有印象主義，是現代主義的開端，「宛如一道凱旋門，歐洲藝術從它下方穿過，進入二十世紀。」人類不再是只能被描摹。人類亦不再是不言自明，而是必須在暗影的支離破碎中被發現。

對此，舞鶴因為強健，遂表現為嘲諷。看看他自己說的，「嘲諷是我書寫時的本能，因為低調，轉成幽默，也因為嘲諷背後有憤怒很快被察覺出這幽默屬於黑色。」然而嘲諷，是成立於原有德行還在的時刻裏，小說家既然無法、亦無能改變事情往虛假和腐敗傾斜去，那麼至少，揭露它。

這樣的舞鶴，永遠不會是自傷自殘，自毀的。不要被他筆下那些精神病患變態狂躁鬱症者廢人給騙了，他們是巴赫金「狂歡節」的變貌，是舞鶴稱呼的，亂民。他所以對自己知識菁英的身份也反叛，不喜文學腔。大家都笑「文藝腔」，原來文學也會有腔。朱天心是說，撲鼻一股小說腔，像從前上學帶便當（飯盒）蒸打開時撲鼻一股子的蒸便當味。任何一種腔，舞鶴忍不住要嘲諷。他當然不殉於文學。

他是行動的，也是有生產力的。端看他出淡水後，遠離台北，遠離文壇，去島上的魯凱部落、泰雅部落常居寫作，以至我們初讀到長篇《思索阿邦．卡露斯》時大吃一驚，誰是舞鶴？驚豔的程度，不輸阿城八〇後始知張愛玲。

《餘生》，是一次集大成，寫當代泰雅族的霧社，日本殖民時期的「霧社事件」，事件在當代的餘生。此書獲得太多獎譽，舞鶴儲存了不少「信用額度」，就大肆揮霍到長篇《亂迷》，不用一個標點符號的詩小說。是的亂民，舞鶴已走離現代主義很遠了。

現代主義極至精品的名單，前三位早已經有人列出來：納布可夫，喬艾思《尤里西斯》，普魯斯特《追憶似水華年》。也早已在這現代小說的完美句點上往後瞻看，提出來小說的可能之夢，夢想名單前三位，兩位在南美洲，一位在義大利，他們是馬奎茲，波赫士，卡爾維諾。

我們站在大人的肩上，又可眺望到什麼？但也許得先問，這個我們是誰？那就再引述一段柏格的話收尾：

將事件化為語詞，就等於在找尋希望，希望這些語詞可以被聽見，以及當它們被聽見後，這些事件可以得到評判。上帝的評判或歷史的評判。不管哪一種，都是遙遠的評判。然而語言是立即的，而且並非人們有時錯以為的，只是一種手段。當詩歌向語言陳述時，語言會頑固而神祕地提出它自己的評判。這評判有別於任何道德典律，但它承諾就它接收到的聽聞範圍，做出清楚的善惡區別——彷彿語言本身就是為了保存這樣的區別而創造的。

我們，是的我們都是相信語詞，使用語詞，並誓願為做出此區別而日復一日在那裏打造作物的文學人。

五月太平洋岸聖塔巴巴拉，到處是大片大片芥子花黃到天涯的黃。這裏曾是郭松棻和他的文學伴侶李渝的蜜月之地，是白先勇〈樹猶如此〉與摯友終生不失的相守地，我與舞鶴，我們呢？

舞鶴是這麼說的，柔和、低靦的：「長年走在山中部落，已安於大自然的不回應。」

他的慷慨大度，他的光明磊落到任何、任何時候都沒有一絲烏雲飄過，又再一次，解除了我的張力。如果我們之間有一點點張力，不論是基於禮貌，基於共處一星期，基於良辰美景，基於長途旅行像流放，基於五月千樣種玫瑰漫開得滿牆籬滿拱窗，他讓我放心的可以都不回應。一定要記下這個，因為唯有在舞鶴前面，土象星座的訥顏訥語才會靈光起來似的，我高興得如同一個師妹對師兄說：「那就把我當成大自然吧。」

很無厘頭的。也只有對舞鶴，才能揮霍一下這種特屬於師妹所坐擁的驕矜配額。不是嗎，師妹一向被允許刁蠻的，而忠厚的師兄永遠寬容她。

二〇一一年二月八日

餘生

我初讀有關霧社事件，可能在很早的少年時代，那是白色恐怖後灰色純樸的六〇年代，島國經濟尚未起飛，尚未有麥當勞速食店電子電腦媒體，我們有許多時間仔細閱讀到手的書，在書中讀到慘酷的血腥發生在一個叫霧社的高山上，當時少年熱血的戰慄震動餘韻猶存，及至我讀了一本島國的民族政治社會運動史，才知道那是平地人放棄武力抗爭殖民統治之後十餘年的事，放棄武力抗爭必有其不得已的周全考量，而這個訊息沒有傳給高山上的住民嗎，我讀不完大冊被徵去當兵時已二十八歲，清楚感受到我們的土地上存在著「國家」這樣一個威權化身成為暴力性的體制有形無形宰制著島國的心和資源，我反省我青年時代的藝術無非是一種輕狂的浪漫罷了，我離開軍隊時值一九八一年，痛切感到自己是「被軍隊閹割了的」，我沒有選擇及時加入如火燎原的黨外政治運動，悄悄隱居到島國的邊緣小鎮淡水，奮力閱讀歷史與哲學，想了解「軍隊」「國家」的起源及其意義，結果當我讀到無數的血腥爭戰，少年時歷史課本所讀到的夢幻戰爭在寂靜的歲月中真正成為「歷史的真實」，可能也在當時我想到發生在我們高山上的血腥，從熱血少年的激動冷靜下來思考霧社事件的正當性及其適切性。九七年冬，我租居部落時的鄰居姑娘，有一日對著遠山暮靄靜靜說，「我是莫那魯道的孫女，」夜晚姑娘的門總是半開著，祖靈沿著溪谷彎幾個彎就到川中島，在那些墾拓艱苦的日子，祖靈日日來伴他們過，姑娘相信，沿著溪谷上溯，可以尋到一處神祕谷——是當年祖先一一跳崖自殺之處，「我離了一切，回鄉，現在休養自己，和這些魚蝦玩，」姑娘彎著腰扳動溪畔石頭，水深到膝彎，石頭底下藏著一個星期前放的魚筌，沒有回頭但她意識著我跟在後，因不諳溪底的潛伏而顛躓，「我有個計畫，」姑娘直起身來順著溪谷望向山脊疊連的遠方，「有一天我要出發追尋……」那是真正的回歸嗎，回歸神祕之谷，與祖靈把手言歡喝酒吃肉。這川中島原是放逐之地，「我們從陌生的墾荒開始，」我尋訪部落的獵人，獵人的兒子說，那種艱苦七十歲上的人當有記憶，先是種稻，文明統治者訓導他們怎樣種稻，他們由挺腰打獵的族群學習成半蹲膝半彎腰「被稻種了的族群直到今天，」然後有人發現夜裏的山氣可以生養梅樹，墓場後那整片山凹就成了梅園，山坡上更檳榔，又有人改種出口香蕉，有人不忘在收割稻穗的田埂邊種些老芋頭，後來處處長多的芒草雜樹林，他們讓它保持原有的樣子，只在秋深芒草長白茅，雜樹林由綠轉黃再轉淡紅，他們才感嘆放逐的歲月又過了一年，「部落早已沒有獵人，只有田中夾到的飛鼠和松鼠，」他爸到放逐之地時已過了上學的年齡，想必是他骨子內流有獵人的血液，近卅歲那年他上後山打獵，扛回來一頭山豬或山羌吧，沒有族人的歡呼酒賀跳舞，迎頭是巡查一頓毒打，圍觀的族人沉默著迷惑的眼神，統治者趁機訓示，「這是一個偷懶的敗類，不在田中和大家努力耕作，偷溜去山上作惡，」——作惡的懲罰可二，一是永遠逐出這放逐地，可能被「特高警犬」逐入某個駐在籠，二是與山豬同綑在土場曝日三天示眾，獵人選擇了後者，同時獵人失去了最後的尊嚴——老爸從此到死一直是彎腰的農夫，他從未傳給兒孫任何獵人的技藝或傳說，子孫也不知道怎樣懷念祖先的獵人生活，好在不久換了公賣菸酒的統治者，老爸喝酒到死望著遠山，是的，是遠山，而不是眼前的稻田，少年時，黃昏下田後就跟著老爸喝酒，老爸靜靜的喝，「不管我們說什麼或外面發生了什麼，」喝酒成癮，酒就成了生命的「癮頭」，生活中沒有什麼比這個頭還大，聽說民主以後老百姓的頭最大，但這裏還是「酒頭」最興最大，並不是不知道日日喝酒是你們學者專家先生研究的「自毀」，尤其年輕人那樣的喝，「作為獵人的子孫我一輩子在耕種與喝酒中過，在部落我是過時的人囉，年輕人還有我們賽德克人驃悍的勇氣生命直接在自毀中過……。」時至世紀末，事件後已近七十年，莫那魯道的紀念碑和雕像高高俯視著當年他殺戮的小學操場，每年十月廿七川中島總派一隊人帶著祭品趕往昔日故鄉參加事件紀念日的儀式，也祭給他們喜愛的維士比加米酒給莫那魯道喝，從蒞臨的長官的講詞中，他們明白自己的祖先莫那魯道如今是統領霧社南北以迄合歡山的精神領袖了，「無人追究的」他發動事件的正當性已得到官方的確定，當年日本人移植霧社的櫻花年年飄給莫那魯道一個人看……在我採訪事件的過程中，只有兩位人士對「事件」有不同的看法，同樣都屬賽德克人，同樣都在台北一流大學教育畢業的原住民菁英，同樣在部落擁有權位同樣將近中年，川中島的賽德克達雅人巴幹認為歷史誤解了霧社事件的本質，「事件的本質是一項出草的傳統行為，」出草是賽德克人日常重要禮俗，出草的動機本來就很複雜，但絕非特殊化，賽德克人彼此適應了這種複雜「你不來草頭還怪你們不夠意思呢，」巴幹的叔公親手割下了郡守的頭顱，那顆頭顱與別個出草中割下的頭顱並沒有差異，文明統治者被這種規模較大的「原始禮俗」驚駭過度，才會以政治指導軍事規模來回應一項出草儀式，合宜的結束這個事件當依在地的傳統方式，由賽德克人和日本人當面講明恩怨之後「埋石和解」，也許漢人有頭臉者如當時鹿港辜家或霧峰林家可以辛苦上山一趟作見證，豈料「文明土番」翻了臉，調來文明附屬的飛機大砲毒瓦斯讓「土番原始」見識文明的真面目，禮俗儀式結果導致了殲滅式的恐怖復仇，成就了一個歷史的政治的「霧社事件」，恐怕在賽德克人的生活史上是一件莫名其妙的事，「我們的祖靈會認同莫那魯道的出草儀式，但不會理會什麼霧社事件——」賽德克道澤人的達那夫進一步否定有「事件」的歷史存在，只有「霧社大型出草儀式」由馬赫坡社頭目主持，因此根本不存在「霧社事件」世人至今也必然忘了「儀式主持人莫那魯道」，道澤社是沒有參加出草的六社之一，後來被收編為第一線的土番搜索隊，達那夫說他父親直到晚年談到當時出草大量割下馬赫坡人頭時那種生命的激動和喜悅，而道澤社頭目率領十七人也被馬赫坡設計割了頭去，因此同樣的激動和喜悅也存在偷襲保護收容所割下一百一個頭顱的出草儀式中，「這是我爸，」達那夫指著儀式後的紀念照中的人像，達那夫的父親蹲著胯間用手壓著一個面無表情的人頭，他父親從不明白什麼叫「第二次霧社事件」當然更不知任何對這事件的史評，「我也認定今天寫在書上的都是官方說法和學者偏離的解釋，」學者肯定官方說是日本統治者的陰謀鼓動，才會發生慘酷的土番人殺土番人的悲劇，「但這是文明定義的悲劇，怎麼說主其事者是我們賽德克人，我們賽德克人當時就明瞭彼此的出草，」根本扯不上歷史書中寫的陰謀或不義，所以幾年後，道澤長老遠到川中島提親，川中島長老也接受了，「我們同是賽德克人，賽德克人理解賽德克人的一切——」我很訝異兩位受過文明教育的知識份子，不以文明所謂的「屠殺」來看待偷襲保護收容所事件，他們不滿文明以文明的工具「屠殺」土番六社幾至滅族，但絲毫不認同土番「屠殺」了土番，這不是相互辯論可以分明的事，我也不相信史家可以提出平衡的歷史論點，「原始的語彙沒有屠殺，」我自嘲的想著同時審看著達那夫父親遺留的魚尾番刀還帶著死人的髮綴，「只有文明才具屠殺性，」川中島部落後的「餘生紀念碑文」不提第二次霧社事件，官方如此崇隆莫那魯道作為馬赫坡社的後裔巴幹也沒有特別意見，他和達那夫都不同意，「官方政治化了出草標本化了抗日，」達那夫甚少主動提及莫那魯道，巴幹也只淡淡說，「莫那魯道是我們的出草英雄。」我把與巴幹的談話閒聊給姑娘聽，姑娘沒有親眼見過但她知道「出草」這回事，不過她完全沒有概念「出草儀式」指的是什麼，也不懂大部份巴幹的理念，「老人家不願意提這些事了，你看我們的客廳也不掛番刀，」她家的魚尾番刀，不知失落在何年何月了，她自出生就沒見過什麼番刀魚尾，我問起她飄忽不定的弟弟，她說弟弟只讀過部落教堂的學習班，有段時間就在教堂幫忙，弟弟是部落中唯一不菸不酒的年輕人，只是一輛機車在山林中來去無定，「我弟弟是部落中最善良的人，」姑娘加重語氣說，不像巴幹是部落第一高學歷也是「最會搞花酒的人，」我懂得姑娘的意思，在我租居部落的期間歷經三次「民主選舉」，選舉的模式業已山地平地化了，也插滿各色旗幟，每天幾回宣傳車隊繞部落巷道嘶嚷，部落內多了幾圈圍在一起喝酒論政的圈圈，——巴幹是屬部落中的既得利益者，大部份公務員同屬這個階層，大小選舉他們掌握了利益和分配的權利，當然他們也推出「最有實力」的自己人，夾在中間的是白天下田做活或出外做工晚上喝酒配電視「向來沒有意見的人，」另外讓巴幹只眼角瞥的便是像姑娘這類「無所事事」的人了，她孑然一身，黯然回到部落，部落裏人看她如同那些在都市工作場上潰敗下來的男人，她是與北群泰雅男人的婚姻中潰退下來，離了兩個兒女，她孤獨走過部落，到溪谷，做什麼似乎誰也不關心，她去釣魚和游泳，和那些不上釣的魚同泳，和牠們說話，「這是我夢的溪谷，」她沿著河床撿石子和枯木，拿著、揹著，「你看這寶貝是自然雕的多迷人，」客廳和臥房散滿她的寶貝，還教人分辨，「這是雷的閃光在瞬間雕成的，像時光天使，這是河水長期沖刷成的，像歲月老人，」部落的人不知有多久沒聽見這種「夢的語言」多在心裏罵聲神經病，夜暮不久鄰近便聽到優美的音樂聲，我初住部落的那夜，乍聽到蕭邦小夜曲輯時，幾疑身在都市的某個演奏廳或夢的咖啡，隔夜我聽到了莫札特，我掀開窗帘姑娘的房間暗著，旋律從那暗處潺潺而來，她給部落帶來一種迷惘，關於失落的和未知的，好在部落人長久習慣生活在山嵐迷霧中。初秋的午後，陽光射在庭埕上折入來一股熱氣，我穿著短褲T恤在客廳，讀著日本大學者當年寫的《土番調查誌》，驀然姑娘現身門前也是T恤短褲一身黑，「這個學者我認識，當年他帶一隊人到霧社做學問，我祖父母都被叫去問話，我外祖結巴又懂得最多，被這個人留置卡油得最久——我媽媽說的，回來已經都睡死啦，我媽還要熱山芋給他老吃，」「那個學者不吃嗎，」我問，「沒有想到客人也要吃呀，」姑娘眼睛一個輪轉，「我媽說外祖不吃他們壽死寧可餓死回家來吃，」姑娘把書翻得劈啪響，「看這種土番寫的不會越看越熱嗎，來，我們雜貨店卡拉ＯＫ去，」難得山中ＯＫ卡啦我也樂得把書丟了，短褲Ｔ恤並肩往竹林走去，到雜貨店之路一路空氣都散著檳榔花香，遠遠近近灰濛的山巒讓人覺得山從來沒有貼你貼得這麼近，雜貨店獨自建在乾枯的窪地，鐵皮大屋大庭埕前後大片竹林，是我在諸部落所見蠻氣派的一家，大冰櫃橫豎堆滿維士比啤酒永遠不會缺貨的那種幸福感，隔間隔音一大間卡拉ＯＫ室附設音響舞台，唱餓了老闆娘現煮各種野菜飯麵供你圈圈坐著吃看竹林山色，另邊還有為青少年準備的電玩一間，店老闆一臉落黑腮鬍倒真配他太太白淨的胖臉，「你來過幾次我都記得，第二次你就學會喝維士比了，不要光會做學問，要學人家買地，現在剛開放土地還便宜，也不用來來去去，」姑娘已經點好要唱的歌，出來拉我進去一起卡啦，「買地，買地，買地就買地——」我用喊的回老闆，老闆娘太太笑得比都市東菜市場的肉攤夫人更白淨有肉，姑娘已經開始唱沙城歸人，我喝下第一口米酒維士比，冰在燒我接下麥克風冰在燒，七分米酒三分維士比川中島的傳統配方，「我甘願醉乎死，」姑娘又唱又扭，「用你痛惜我的吻」，我喝下第三杯標準酒，姑娘喝下第五、六杯，「有沒有可以問的長老，附近？」我沒有忘了「做問」，「好，你光會問，我問你知不知道以前泰雅姑娘喝酒都是大碗喝的，」姑娘有點酒顛了，我說，「我們男人也是用大碗喝的，以前不做小酒杯，你們長老也大碗的嗎，」「附近就有一位最標準的長老，等我唱完這首愛到乎你死就帶你做問的去，」姑娘一面愛死一面吩咐，「你先去準備大碗，」愛死愛死，「不喝人不知大碗的滋味，」我轉進雜貨店買了三個泡麵的大桶，愛乎死愛乎死長老就住在表妹家對面，可以順道先去找表妹曳下大桶的貨，表妹家是一間二層樓房，鐵柵大門啟開著，遠遠望見廊下埕緣坐著幾個人，「運氣你好長老標準的就坐在那等你，」我疑是姑娘發酒瘋，但果真當中一位灰鼠色對襟寬衣褲的老人，沒有介紹就先請我坐下，就端來前面一碗湯，原來他們正圍鍋一隻田中抓到的飛鼠，飛鼠只宜湯煮牠的內臟可以強身，姑娘輪流在幾個年輕男人身上發癲，老人微笑默著喝酒，桌底下幾瓶洋土好酒，我被多人勸著先喝湯，湯有飛鼠死亡瞬間痛苦的滋味，「那滋味最滋補，」旁邊有人說，隨後又送過來一杯白蘭地米酒，我分明仔細老人喝的也是米酒白蘭地，大約白蘭地是經濟起飛後孝敬他老人家的米酒則是隨俗，「你來研究什麼，」姑娘的表妹先發話，是個豐盈的婦人但豐臉上仍顯著泰雅女人的輪廓分明，「我們原住民這麼小有什麼好研究的，你們漢人可以研究的可多呢，為什麼不回去研究你們自己？」顯然她喝了酒，但那柔和的語腔又顯示她的詰問不是胡鬧，「先研究漢人呀，漢人才值得好好研究，」沒有人插話，可以覺知她是部落中的「前進女性」，她的話不僅打了漢人同時封了自己人的嘴，她又端了一碗飛鼠湯到我面前，「好好研究清楚大漢的民族性，無聊時晃到山上看看我們這些小番怎麼生活在你們大漢之中，」她回頭吩咐一個男人宰雞，說來了可愛的平地人要研究她，她要請客，同桌幾個還可以走動的人歡叫之餘說要去叫某某、某某一起來慶祝，「——我不是來研究，我只是有興趣來了解一下泰雅人的生活，」被泰雅婦人連著打了三個嘴巴之後，我才帶著歉意又言不由衷的回了兩句沒有營養的話，婦人可能幫忙雞事去了，老人帶著語不同但似乎一種同情的微笑頻頻勸喝湯喝酒，我反省我當初來是抱著「研究弱勢族群」的心理，特別是針對他們歷史上發生一次著名的政治事件，我長這麼大從沒想到我們漢人是可以研究、值得研究的，何況漢人人口多、人才多，該研究漢人的可能已被研究得差不多，報告資料放在某個大型社會圖書資料館藏中，要了解「真正的漢人」必須到那館藏去爬梳才得清楚，真正的漢人是怎樣我出發作探訪之行時其實是懵懵懂懂，可能要婦人以「原住民與漢人互動」的角度才看得幾分真正漢人的模樣，我聽出來婦人的最後一句話中有深沉的埋怨，「無聊時晃來看看我們小番怎樣生活在你們大漢之中，」這是被掌控、被同化者的自我嘲謔，其中埋藏沉澱了多少被強制同化的悲哀，「這一碗是雞肉，這一碗是雞湯——歡迎有緣來相會，」末一句話是婦人的丈夫說的，同樣柔和的語腔頗合他那高瘦斯文的樣子，我必須隱瞞我的研究、迴避眼前這樣真實的餘生嗎，天色漸暗下來，婦人遞給我一根雞腿，我喝了一口米酒白蘭地，對著黃昏雞腿說，「我是來看霧社事件的劫後餘生的，但首先我要明瞭當代的霧社事件，」婦人口譯給長老聽，長老頻頻點頭又跟我對喝了一杯酒，婦人說眼前的長老是部落的第一寶貝，多少研究歷史霧社事件的人士採訪過他，事件發生那時他讀小學四年級，殺戮發生時他正在操場，「霧社事件是過去的歷史，真實是什麼情形長老也說得差不多，」婦人的丈夫接了一句，「你要了解的當代霧社事件可能是另外一回事了，」我說是，那是我自己審視歷史的當代觀點，因為沒有「歷史的歷史」，真實只存在「當代的歷史」，婦人打斷我的話，說長老難得在此，剛喝酒的朋友和姑娘不知瘋到哪裏去了，趁雞湯還熱，不妨請長老說幾句話，「請我來說是喝飛鼠湯，」長老端正坐姿臉容，「幸好還有雞湯補，不然怎麼談得我們的故鄉霧社發生的斷腸事件，」婦人解釋說，事件中的人大多斷了頭，老人自嘲說他當場被砍斷了腸至今八十四歲還接不起斷腸，晚上睡覺的時候腸子就會爬出來蜿蜒著山路爬回當時的小學操場，「我不想重講事件本身發生的事實或原因，因為詳細的事情發生經過六、七十年來也被發掘整理得差不多，」老人只懂母語與日語，他用日語講，聲腔靜淡，大部份由婦人的丈夫口譯，婦人掌托著腮大部份時間凝望著屋旁西方的天空，「有人問我莫那魯道是怎樣一個人，當然他是我們的『民族英雄』，」今天整個霧社地區因他的存在在歷史上彰顯了一種屬於泰雅的反抗精神，「我是莫氏的後一輩，也只能從長輩中聽到一些傳說，傳說他確定只有六個部社參加時，他在火光中沉默多時，圍著他的社人也默默無語，他在晨曦微亮時站起身，舉起長茅槍……」他是孤注一擲，他心中明白，他的部眾也明白，「有人問我他爭的是什麼，我只能回答『部族的尊嚴』、『被壓迫和受辱的人的反抗』，尊嚴必須有人維護，壓迫必須有人反抗，這是歷史的定律，莫那魯道走到這個『歷史的定律』中義無反顧，」婦人替長老換了一杯酒，但長老似乎沒有意識到，「我知道有一些研究者戲稱我是標準答案先生，甚至有的懷疑我是被教唆這麼說，因為我沒有創造一些想像的動人的細節和說法，我不是沒有想像力的人，即使在日治時代我也透過巡查的手借讀過幾本書，終戰之後到現在有更多的資料消息我也努力去了解，這是一個我個人的斷腸事件，但衡量整個情勢，我也只能說出這樣的答案，我不能利用想像添加什麼或改變什麼，事件的重點核心就是那樣，」姑娘跟著幾個人回來，庭埕充滿著我聽不懂的戲謔的酒語和笑聲，「時隔六、七十年，在這淺淺的山谷，川中島，我常想：要是莫那魯道眼光夠遠，不，不應該這樣說，要是他再忍耐個五年、十年、十五年，整個大局就改觀了，今天我們仍住在祖先之地，霧社之上的馬赫坡社，我們不會把它弄成今天觀光風景區的醜樣子，一開始莫那魯道就會率領我們規畫一個泰雅賽德克特色的原始溫泉區，——我常想，有時睡覺也翻來覆去，但我沒有疑惑，也沒有恨。」我整夜輾轉床上，躺到骨酸便坐起來頭靠在牆壁，山的寒氣從後山透過廚房漫到床褥來，我又氣又好笑下午愛乎死愛乎死的姑娘如今憩息在柴可夫斯基的懷抱裏，離去時婦人的丈夫同我站在門口等著長老，將四十歲的男人在夜色中凝盯著我微笑欲語什麼又默著，我猜他要說的是有關長老的話，但終於沒說，臨別時只緊緊握了我的手，一個不卑不亢的泰雅男人，直到公雞第一次啼我才決心理清我混亂的思緒，我在床邊的書桌寫下困擾我的幾個「念頭」，⑴最先困擾我的婦人所發難的研究「漢人」，⑵長老所說「事實就是事實」他不願多添刪什麼，⑶他以「尊嚴的反抗」肯定了莫那魯道，⑷他非常具文明的思考方式，不但完全無意考究泰雅的「原始」，還盼望莫那魯道等待文明十五年，⑸他的回答真的是標準的歷史答案嗎……婦人的「漢人研究」離題最遠必須先略過不想，「事實就是事實」只是記載事實的人可能更動，我們讀到的當代霧社事件中「歷史」記載了三次屠殺，一九三〇年十月廿七日清晨在霧社國小操場的屠殺、由馬赫坡社頭目莫那魯道所主持，第二次屠殺自同年十月廿八日起由日本出動各地警備隊，飛機轟炸、機關槍、榴彈砲、氰毒瓦斯、試驗中的燒夷彈，至同年十二月卅日日方集合「諭告」結束，第三次屠殺發生於一九三一年四月廿五日凌晨、由道澤社群襲擊「保護番收容所」，第一次屠殺砍殺一百三十六位日人，第二次屠殺反抗六社原有一千三百多人只剩不到五百人，其間屠殺者並同步拍了官方記錄片，第三次屠殺砍殺了近二百人獵了超過一百個人頭、並攝錄存了人頭照，十日後遷徙到川中島的餘生者只剩二百九十八人，至於事後的清剿延續到霧社以及川中島的餘生者又屠殺了三十八人，在當代讀來這真是「無味」的屠殺過程「小意思」的統計數字，不要說比不上二次世界大戰納粹的集中營屠殺，比諸十七年後發生在島國本土的二二八事件後的屠殺也是「小巫見大巫」還不包括其後十餘年的清剿時期，但每一回當代用心讀到這一段歷史總是心靈戰慄，因為「屠殺」的本質是一樣的，不論其過程或數字，每一次屠殺就是生命背叛生命本身，它的非人性、滅絕性、虛無性令人類對人類自身產生終極的懷疑——歷史嚴厲譴責發動屠殺的人，當代的歷史也不得不在此譴責「霧社事件中的莫那魯道」，然而，長老以文明的辭彙「反抗的尊嚴」肯定了莫那魯道，知織份子巴幹和達那夫從原始的「出草儀式」肯定了莫那魯道，「文明：原始」相反相成肯定了莫那魯道在霧社事件中「出草：屠殺」的正當性，這時，我應該譴責第二次雞啼的正當性麼，柴可夫斯基不知何時睡著了，雞啼過後，整個山巒部落沉浸在無垠的寧靜中，如果莫那魯道真能等待十五年，「當代」問為什麼莫那魯道不能等待區區十五年，事實無法等待如果，當代歷史這樣的問法是幽默的提法或是失了誤，當代對於歷史必要「當代化」，當代歷史審視歷史以當代多元化的角度、但無權作莫須有的提問，它可以靜聽但完全無需詢問第三次雞啼之時正是天色微亮之際，——這種現象的正當性如何，長老的回答是簡明的標準的歷史答案，歷史記載著事實，當代歷史在此對事實不作追究，它追究「歷史事件的正當性」，顯然在譴責莫那魯道的同時「霧社事件」的正當性在相反的兩個層面上都被肯定了，我打開後門走上山腳下的墓場小徑，晨起的散步多半是為了墓場過後風吹拂面而來的梅香，透過十一月的狗尾草間隙可以眺望不遠處的部落，隱在山壁的懷抱中恍惚不屬於歷史也不屬於當代「疏離了時間的山鄉」、「心靈深處最後的歸宿」，晨陽越過遠山在兩邊的山脊稜線上射下第一道茫濛，——實在，我們當代不能譴責歷史同時聲稱歷史的正當性。菸和酒讓姑娘自夢谷走入迷霧，接近那些喝酒的場合，那陣子她瘦得厲害，每天她只一餐，幾尾溪中魚蝦，檳榔園雜草叢中摘的龍鬚或過貓，有時加一條不知誰家棚子的絲瓜，部落裏孤寡的中壯男人，酒眼瞟過姑娘細瘦的身子，青春已快消褪的眼瞼，鬧起酒來的瘋勁，也許男人想過什麼但還是算了罷「那樣子」，也許沒想過什麼，他們叫姑娘：妹妹——夢語和痟癲是姑娘的率真，她並不天真到不懂人事，

「我曉得部落那些男人想我什麼，」姑娘一開口，就像她放的音符很難有歇止的時候，尤其跳走在溪谷時，她的夢語會夾雜著這麼一句現實的話，「哪有做那事不會生小孩的，哼我又不是沒生過小孩，」她堅持回鄉就是要過自己想過的生活，不靠別人，也不讓人左右，也許有男人悄悄來探詢什麼被她罵了回去，也許沒有只是雞鴨豬狗的事，直到夜深人靜柔美的音符伴著月色或星星在山林的寒氣中迴盪，純樸的部落心靈大約不懂得那種迴盪心靈深處柔美的憂傷，但他們容受她……有天早晨我正忙著比對兩份霧社事件年表，聽見姑娘在門邊小聲喊我，「做功課嗎，」她穿著合身的花花洋裝，還帶著一頂歐風帽子，她向我借二百元，二十元買菸其餘當車錢，她要下到台中去找一份臨時職業，賺些生活零用錢，我拿錢給她，「妳捨得溪谷嗎？」姑娘微笑：沒人要的溪谷永遠是屬於她的，她會很快回來，溪谷會等她。我送姑娘到稻田墘，回頭想散步一會，走了幾步就撞見舊紅磚造的教堂，我馬上想到牧師是我該早些拜會的人物，一般在部落如今存在著三大巨頭：村長、鄉代、舊頭目，而牧師是三加一，我曾經在南魯凱和南排灣見識到牧師的威權，在某個傳統的聚會中他是唯一穿著便服對著台下的頭目、村長、鄉代和族人訓話幾十分鐘的大人物，他的主人是上帝，所以大家認可他可以不穿祖靈的傳統服飾，也許他的威權也一半建立在魯凱排灣族嚴密的社會階層觀念上，他是天遣的來讓祖靈吻他的腳趾的，我一直對把天、地、祖靈都讓位給牧師的主人一事覺得不可思議，後來我想到軍事大師馬基的戰鬥理論，牧師是用戰鬥的精神和戰鬥的組織打跑了自然純真的天地祖靈，他是來地上戰鬥的到死為止，他征服了島國的高山成為主子之國的領土，他是那種「永恆戰鬥」的人類，是那種令山上原住人類畏懼的典型，以必勝的信心把主子的經典和組織供應的吃食物質同時送到原住人類的石板屋或竹屋，在島國高山「天地祖靈」何時溜走了在牧師總會的檔案中一定有詳細的記載，我期望在九〇年代原住民傳統復興運動中尋回來的祖靈，花點時間去查查總會檔案，在廿一世紀初始就把原始的天和地一併回歸，有天地見證，祖靈再召開一次超大型會議討論牧師的去留與教堂的存廢，祖靈可以接受牧師暫時「部落次文化」的主持人，教堂改作學堂或大眾活動中心，最後牧師改變成為祖靈的義工，在所有傳統的儀式上穿起傳統服飾幫這幫那，祖靈可以封他為「泰雅的永恆義工」或「魯凱的永恆義工」——到了世紀末，似乎所有人都在轉型中，牧師也不例外，這是我所見到最可能的牧師的未來，或許，我在牧師的庭埕站得太久了，牧師忍不住走出聖殿來看看是不是一隻迷途羔羊，外來的，「歡迎你來，這幾天住得習慣嗎，」原來牧師的資訊由來在部落是無遠不到的，「因為你為研究那個事件而來，所以不急著拜會您，」牧師道歉他怠忽了職務，說明他近日正趕工裝釘幾本新的羅馬拼音的經書，隨後更艱難的是教導主民羅馬拼音母語聖經信心也打不倒他，怪不得我常見後斜鄰獨居的老婦下田之餘常有一個婦人同她坐在簷下一起讀著什麼直到黃昏，牧師說他規定每禮拜有一定的進度，趕不上進度的要罰金幾元還要強制在家補習，他規畫在世紀末的慶生宴上人人一手泰雅聖經歡頌主人的聖臨，「阿米肚佛，」我不禁在肚子中感嘆著，「我阿米肚佛，」牧師請我入內參觀，我見講壇上一張講桌，質料同台前的長椅凳都是砍自後山的原木吧，已經佈滿了歲月的裂縫和時光的蟲蛀，我想會是清朝的古蹟教堂嗎，牧師笑說川中島這大片地在古早時代是河床地，日本人來時也只有幾戶開墾的散戶，建教堂首要評估「經濟效益」，事件之後牧師的父才注意到這個地方，也費了一番折騰，神社的武士才惺惺相惜上帝的鬥士，現在看到的是當時的原貌，是當時最時髦的紅磚建築，居民住的可都是竹茅屋，六十年來沒有改建，也不是為了保持古蹟原貌，而是沒有人提出，牧師自己知道教堂的帳冊，而要募到改建的錢在經濟起飛的年代已不可能後起飛的今天更是甭說，牧師把這一切窘困歸諸於終戰之後的急速同化，同化讓部落的人知道外面的世界，也多了選擇，教堂不再是唯一的選擇，所以他必須趕緊教育成功母語聖經，一來證明他的天父也是講母語的，二來死忠的長老要求在臨死之前之後替他們唸母語的經文，最後有一天教堂將成為保持母語的中心，失落了母語的泰雅人為了尋根就必須回到教堂來，不過他對九〇年代的「原住民尋根運動」沒有意見，教堂已經在部落穩固了根基，只要不打人家祖靈的耳光，祖靈寬大早就諒解他作為「牧師」這種東西的存在，何況，牧師看著手上的羅馬拼音經文長嘆：運動只是一時，同化的腐蝕是無時無刻的……我幾乎迷失在牧師的善於講道裏，趁牧師嚥下長嘆的口水的間隙，我提及我的研究，牧師說終戰後前十年吧，有日本學者來研究「事件的起因」，在川中島的豪華別墅教堂住了一段時日，他苦口婆心說服學者相信一切都由於天父的旨意，天父派日本人來馴服泰雅人的野蠻習性，因為有清一代二百年間太放縱了他們野蠻人，日本人作了小小的犧牲，換取野蠻人的歸順，這事件的類型可以在經書中查到同等的教訓，我們不必為犧牲的人悲傷，因為不論文明人、野蠻人最後都歸在天父的懷抱裏取暖，近十年前吧有個國家中研院派的小女生來研究「事件的影響」，那時川中島的竹茅屋早已全部拆掉，有錢的人蓋二、三層樓房，無錢的保持日本式的房舍，小女生當然借住豪華的三層樓房，他說事件最大的影響還是歸之天父的旨意，讓他們賽德克人自高山惡地遷徙到四圍山谷的川中島來，有足夠的耕地，有特別設計的教育，在日本人時代就成了部落全國的模範村，戰後的「國民」政府更是全力建設通往川中島之路，小女生打斷他的話，她不明白「什麼叫通往川中島之路」，那條柏油的聯外道路是為了到一個公立大學的林場而鋪設的，小女生反問當年把那偌大的山林劃為「私有林場」時，牧師為什麼沒有帶著川中島的住民去抗議，那是他們賽德克人打獵的獵場啊，牧師說小女生難不倒他臉不紅氣不喘，她哪會知道「當年」是哪年，當年都是在遠方都市某幢大建築內公文作業就決定了這類的事，他們賽德克人等到人家屎尿都風乾了才得知被「劃」了，也沒有人說要怎麼辦，他牧師辦的是天父的事能越位說要族人怎麼辦其實他頭緒沒有一點這類事在當年大家都不知道怎麼辦，「現在呢？」小女生問，現在就是既成的事實了，是事實又是既成的還有啥話說，小女生臨走時說她對事件的影響感到無比的悲傷和失望，她在先進的國家讀的學位，看到先進的原住民和先進的原住民制度，她為「只會喝酒的川中島」感到一種墮落的羞恥，她是帶著一種對「土地和人民」的羞恥離開川中島的，牧師拂了拂灰白的頭髮尷尬的笑著，我微笑說：小女生總是比較嫩的「像嫩的小雞」我們不殺來吃所以我們原諒她，不過我對我們這個體制無所規範的「同化」感到羞恥，如果莫那魯道活在今天，他一定對「電視機」這種東西嚴格限制進入部落，而且外出都市作活的族人必要在一定節日回歸部落溫習傳統的生活，甚至如果「國家」不准大自治莫那魯道可以「只能做不能說」實際進行小自治——「我談天父，不談莫那魯道，」牧師的語氣帶著皮球洩氣的無力，不，不是疲倦或厭煩，只是無力再開口講道至少現在，「天父無所不在子民的心中，沒有莫那魯道的餘地，當然我不反對這個人，我懂得避免傷害族人的感情，那些在運動中的人言必稱莫那魯道，但當我長期不談這個人，他就很難在這裏存在，更別說成為偶像，我並不反對有人稱這個人是民族英雄，但我讓子民相信天父是他們最後的信賴和依靠，所有所謂人間的英雄都匐伏在天父的腳趾前，你只能看到他們謙卑的背，看不到英雄的面貌，」牧師的眼瞳中閃過一道異彩，「我不界定莫那魯道的行動是否得當合宜，也不思考這種現世的問題，但我肯定在行動那時天父並沒有在這個人心中，天父不會做一件無謂的犧牲而不圖喚起什麼，顯然莫那魯道的行動在當時以及後來並沒有喚起什麼，你是一個外人，問題提出在這個顯然『開放』了的年代，我盡可能以莫那魯道回答你的問題，如果你早個廿、卅年來，我會說我不認識莫那魯道什麼的……」，我也同意「行動」當時上帝並不在莫那魯道的心中，牧師的手軟軟的搭在我肩膀上送我出堂埕，「多年來魔鬼把酒送入部落，天父一定有祂神聖的考慮，我也不能強制信徒不要喝酒，實際做不到，」魔鬼是不酒的，我在心中無聲回答牧師最後的告白，「人因忍受神聖而喝酒」。我在田埂散步良久，午後二、三時的陽光還帶著秋陽的威力，我躲入一片香蕉林中趺坐，前後頭上是用麻布袋套著將成熟的香蕉串，眺望遠方山脊尾端交會處是通往都市的觀光道路，與牧師的談話並未帶來困擾，顯然莫那魯道的行動是在「上帝」的範疇之外，雖然歷史學家和宗教學者曾對本世紀的大屠殺作了種種的辯證，有一批人因大屠殺而失去了對上帝的信仰，另有一批人因屠殺更加相信是上帝神祕莫測的旨意，跨兩者的宗教歷史學家經過冗長的研討後總結「無論發生何事，均在上帝旨意的運作中，帶有無可懷疑的神聖性，」我使用「自然」不接受「上帝」這個辭彙在我以後的文字中，我頭上四周的香蕉串由萌生到成熟，我身處的川中島四望像一只橢圓形由遠山斜下來的搖籃，這是「自然」形成的，自然只行牠的本分而沒有旨意，莫那魯道的行動是不是在「自然的範疇內」我不能肯定，因為人雖生自自然，但人是會反叛自然的動物，我覺得我必須再度前往莫那魯道當年所生存的自然，置身其中或許可以感覺到什麼，至少放鬆存在我心中「當代對歷史的兩難」——第二天，我天亮就出發，經過蜿蜒的山路，到達廬山時晨陽還歇在梅樹梢上，這裏是馬赫坡社的舊地，晨陽同樣歇在莫那魯道的肩膀上，我走過溫泉飯店區沒有特色一如島國大部分的觀光區，我向深山溪谷走去，先有便道兩旁是雜貨舖，隨後路變窄，只剩一條沿著山壁的步道，步道的一邊植著欄干，眼前便是溪流帶著濃濃的硫磺味，我可以感覺這便是當年馬赫坡人退入深山叢林所經過的步道，沒有任何「歷史的標示」只有到處標示「此去可水煮蛋」，彷彿於今這步道只為了「水煮蛋」而存在，溪谷一直

三、四尺寬溪石嶙峋溪流湍急，約一公里半步道結束，溪谷豁然寬敞，原來是三道峽谷的會流之處，峽谷窄迫只見密林叢深，隱藏在霧氣中，我想這便是馬赫坡社人最後退守的密林峽谷了，步道盡頭水煮蛋池附近搭著幾間鐵皮屋，我坐在一間茶屋喝茶，面向那幾峰峽谷密林，眼睛牢牢盯著密林深處搜巡昔時的莫那魯道，我問茶屋主人是在地馬赫坡人，密林深處通向何處、景像如何他也不知，「步道沒了因為沒有獵人，可能還有山羊、山豬道吧，」馬赫坡人笑，「你曉得現在靠飯店、靠觀光，不靠獵人，」我沒有問起「事件」或莫那魯道，因我不願隨便問起，「我是自己遷回來的，只能在這三叉谷上蓋鐵皮屋，」馬赫坡人有個端莊標緻的女兒，茶事由她照料，「我爸說我們沒有土地了，能住鐵皮屋就不錯——我爸不讓我出外做事，他說有生之年一家人守著馬赫坡就很好了，」如果你想像當年在眼前密林中上吊、跳崖的馬赫坡人，就可以了解女兒最後一句話的意思，我一直坐到看酸了眼睛那密林峽谷，一直到確定老馬赫坡人說，「沒有人再進去了，來人請到水煮蛋為止，」女兒也笑著幫說，「再進去就是動物鬼魅的世界了，」我悵然離開，我並不奇怪他們沒有提到「事件」，並非因為我沒有問，即使我問也只是二、三句惘然的回答吧，所有生命的激情，所有反抗的尊嚴，都淹沒在無人無時間的密林迷霧中，對步道上擦身而過的人它不再具有「時間性的意義」，它向著永恆墮入，當代必要再度進入密林迷霧打破那份靜止嗎，讓這份寧靜凝結在島國的某個密林中，當代就無法解決有關於歷史的兩難嗎，我心猶豫，但腳往回頭的步道上，發覺沿著溪谷漫上來的硫磺氣霧不僅撲面而來，而且直入心脾，我曾經思索自有人類以來直到目今「人的暴力」為什麼總是存在，學者從生理學、心理學、社會學、政治學等等層面都觸及了它一部份原因，這些原因可能都是後天的，我思索人是地球的產物，有最進化的頭腦，但在人的內在深處猶如地心燒著熊熊的火，就是人心中那把與生俱來的火讓暴力不斷，當然人的頭腦從制衡到滅絕暴力也花了不少腦筋，有一定限度的成效，教人往修道往慈善往「反暴力」的道路上去，但就在這高山的溪流表面下流淌著火的溶漿，我不禁想像這火的熔漿不也是日日流淌在生活其上的馬赫坡人的內心嗎，所以出草成了其日常的禮俗，所以膽敢以小小的番社對抗巨大的國家機器，所以並不是愚蠢無知的反抗，是明知其後果而不得不從內心爆烈出來的憤怒，我反省我自己的內在確知自我是一隻帶著獸性的文明人，從年輕時代開始作有形無形的「爭鬥、顛覆」，我伸手一拳打落了一個水煮蛋的標示，還停下來等待打扁出來理論的人的鼻子，這一拳換個時空可能是拿磚頭砸爛占著人行道汽車的擋風玻璃，再換個時空可能像飛蛾撲火般衝向射向島國的飛彈，曾經我的布農朋友帶我到他家屋後的荖濃溪一試水火的熱度，他解釋說是帶學生來的最好的自然教學，我幾乎脫口而出溪旁關山上的長期反覆抗日也是源自這茎濃的熱度，不少人生「大師」教導人們寧靜，有個別的寧靜但可能有全然的寧靜嗎，寧靜之中蘊含著騷熱，暴力的騷動成就了最終不動的寧靜，平凡人生永遠擺盪在騷熱與安靜之間，夸言「暴力的滅絕」「永恆的寧靜」恐怕不是人生的實際，人要安於在擺盪之間行動或止靜，永遠在擺盪之間……我所以會寫下這些帶著激情的文字，無非藉著「事件」在小說中面對自我多年來的擺盪作一個誠懇的思索，作一個也許不可能確認的確認——在最終「不思不想」之前作一回盡力的思索，我尋個淺處，蹲下來穿過柵欄觸摸溪水，這樣的火熱平時可以溫熱人心積累起來可以令人心沸騰，瞬間我感覺我是同馬赫坡人一樣的「原始的」文明人，在原始時代我毫不遲疑揮下「出草」的刀，在文明的當代我費力思索這「屠殺」的刀揮得正當嗎，餘生在川中島過的馬赫坡文明人也曾經認真思索這個「正當性」嗎，出了步道不遠見一大疊石板塊沿著一幢二樓建築傾擺下來，我回頭一望「酋長客棧」馬上想到可能是傳言中莫那魯道的故居，位在進入峽谷步道的最高處，可以俯視社谷的動靜，我來時可能因為「水煮蛋的誘惑」忽略了它，我爬上彎了三彎的石板，有著修竹和桃花樹的小庭院，洞開的木門直直看到一個龐大的石雕匾額「酋長客棧」躺在塵灰的沙發上，左側邊長長的吧台，寬大的舞池撐開著空無一物，舞池的最後有落地的黑布幔，幔前一個小台上面擺著音響樂器同一只麥克風，塵灰掩不住這裏曾有許多踏著舞步的腳合著樂聲，是泰雅的舞步又像迪斯可，是賽德克人的古音又像搖滾重金屬，無一物的空令人感覺滿多的人影、雜沓的語聲、衣服或肉體的氣味，曾經有人在這裏經營殺戮後的狂歡，為出草成功舉行盛大的慶祝儀式，為暴亂後的餘生尋找一個性的舞蹈的宣洩，那氣味猶存，最可能在起飛後的八〇年代，不可能在徬徨困頓的五、六〇年代，祖靈曾經來過這裏，整個八〇年代莫那魯道坐在吧台上沉淫舞姿狂亂的氛圍中，詩人誤寫了時代八〇年代哪會「無詩也無歌」，我轉出門爬上登二樓的木梯，只有文明到糜爛才會無詩與無歌替代以迷幻和速度，二樓同樣有個空蕩的廳，周圍一間間細木紙門隔開的房間，每個房間還堆者整齊白色的棉被，靠後內裏有兩個溫泉浴池，從窗子望出去便是迷離的山巒叢林，想像狂歡到午夜黎明的人洗過溫泉浴後攤開棉被癱軟在一起，直到黃昏的山嵐漫入來喚醒他們洗過溫泉浴下樓到吧台，莫那魯道給每人一杯霧溪酒，樂聲響起另一夜舞池的狂歡——以屠殺或出草的名，我懂得在早些年代性的殺戮之後不是如豬的昏睡而是酒與舞的狂歡，狂歡入殺戮的性——這不是我十年自閉的緣由嗎哪裏是軍隊的「制式」能閹割了什麼還不是人人饅頭便數過了它，午夜過後莫那魯道跳下吧台，祖靈隨著一路直走便到神祕之谷，他盡了主人的禮數就是，午夜後的狂歡他讓給文明的廬山世界，是廬山，不是馬赫坡，我順著一道極陡的碎石小徑走到樓頂，是一片空曠的水泥土台地，樓頂架高蓋著鐵皮，用三合板隔著幾個小房間，房間外一片雜亂，有水泥包，砂石堆，鍋爐鏟子瓶罐等煮食用具，幾堆舊書舊雜誌，一輛老野狼，一個獨身男人的生活吧，一條繩索上晾著幾件男用衫褲，我越過水泥包砂石堆走近房間，才看清楚三合板上的圖象與文字，靠外的三合板上用紅色噴漆小心噴出幾個正楷字「霧社事件真相」，其下是一組圖片有影印有照片，另一個三合板上則是「傳統泰雅生活」，大部份是黑白照片，原來千山萬水尋來事件的真相，隱藏在這荒廢客棧的三合板上不在沿革誌或歷史書中，我首先看到一張影印照片是大飛機遨翔在峽谷之間，旁邊是一張兩個文明裝備的軍人叉腰監著蹲在地上拿著長鎗的土番的照片，我疑怎會有這張照片不是影印莫非是叉腰的其中一人戰敗後遺留下的，再旁邊三只大砲擺成三角褲發射戰術陣勢座在一個凸高的峰頂上，第四張也是照片幾具襤褸的屍體散在一個圓大奶的砲坑邊焦點放在奶的圓大可畏屍身則像一條條蚯蚓，我看到這裏心跳加快了幾倍，像某人類學者在八〇年代島國深山不期碰到小矮人可惜當時沒帶照相機，又像某徵信社的徵信員偶然發現島國有數的政治血案的線索可惜當夜夢中就被自己封了喉嚨，會不會有一張神祕之谷當年的實相照片，會不會有一張馬紅與哥哥「最後歡宴」的劇照，會不會有一張揭開「莫那魯道的最後之謎」的照片，我在圖像的最後一排瞥見一張影印嬰兒吊死在樹枝的背影照，接著在其旁我蹲下來正眼看見兩個不到三、四歲的小孩吧吊死在枝頭的正面照，——可怕這人有第一手的資料，他一定知道更多「真相」內裏的細節，這些細節也許對歷史事件綱要並不重要，但它點滴構成的才是活生生的事件的景況，我轉過另一個三合板，是一張事件前馬赫坡社的全景照，另一張馬赫坡的女人裸著乳房乳著嬰兒的照片，我凝注著那略帶圓錐形的乳房不僅形狀還有它韌實的氣質一點都不像八〇、九〇年代台北高雄的乳房，那是二〇年代吧馬赫坡的乳房啊……也許小說碰上乳房情結便要作個了結或轉折，果不其然，一隻腿硬生生橫進來擋在我的眼瞳與乳房的眼瞳之間，在現實人生可能相互貼近對視的，在小說的書寫中反而成為奢侈之事，在這時刻小說必須轉折到那隻腿的主人上連和乳房作個不捨的了結的餘裕都沒有，「來幹啥的，」主人自腿根處發話了就必須順著話自腿根出發一路直看到人家的眼底同時自然反應最好的護身符，「作研究的，」那人把另隻腿又插進來，完全遮住了圖片，「研究啥麼，」當然是事件的真相嘛，但不能這麼直接讓對方一有了防備可能一句真話都不肯說，「上山來研究賽德克人的傳統生活，」那人移開了雙腿，「那，可以先看看這些照片，」雙腿跨上老野狼噗的幾聲就不見，我仔細看著乳房周圍的照片，自此不再對視乳房，那乳房散著一種「無可自主」的悲哀，在二〇年代高山極簡的環境裏，一種悲哀無可自主的，不是因為十年後無法預知的事件，而是生存的氛圍中本身存有的悲哀透過那只乳房散漫開來，我在文明的乳房中從未感受到類似的悲哀，偌大的無可自主的情境，我不想再思索為何文明乳房棄了那種淒美的情境，我再轉回真相那張組合照，老狼適時噗了回來，「看出來什麼嗎，」似乎很高興我專注到事件上，老狼要我過去幫些忙，「先喝酒，睡醒酒，再煮飯，」剛下去就是買了一天吃的酒菜，我看還四點不到，他說他一天只這一餐其餘的時間都被重要的事霸占著吃睡不像人，「我叫達雅，」先乾瓶純老米酒，「一九六幾年生，」拿另一瓶給我，「能乾就乾，能喝幾口就喝幾口，一人一瓶，」才卅幾歲的老狼嘛，我被他額前的灰髮眼臉邊的條狀皺紋矇騙了，我說我從川中島來尋找馬赫坡，他說他也從川中島來，他在川中島出生，下到都市混了幾年，後來聽說有個故鄉叫馬赫坡，他就回來了，剛好回來管理客棧還有做他的「馬赫坡理想國」，他叫達雅，是賽德克達雅人，他回來馬赫坡時客棧已關了一年多，他沒地方住，就請祖靈請頭目讓他暫時借住，那是九〇年後，他在都市的原住民會館聽說人人都要回到原鄉，為原鄉做重建的工作，他老狼不如也回原鄉因為他都市的玩意兒他都玩遍了錢也花光了，他只在川中島呆了不到三天，因為從小他就覺得有人告訴他那是被譴責之地，果然三天不到他就軟了骨頭差點走不出去筋絡血脈都流錯了方向，他花二天半才走回馬赫坡，「被放逐那時他們只花一個清早到黃昏，」我笑說，他乾了一口不信，「只有一個理由他們被嚇壞了膽的力氣全灌到腳上去，」我隱瞞了坐輕便車及糖廠小火車的事實，他父親從不跟他談「以前的事」，只要他努力做工賺錢，「差點沒有出遠洋，要是出遠洋就好了，」他開始燒爐火，要我去洗米洗菜，「我看你是半個馬赫坡人，有二年至少三年了沒有人注意到我房間外掛的照片，」我說是，我是移居川中島的原鄉人，每一個人都有一個原鄉，雖然我分明我的原鄉在我心靈內在深處，我不想多說話，甚至提問，看那乾老米酒瓶的樣子就知老狼是個善談的人，而且可能有多久他沒有交談的對象了，我願意只是個傾聽者而不是所謂研究家，老狼煮了大鍋蔬菜稀飯開了肉醬鰻魚罐，頭目答應他在夢中照顧客棧後，整整一年半後客棧的主人才回來，一個叫老達雅的像夢中頭目的氣派帶著那種征戰後的疲憊，老達雅感謝少年狼辛勤照顧客棧，懂得保持一樓的原貌，二樓溫泉池洗得乾淨棉被折得整齊，「還定期日晾呢！」小狼說，老達雅只逗留半個月，夜夜坐在吧台上，面對空的舞池沉思，午夜時他才尋到二樓，在廳堂中與小狼相對飲酒，他要小狼忘了從前改名達雅，他叫他小達雅，大小達雅的回歸就象徵馬赫坡人的回歸了，然後他願意告訴小達雅許多「說不出去的事」，最令小達雅惶恐的是老達雅的第一句話，「我是莫那魯道的孫子，」事件發生後頭幾天他的母親馬紅倉惶奔逃在峽谷叢林中，手中抱著一個孩子，身後跟著跌撞著另個孩子，不少馬赫坡的母親在這時顯現了泰雅女人的大氣，她們為了什麼理由紛紛在樹枝頭吊死幼兒，再向叢林深處奔去，更多的經過溪谷懸崖時，像馬紅一樣擲下兩個孩子，歷史資料解釋這個為什麼只有淡淡一句：「女人為免自己跟孩子成為累贅，她們要把糧食留給勇猛抵抗的泰雅戰士——」就像川中島部落人皆知的事，馬紅在中年以後直到晚年多次失蹤，多次在往馬赫坡上吊的途中被攔截了下來，這是一種悲傷鬱積到發膿引發的歇斯底里症，她終生悔恨當年沒有隨父兄死在密林中，「我一輩子都在想她有沒有悔恨把兒子擲入溪谷，」老達雅說，我想史料記載的總是最容易明白的一面，馬赫坡的母親在死亡的恐懼中奔徨在迷霧密林中，第一個吊了或擲了自己的孩子，就有第二個、第三個跟進，那是一種集體的歇斯底里，這歇斯底里也導致最後的集體跳崖自殺，祖靈讓老達雅擲中一處深水潭，及時有祖母泰雅把他撈了起來，「我至今也不清楚自己是母親懷中的那個，還是跟在後面奔跑的那個，」祖母泰雅連夜把小孩送出溪谷，順著眉溪躲躲閃閃到埔里的長老會之家，長老會將小孩換上漢人服飾，由執事趁清晨送往台中長老會教堂，台中長老當天就轉送到台南老教堂太平境，「我，馬赫坡的童年少年達雅就在太平境長大，」他們訓練他將來成為一個泰雅牧師，「我在太平境所學兩種主要語言是母語和英語，」料不到十八歲那年教堂外發生了動亂，傳說有人將被公開斃在教堂外的小公園，外籍牧師不准堂內的大小去參觀槍斃「匪徒頭子」，就在斃了那頭子的當夜，他被送往海邊叫七股或八股吧，坐了一艘小船然後是大貨輪，陪伴的執事先生直到下了船才告訴他，「終於逃亡到了南美，離馬赫坡豈止萬里啊，」他重新學習拉丁話，準備當個拉丁牧師，可是他不肯服從長老會的誡律，他喝酒、嫖妓、讀邪書，「可能祖靈遠度重洋附身在我身上吧，」在廿歲那年他同一位中年拉丁富孀結婚，同年被逐出教堂，同年生了一個賽德克拉丁混血的女兒，同年開始浪跡南美，富孀買下幾幢大建築樓房改裝成公寓，租給後來的拉丁移民，光收租金就夠她忙到忘了今夜丈夫流浪到哪張床上，他到美國看了一些大戰在東太平洋的資料，也幾度到日本去看史料，拜訪一些「曾經在霧社、川中島」的日本人，他會做這些事當然「是附身祖靈的意思」，大概也是多年長老教會的教育與訓練吧，「——那些照片是老達雅帶回來的吧，」我問，老狼在醉眼中看來像曾經慓悍、曾經流浪的中年達雅，「是私藏的，有些是花錢買來的，」他也想不通祖靈在他垂暮之年才帶他回到馬赫坡，他一眼見到將成廢墟的日式客棧，是他當年的祖屋，當夜他在客棧的後窗清楚望見當年他被擲下溪谷，祖母泰雅輪流揹他摸索著經過客棧到眉溪，那一夜他痛哭流涕平生第一次他多麼思念親手擲下他的母親，他趕到川中島，沒有人不認識他的母親馬紅．莫那，但沒有人認可他是達雅．莫那，八九年他回來，馬紅已經回歸神祕之谷多年了，川中島的長老因他會講純正的達雅母語善待他，大多數人把他當作當年逃到瘋人院的瘋子回到川中島了，他一再詢問馬紅的事，人家一再告訴他馬紅徒步尋向馬赫坡上吊的事，每一次他都痛哭到失聲，真摯的痛哭起初感動許多人跟著流淚，直到痛哭成為「喚起傷痛」的噪音，長老公開請他離開，因為人無法時時在傷痛中，他們必須耕種養豬餵雞，還有最嚴重的是「在傷痛中出生的小孩是被祖靈詛咒的小孩」，他們不能忍受想像這批小孩有一日在川中島的餘生中搞起另一個「事件」，他感謝並告別長老，他把一生的傷痛還給馬紅了，馬紅的再嫁女兒扶著他離開川中島，他分明整個川中島只有馬紅的這個女兒相信他，當他凝視她的時候，他看到馬紅在她的眼瞳中看著他，「我要回到馬赫坡，」他最後一度哽咽，而她平靜的說，「媽媽知道──」他回去後即時把日式房子拆了，建了二層原木樓房，一樓是舞池，二樓溫泉旅館，他堅持來的必須爬三彎石板塊斜坡才得到酋長之屋，溫泉旅棧是因應這原鄉馬赫坡已成聞名的溫泉之鄉，舞池可能是森巴舞池的聯想，但他原意是在此可以重溫或改良傳統泰雅舞蹈，他公開宣稱他是酋長的孫子回來繼承家業，沒有多少人曉得酋長是誰，他悄悄把客棧後的野草林地堆平成大台地，霧社警局派人來看了一次以「整理野地」備案了事，他計畫把一樓舞池加上螢光幕成為動態的事件紀念館，後山台地規畫成一個當年的小馬赫坡社，舞池在九二年又月廿七日開張，他在吧台留個位置給祖父莫那，在二樓留個小房間永遠鋪著被給母親馬紅，舞池吸引了九〇年代新人類團體，舞步由泰雅的祖靈舞開步逐漸變成靈魂探戈迪斯可，新新人類的午夜喧鬧可以遠到溪谷密林近到廬山分駐所，分駐所追索他的土地所有權狀和建築許可，他依照俗例砸了錢下去，對方最後要求更改「酋長」這個名號，同時所有的活動在午夜結束，這兩者都不可能，更改「酋長」便失去了他長期規畫的象徵符號——這恰是「符號意義」比實質重要的年代，而在溫泉鄉所有主要活動可能都在午夜開始，他明白「酋長舞池」是吸引島國南北的文明人到馬赫坡客棧身處當代霧社事件之中，當他們午夜歡敘避往後山坡時才認識了傳統泰雅賽德克人的生活，警分局查出老達雅是馬赫坡裔拉丁人，訓令他離開馬赫坡後驅逐出境，公文上說明「挑起歷史情結，蠱惑現代人心，具體破壞溫泉社區的安寧」，老達雅察覺這事的背後有幾隻暗手並不單純在於警局，他想起他讀到的「第二次事件」，他開始注意在他周圍的賽德克人，可能這人那人就是當年「出草」馬赫坡的子孫，九四年底他離開，回歸原鄉不過二年，二年除了客棧事業他只完成後山傳統生活區前的哨台，「等一下我帶你去看哨台，做得像照片模型一模一樣，」老狼說，一年半後他初次碰到老酋長達雅．莫那，老達雅似乎專程回來找小達雅夜談，並請他繼續照料他的老祖屋，老達雅說他在遠方異國一直思考著馬赫坡的現在和未來，這次他只停留半個月，因為他的拉丁．賽德克女兒正在進行一項龐大的拆除改建工程，他要回去幫看著，老達雅許諾，他多年來為馬赫坡作了許多思考將有成熟的結果，他下次再回來，將發起真正的「歸返原鄉運動」，平反並讓當年被迫遷徙的族群回歸祖先的原鄉，他要老狼養好身體，他一回來馬上到川中島作回歸馬赫坡的運動，盧山溫泉可以遷到島國任何地方，原鄉只能有馬赫坡人規畫的馬赫坡溫泉，而且不是「觀光」溫泉是「泰雅文化溫泉」。我在第二天中午離開，老狼自凌晨醉倒還在酣睡中，臨行我近距離拍了三合板壁上那些照片，當然不忘拍了一張「醉中的老狼」，我走出去便看到一個造型構築精緻的哨台，其後是整理得乾淨淨的水泥空場，「哨台監著空村」，我想到這一句話但並無所感，回到川中島時已近黃昏，薄霧層層飄在山腰，姑娘的房子靜悄悄，我愣在書桌前想寫下一些筆記，渾身滿溢著老達雅、小達雅的話語，我不知先寫下哪一句，經驗告訴自己必須幾天的沉思默想才能消化老、小達雅，文字作記也才可能，我繞過廚房做小雜鍋，想起幾年前在魯凱做大雜鍋的日子，「整個隘寮溪是排灣魯凱的古戰場」，魯凱朋友幾度邊吃大雜鍋邊這樣感嘆著，不過沒有文字記錄，多少戰役隨著時光消逝人的凋零遺忘了，留下的只有模糊的傳說，要說個真確已不可能，我在魯凱的日子從未被「歷史的戰役」困擾過，「一點不像這個霧社事件，」我一邊吃著小雜鍋一邊自言自語著，其實許多人都度過戰後餘生，在魯凱時我完全沒有意識到這一點，如今我想到在我們當代也有不少都市人還在度著劫後餘生，「你們漢人值得研究的可多呢，」我驀然記起姑娘表妹的話，是的，從終戰到二二八到白色五〇年代……也許太靠近了，太靠近了，就想迴避它猶如肉體碰觸到鄰座陌生肉體的那種厭惡，何況讓更適宜面對、研究的人去研究、面對它，我慶幸歷史曾有個霧社事件讓我來到川中島，溫馨孤獨寧靜的吃著這個小雜鍋，這夜我昏然入睡雖然沒有姑娘的安眠曲，夢境足音雜沓是馬紅·莫那在密林叢中奔跑的腳踏，其後還跟著一雙蹎跛著的弱小的足聲，我在第三次雞啼中醒來便是眾雞醒後交談的雞噪世界，他們是否在交換彼此昨夜的夢境呢，那夢境中奔跑的足音大概跑了一夜累成拖著腳板後跟的曳拖、曳拖聲，一直拖在掛著窗帘的夢框外，童年時醒來也是在後院的雞噪中，這雞噪中醒來的經驗一直延續到少年時，母親生病後不再養雞鴨鵝，後院改種小蕃茄，小蕃茄上搭起葡萄架，都市中架起葡萄當時都覺得新鮮的是往往真的睡到陽光晒在屁股上，沒有人懷念那陪著我們成長的雞噪聲，若非我來到這川中的山腳下賴床在滿盈的雞噪中，可能終我一生不會再想起老家後院的雞噪來，可能我已遺忘更多，比如我的生活常識中只有一次雞啼在黎明後不久，那麼多年的成長歲月中從未聽過午夜雞啼或雞啼午夜，在我覺得「自己的人生已經差不多」的現在，我才清楚有兩次雞啼在午夜凌晨，先是一隻雞啼引起遠近七八隻雞的呼應，隨後戛然回到靜寂，沒有幾日我已習慣在夢中等待第一次雞啼，在雞啼時翻身凝聽，之後回到夢中等待第二次……我從未思索雞啼三次的原因或意義，緣由那是自然，只要接受無需追究，最近我從山中再度回到淡水，住在離河不遠的山坡樓房，午夜竟然被如潮的蛙噪喚醒我翻身確定是蛙噪如潮水一般的之後又沉沉睡去，除了寒雨的晚上夜夜如此，但自然的噪音雖大卻不擾人清夢，它與人的無意識是同一品質，有聲、無聲在「自然」中交融在一起，我從沒有想去研究那是什麼蛙包括牠的生態，人負載著許多自然知識不如自然融入它，有晨午黃昏的蟬鳴，另有一種午夜的蟬嘶，我們了解從蟻大的蟲蛹變成蛾的過程又有什麼意義，在過程中我們只需用心觀看和傾聽，同時接受整個過程的「完整」，人並不需事事苦心研究抽絲剝繭，當自然老師把繭剪開，把一隻吐絲的蠶用手將絲拉盡時我們到底要給孩子什麼樣的教育，自然科學如今已經發展到可以把這個提問當作「幼稚園笑話」的程度，但我還是要這麼寫：人必須時時反省人事物的本質——只此一句，我又回到周遭的雞噪中，我清楚覺知我不能如同接受雞噪一樣，接受一個「人為事件」中的屠殺、出草、尊嚴、儀式，我必須考查、思索並釐清它的真實，所以我不能享受賴在雞噪自然中，何況那拖曳的足音已經離開夢框多時顯然是窗外的現實，我掀開窗帘一看，姑娘一身黑短褲T恤抱著手臂嚴著臉在屋前的庭埕「用力」來回走著，「一大早不怕涼啊，」我半喊著，「要不要喝咖啡，」姑娘回過頭來臉上有二、三處瘀青，「不要，」那瘀青帶血紅顯然是不久前出的事，煮咖啡時我考慮著要不要過去關心，一來我和姑娘的交情好像還沒到可以談「嚴重」的事，二來早上我要先去散步梅香回來好做清晨思索的工作，我花三四倍時間倒咖啡、調咖啡，「不是要問她馬紅家在川中島的情形嗎，」晨起咖啡杯到完美時我想到這個藉口，我開後門鑽過水塔便到姑娘的前庭，姑娘看見我時沒有一絲「泰雅少女的微笑」，那微笑是我在一本勘查書中的照片見到永遠記得泰雅女人的，「你坐，我靜不下來，」我就坐下牆階靠著屋壁喝咖啡，姑娘仍然用力踏著步，來回我在咖啡香中眯見姑娘的頭眉時時高過山脊時時隱在山巒的暗濛中，從耳後根斜下來美麗弧度的黑色肩胛，同樣黝黑的膝腿上短褲一高一低間露出潔白的大腿肉，白肌膚的賽德克達雅人印證了史料上人類學者的「膚色分類」，我不禁凝盯著那一隱一露的肉白發愣了起來，眼前掠過大漢女人的肉白嗎，還是年輕時一位曹族少婦的肉白，為什麼大漢女人那麼SKII珍現的肉白，泰雅姑娘毫不顧惜讓高山的陽光曬黑她，為什麼過去多少年了記憶中還存在著那少婦曹族的肉白，「——養得一身白肉什麼事不做專會欺負女人，」突然姑娘狠狠殺入來這句話，我被話中的「白肉」「什麼事不做」「欺負」驚得跳了起來還問「誰呀，」「還有誰，那個龜公呀！」姑娘要我跟她進屋，我端著仍在驚跳的咖啡心想誰是哪個龜公呢怎麼突然，姑娘說她這兩天被搞得筋骨酸痛坐不得屁股石階，她在沙發上半坐半躺著，好在對面獨一只一人沙發椅可以供咖啡座，「我又不是沒在都市混過，」姑娘齒切齒，「想不到這回被搞得這樣——」我想當然姑娘都市過，不然那些深夜的名曲從何而來，能耐那些名曲的必然被都市文明深深化過，「我離婚後下都市待了幾年，怎麼這次再去會這樣，」她惶惶走在都市街頭，車聲人聲大到令她的心跳成喉結，那喉結被角落一個正在「卡虎卵」的龜公相中，馬上欺過來，馬上問明她需要個好職業，即刻開來一台破黑頭仔車載她離開黑暗都市，去另個「比較單純的所在」去做他們剛剛開辦的社會服務行業，龜公讚說他們急需像姑娘那樣山上下來的人手，「我們山上的人體質不同，」姑娘捏捏手臂肉，「辦事辦得動，」她去了才知道那老大不小的男人被四個老娼養著一身白肉，龜公吆來喝去，就有菜吃酒喝，龜令二個站崗，另二個進來陪新人喝酒，「我氣到手直發抖，」發抖的手被老娼一扶，就灌了第一杯米酒金高粱，在他們米酒要金高粱才夠味，米酒加什麼什麼在山上部落姑娘是熟悉透了的，而且怕什麼泰雅姑娘從來是大碗喝的溪澗水，二個老娼也被龜令大碗陪她姑娘喝，喝到二個老娼一抓手肘一強撐開大腿讓龜公的趴到她身上衝撞幾下不止，射了什麼的同時還誇說以他龜力要七八個才夠呢，她姑娘算是他龜董聘請的第五個外務員，試用過後就正式上班，當場兩個老娼留下來繼續讓龜公發揮龜力，推她出去站第三崗，不到二、三分鐘就有人客嗅見肉質不同二、三個圍了上來，她展現賽德克人的慓悍，每人不到三分半就解決了三個半平地人，其中一個觸到她的陰毛草就洩了算半個，她捏緊手中還熱的鈔票，屁呸了幾句另二個看得眼眶發紅的老娼，還進辦公室踢了龜公卵巴一腳賽德克，虧在當時一個老娼騎在龜上另一個母的正在餵公的淫汁，「呸的我是瞄準屁股上揚時踢準卵巴的，」姑娘歪頭瞪我一眼發亮的眼，趁那卵極痛又被人汁哽住之際，姑娘「在寂靜的瞬間」逃了出來，包車直回部落天已大亮，「哎呀好爛的良家婦女墜入火坑的小說情節，」我又氣又無奈，「是啊！」姑娘坐直身子，「我怎麼會被寫入這麼俗又爛的小說情節，」我們兩人都為這極爛的小說而氣極，姑娘說她回來後就在庭埕從天大亮走過午夜也沒見到我屋燈亮也沒聞到小雜鍋的香餿味，雞叫幾次她從小就沒注意到，直到她嗅到文明的咖啡味在這深山，她幾乎要哭了出來，但她加緊蹱步她賽德克泰雅不能受這點欺負就哭著說她想喝咖啡，我說我問過，她說她是說「我不要不要不要——」不是不要咖啡，我即刻回屋去燒咖啡，調一杯特濃特香特甜的，杯子還選用陶做的大花碗，我小心翼翼端過去時，姑娘已經躺平睡著了一隻手遮在眉心另隻手壓著心驚，我小心捧著大花碗回去時幫姑娘半闔了門，我小口小口大花碗直喝到午後，什麼思索的功夫都沒做，想到癡呆為什麼小說會讓那麼粗俗醜陋的現實「直接套用」在回歸原鄉的夢姑娘。只有少數外星來的人知道我這「癡呆」的祕密，毛病一發作便繞著「癡呆」打轉幾個日夜或幾十個月日轉不出來，又看起來端端莊莊的一個人，癡呆之時外星話也會說，少數人極注意這個祕密，闔家趕來溫習外星母語，不然不出幾年就只會強勢地球語了，有個少年外星哭著來的，說他辛苦回去一趟沒有聽得懂他的話的，可見時不我予最忙時是我癡呆時，多少即將失落的等待我去挽救，又看起來百無聊賴的一個人，因緣祕密發作的祕密極為祕密，但不管星球怎麼祕密，總有別的星球知道你存有的祕密，你看，此時穿透太陽星球場域，就有個人直直尋上門來了，「可以進去談談嗎，」他隔著紗窗門問，像猩猩大的一般人，沒等回答就推門入來往沙發一坐我才說「請坐」，我擬先聲明我正為「小說的癡呆性」而癡呆無暇教他外星語，好在他也先聲明「我住前鄰，這兩天看後面不太對勁，過來看看，」原來是小說人物不大對勁惹了人家，事關小說書寫的人，褒也不是貶也不是，就說「沒事」「沒事」，他後彎拇指指指後方，意指不大對勁的小說人物，雖然是新來的但同是小說人物我也不好向他品評中古的小說人物，就說「沒事吧，我不知道有什麼事，」「我叫畢夫，沒事就好，我住前鄰的隔壁，這部落本來就沒什麼事，除了你們傳教的和研究的，」「我是研究的，」我也不曉得為什麼要趕緊說明，「以前這屋子住過二個傳教的，修女……你不用看也知道是研究什麼的，」我還陷在祕密的發作中，必須時時小心有誰來藏在哪裏要求傳教的，無法專心對談，幸好畢夫先生是部落中少見「運動型」的人，這類人泰半是天生的演講者加上後天的實驗只愁沒有聽眾，島國在八〇年代崛起不少這類型的演講家，我到目今才知道這川中部落也蟄著一位，選舉剛過畢夫先生沒事就從「選舉在部落」講起，他回鄉時就立志競選村長，同別的年輕人不一樣，他一競選就是連著三屆，他是無黨無派有抱負有理想絕不賄選有規畫有藍圖那一類，連三回都在投票前一夜被孫中山先生打敗，最近這一屆有六個候選人，他只差了六票，那一夜只有他和拜孫中山的大弟子在笑，孫先生的二弟子、三弟子哭得好慘，不過雖然他笑他心裏可明白那六票是不可能跨越的「孫中山鴻溝」在部落，他不怪部落人沒有人格或缺乏理想性，「你算算看三大張孫中山可以買多少瓶老米酒，」我吃一驚，「那麼好賺啊，在平地我們都市有二百三百就賣了，五百六百算是度小月，超過一張孫中山那就是老大的了，」畢夫先生笑得歪了嘴，「就是嘛，我常說平地不比部落，部落文化的特殊性只有在特定的時節才展現出來，不像都市平時就亂秀，把行情都搞差了，」我漸漸放鬆了性癡呆，直覺我感到躲在天花板間隙，廁浴毛巾叢、櫥櫃史料堆中或化身為門前那一棵三角仙人掌的，一聽起先生畢夫談起選舉的氣勢，就明白時間等不到「傳教」了，就懷著祕密的痛苦離去了，「談談霧社事件好嗎——以選舉的觀點，」這一問就顯示小說性癡呆已經恢復為小說性敏感了，「為什麼選舉中的部落避談這個事件，」我追問，「啊哈，」畢夫猛拍大腿，把腳一隻縮到椅上，我看他黑臉黑脖子黑手肘可是褲管這一縮也是白皙皙的足踝腳板，「全部落的選舉時光中只你一人會想到那個事件哈啊，」那事件過時了，沒有趕上選舉，「不然莫那魯道一站出來，孫先生也不管用了，」那事件尤其在選舉不能提，因為它本身的錯綜複雜性會引起複雜的恩怨效應，「不過別以為我們忘了過去，」剛過去的二十七日他也和部落的人去霧社祭拜莫那魯道，但他曾事先建議隔日在川中島另辦活動，以「彰顯歷史的傳承及此時此地的意義」，但沒有人理會他畢夫，祭拜時，其實他心裏反對英雄主義，獨樹一人的英雄者他認為對當時共同參加的祖先們並不公平，多年來他建議在川中島設立「霧社事件紀念館」，遠離血腥殺戮之地，遠離非原鄉人的原鄉，「就在事件的後裔中建立，以一代又一代的餘生來紀念，」這一句並不是我書寫時的文字修飾，而是最貼近畢夫的用語用辭，這也是第一次我聽到部落中人提及「餘生」這個辭彙，可見「餘生紀念碑」立在畢夫心中同時也矗立在部落中某些人的心中，但畢夫攤開黑手背白手心的雙掌，「沒有人附議，只有我要建館，」不過不要緊，畢夫先生還有一個未來十年計畫，建館會在十年計畫中完成，這未來十年相應於過去十年，畢夫不能不提及他的過去，他當十年魔鬼士官長退伍，也許想念也許厭了十年「制式」的生活，他直接回鄉，把川中島後山坳二分祖傳地闢作魚池養魚，他只養「國寶魚」，那些都市的魚缸專家開著賓士、克萊斯勒來買，一條小的六仟元，有一年颱風前夜他夢到祖靈來說：「放魚子去了吧，也多留些種在深山，」他想也是，就答應了，第二天去山坳一看，變成水鄉澤地，魚真的「被帶到」深山去傳種了，他隨著部落的建築班子下到台北做捷運，後來到汐止去開發山坡社區，做過林肯大郡、瓏山林，他也是在都市中受到原住民運動影響的人，決心回到部落，重建家鄉，在競選村長幾年間他成立了故鄉保育組織，監視電魚、毒魚者，保持河床的乾淨，幾次組團坐遊覽車上台北參加原住民抗議運動大串連，他原屬「原權會」，後來漸退出運動，因為親眼見昔日的夥伴被抬轎成為既得利益者後失去原有的理想，譬如還我土地運動後，當鄉長的知道哪些土地可以放領，他會先通知自己的親戚去登記，「這跟平地一樣，」我插話，「一人當了市長，家族事業全包了這個市，」而分發下來經費一級一級「吃」，到了地方真正做到土地上只剩一點點，所以到了世紀末的選舉前我才見到鋪好了部落兩條主要巷道，後來他只希望回鄉把自己故鄉的環境看顧好，不要失陷，現在他重新開拓山坳，準備再養魚，蓄積一筆錢，有機會就宣揚他的理念，鼓吹自治縣和保育觀念，十年後競選縣議員，「仁愛鄉和信義鄉可以合併成立第一個原住民自治縣，」而畢夫先生可能是第一位自治縣長，「我常問我妻妳知道我是什麼人嗎——我妻說我神經病，」其妻是太魯閣群泰雅人娘家花蓮鳳林。黃昏散步時，我愛穿過墓場小徑下到稻田埂中，有時落日正在山脊盡尾交會處，這時四望已經濛灰的遠山，會覺得這是一個包圍完整細緻的山谷，有一種全然的安詳平靜，適合一種自守自足的人生，顯然畢夫先生將以積極的態度守住這個山谷渡他的餘生，顯然獵人的兒子是消極地在這個山谷蹲過他的餘生，等到老達雅的「晚年革命」，帶他們離開這放逐之地回到馬赫坡，但餘生已定要在這山谷過的人願意離開嗎，他們願意把餘生花來開拓一個陌生的原鄉猶如當年他們開拓一個被放逐之地，我忘了問畢夫這個問題，他會參加「達雅革命」嗎，可能會，可能「達雅革命」必須與「自治縣革命」結合作運動，可能畢夫和老狼會是革命的兩匹驃馬，在老達雅的老眼昏花中飆出生命中最後一場美麗的革命，我忘了向他探問達雅．莫那這個人，也記得他並沒有正面回答對「事件」的看法，大概因為我規範他以選舉的觀點，不過這「事件」直接問，可能得到茫茫的幾句不痛不癢的話，更可能經過知性的思考說出一大堆冠冕堂皇虛偽的話，旁敲側擊再作分析也是一種研究方法嗎，我旁敲畢夫側擊達雅分析出一些「可能性」來，從畢夫參加祭拜的事實顯見他是正面肯定霧社事件的，他的反英雄主義源自於他原住民運動中「墮落英雄」的經驗，他為那些犧牲的社民叫屈，等同他為選舉中抬驕的自己一夥喊不平，他的霧社事件紀念館必然是忠烈祠式的，很可能光考據殉死的烈士姓氏就用完了餘生，徒呼負了自治縣，倒是這件事老達雅比他清楚可以幫忙他，姓氏查清楚後老達雅會委託小達雅重建馬赫坡每一間家屋，在家門的門檻上書名姓氏旁及烈士的名，配合革命成功自治縣我估計達雅革命的成功率頗高，雖然所牽動的人事物波動極大，但凡事必須以「本質」來看以「正當性」為依歸，還給被政治放逐的人以原鄉的土地有比這事還正當的嗎，但分析川中島人到最後我估計只有不超過半數的人會走，所以畢夫的紀念館人力、財力不足可能建到畢夫的餘生，而老狼必要要求老達雅召回女兒拉丁．賽德克規畫籃圖、公文往返、招工外勞諸事一切，一切也會到了老達雅的餘生也可能老狼的餘生，拉丁．賽德克當然接任第二任自治縣長，擴大版圖到大肚溪為界，也可能因「無法取得混血證明」她被驅逐出境，在拉丁美洲成立第一個島國自治縣海外救援會，實際的原因是老達雅不追究「事件」只在意「全面重建」，而老狼說達雅給他看過女兒是一個「混血的美女」，美女一當上縣長就磨刀霍霍要清算「霧社事件第二次」，而「當局」容許的程度只許賠償凡事以金錢解決，正義或姦淫的代價都是，島國人民已經教育成功這種價值觀，誰人不受白色恐怖賠償條例一公佈不多時登記有二千多人次，唯血性的拉丁．賽德克不許「歷史以金錢矇混過關」，——我不反對也不贊成美女賽德克，我的文字使命只是寫出拉丁美女的「可能性」，血性當然存在我的文字之中，不然我也不會寫明拉丁．賽德克美麗的，——老狼所想所做的只是保持原狀塵灰的或清潔的，老達雅正在作最後革命前的最後思考，畢夫忙著養魚，獵人的兒子耕種之餘只剩力氣喝酒，夢姑娘還在睡覺，夢到巴幹計畫搞她花酒，牧師說不可以光羅馬拼音就難倒莫那魯道，長老發咒說他只活到再有一個研究「事件」者來訪，姑娘的表妹是不是吃過大漢沙文主義豬的暗虧，雜貨店老闆搖了又搖頭說依據他多年對島國土地的了解「達雅革命」的勝算不大，只有雜貨店老板娘想到川中島的人何不組團到大丸國抗議平反賠償「霧社事件」重點在賠償，慰安婦都可以求賠償，被賞金四兩割了頭顱的現今至少求償四百萬，達那夫．道澤聽了恐慌到三天屎不出來，他說明當年四兩是賞割頭花的力氣，頭顱尤其出草的是無價之寶豈能改朝換代就論價，私下他攻擊老板娘的老母當年是「台籍志願慰安的」毫髮未損回來年前又求得一筆安慰金，才想到安慰頭顱金，達那夫兵貴神速隔日就在媒體放話「人命是無價的豈止頭顱」，天料到拉丁．賽德克隔海在網路上碰見達那夫．道澤馬上在網路建立「聯合陣線霧社事件」相反相成番就是番，我平生手筆書寫最恨人家網路書寫，真想丟了「事件」回家嗑藥睡大覺，然則，當代叫當代歷史提醒我不能讓可疑或猶可議的事件成為「過去式」永遠，必要把它扒出來在當代的陽光下曝曬到「現在式」，過去的歷史就此變得活生生成為當代歷史的一支，「當代」如是豐盈到奶大或臀大堪稱當代，所以「當代霧社事件」或「霧社事件在當代」不是唬人的，它不僅是這本小說的主題而且是適切的歷史觀，我初初進入當代霧社事件，就發覺「屠殺的不義」可以對決「反抗的尊嚴」、「出草的儀式」，有可能就此顛覆了歷史霧社事件的「正當性」，但是，我聽到了第一回雞啼，顛覆的過程豈是如太初雞啼草草的處女般的，我聽見了姑娘的舒伯特，對決不久我發覺問題不在對決本身，果然山的懷抱容易撫平創傷勝過人的懷抱，問題在於如何回應「尊嚴」與「儀式」，第二回雞啼之前記得要喝一杯睡前咖啡，難度之高難以想像：尊嚴的泯無和儀式的無意思，喝睡前咖啡時必要向「當代」報告。我夢見拉丁．賽德克小姐與達那夫．道澤先生在網路上握手的瞬間，被一記尖叫驚醒，接著連環的吆罵夢中便在嘀咕沒見姑娘這樣罵人的，我以夢中速度將網路畫面打上日期、地點定格存檔，隨即翻身下床腳也沒穿就衝出後門，陽光中見姑娘站在後山坡雞棚前一雙好黑好勁的肩胛，「猴子有這樣的力道嗎，」姑娘左鄰的舅家來了舅老和舅哥，舅老蹲在崩壞的雞棚竹編前用手丈量著，「牠這一踏足足有我兩個半手掌大……會是公猴大的嗎，」棚子內有兩隻斷的雞頭還鋪著散亂的羽毛，其餘上百隻的大小雞自在的走來吃去，「一定是龜公養的猴公隨便就可以來吃人家，」姑娘罵，「哪天我沒早沒晚餵牠們吃的，就是想吃牠們一隻也要想到忍不住，」舅哥比較實際，「好久沒見猴群下來了，昨夜有沒外人侵入部落，狗是叫了一陣，沒聽到陌生的人聲，」我記得姑娘的弟弟花二、三個星期打造這長雞棚子，「弟弟呢，」我脫口問，姑娘瞪我一眼，「誰知道他飄到哪裏去了，」又加一句，「這時哪管弟弟，」意思是我問得笨得可以，人家舅老就憑經驗知道也不用問，「人沒有這麼大的巴掌，妳的龜猴子好久也沒見有這麼厲害的，會不會是——」「龜公來了——」姑娘跳著叫臉扭到要哭，兩手揮著像要抓住什麼又沒什麼好抓得穩的，舅家似乎對所謂「龜公」沒有反應父子兩人認真的沉默著，「狗熊，」舅哥先開口，「是狗熊，」舅老先生肯定是，「人家狗熊才不會……」姑娘又跺腳又抓著終於抓到自己頭髮，「是狗熊，不過希望不是狗熊，」舅家深沉著臉回去了，「什麼不會嘛，怪到人家狗熊，」姑娘用力打我一下背，意思是我沒用到現場幫說一句話都不會，我順著背被打的勢頭下斜坡瞬間就上床補睡陽光那熱度肯定九點不到，不無後悔不是狗熊研究專家，我依稀記得存檔中有「有關狗熊」一項，臨入夢前我及時調了出來狗熊有關的放給網路呆娃看：島國灰熊前胸有V的正名狗熊，狗熊下山餓肚的途中，就有夠牠吃的鳥巢蛋，牠懶得下到你的雞棚吃雞蛋，除非鳥不生蛋雞不拉屎的異常節氣，牠才辛苦顛下溪谷抓魚，偏偏幾天前溪中魚剛被毒死電光，所以真有部落人家的婦人大白天見狗熊抓雞子在廚房下油鍋炒雞丁，部落人家的鐵門鐵窗都是為了防範「可能性」的狗熊，倒不是——熊者自古以來在部落獵人心目中是屬神獸一類，同祖靈平起平坐的，畏之三分敬之七分平時是不打的，當然牠看也不看獵人扛的那恁小的獵鎗，又，熊者巴掌可以打掉半個半屏山，只有嗜補的「漢人類」才懂得食熊掌以補他的小鳥翹望有牠巴掌的大，姑娘也趕來夢中補充說明網路呆娃：只有被母熊「放殺」的熊公公才會落魄到什麼都吃或吃下什麼都不知道，才會失去「愛與性的指標」迷失方向下到海拔三百公尺的人家，部落人都同情牠失魂的模樣，任他野遊不去擾牠，最後多失喪在漢人大補帖的藥方中……午後不知幾時我奮起來寫「有關達雅·莫那的一生」以備存檔，日暮山光加上小日光燈寫到眼睛快要瞎掉，突然窗框射進來兩隻大燈眼睛真的瞎掉時，才聽到碰碰的吉普車聲，復明眼睛時才看真確引擎蓋打開著才碰那麼大聲，有個人彎著背頭埋引擎內碰，幾乎同時看到一個身影跑近來愣了一秒二秒「怎麼尋得到這裏呢，」聲音又柔又訝異到喜悅的韻味讓人不敢相信是姑娘她，男人默在碰裏有十分鐘，姑娘直亭亭站在一旁也有十分鐘，男人默著撞下引擎蓋默著擦過姑娘的黑耦臂過去關掉碰聲兼大燈走到姑娘門前燈光中，果然一身好白肉小白的臉，可憐見他平地腸子不適應山路彎曲，幾度險些地把直腸掛到斷崖枝幹，才有那樣惡人無膽的狠臉色，姑娘傻得可以知道離他二、三尺卻不知道再說什麼又不能用喊的，她沒有意願宣揚「平地的祕密黑暗面」，男人逕自入屋遠近聽到他摔家屋這個那個，幸好都是一些大石子、小石子、枯枝、枝葉，姑娘見她寶貝被摔到庭埕就發了飆罵將起來半帶著哭咽，左鄰右舍都出來了男女還有遠騎機車趕到的，可惜姑娘的罵語多自己獨創的語彙，部落人聽得出她有許多委屈，可是聽不明白到底屈在哪裏，龜公到底有龜公的氣派緩步出來當眾摑了姑娘二巴掌，「吃我的、喝我的、睡我的，一走了之還偷了我的錢，」隨著宣佈姑娘是他的女朋友新的，婦人紛紛用母語問姑娘犯了什麼事，賽德克男人握緊拳頭手肘橫在胸口，大約經過六十幾多年的生聚教訓也只能如此，姑娘好像被二個巴掌打歪了，自庭埕死死走回屋內，隨後就響起杜步西的小步舞曲拉長節奏什麼的，新的男朋友向圍觀的人演講當姑娘男朋友的甘苦辛酸，大家耐到蕭邦先生的小夜曲一出來就散了紛紛，奇怪的是龜公再一進屋蕭邦先生立即停奏了小夜曲，連四夜少了柔美的音符，恍惚部落的夜氣中似有若無飄著一種類豬公的喘聲，姑娘向前鄰媳婦借了酒錢但又沒有笑臉到後面棚子抓了山雞一半白斬一半熬湯，部落人認為是非不明總歸是姑娘家事，是不能太過問人家的，白天，龜公毫不客氣車上改裝大音響向全部落放送台灣鄉腔流行歌，還不時間夾著一句吼聲，「哎唷，王先生，」「哎唷，我王先生——」喝酒小聚的男人一聽見那哎唷都覺得被閹了一樣，祕密傳說有男人半夜悄悄磨著生鏽的魚尾彎刀，準備出草龜公的頭：母語淪陷了川中島孰可忍孰不可忍賽德克人，祖靈可能在夢的神祕谷爭論這回出草的正當性與適切性如何，就在當時有人去派出所告狀龜公酒醉在部落巷道飆車，擦了婦人的臀，還停下車來罵「我肏——」只留守一個派出所警員全副武裝撲到姑娘家，站成攻擊陣勢，也不看龜公身份證，硬派他是大陸偷渡來潛伏山中的，限令他即刻穿好褲子離開，姑娘黑三角褲黑背心跳到前埕又哭又罵，也聽不真確哭罵些什麼，龜公一分鐘內著裝完畢不吭一聲消失在暮色山霧裏，警員還訓姑娘一頓，「看妳什麼樣子，酒少喝，少——部落的臉皮都被妳丟盡啦——」經此一役，部落孤寡的中壯年男人才恍然大悟，再怎樣怪也是自己的妹妹，「大家不照顧才會吃平地人的虧，」磨刀霍霍靜了下來，他們對「妹妹的事」經過通知密謀作成決定立時付諸實行，這「妹妹的事」頗像當年的「事件」，只是謀定的內容差異有別，畢竟，歷史的傳承是其來有自的……每個禮拜天作禮拜後，進行「祕密交接」的儀式，儀式在菸霧與米酒維士比的節慶氣氛中完成，也有梳著油亮頭的年輕人回來作禮拜偷偷觀摩一番的，這時節，姑娘放的是進行曲一類合宜儀式交割的，新人必送一套都市時潮最新的衣著，姑娘必須在儀式中穿上讓大家見證時潮的流行，整個儀式鬧到午後四時多，姑娘的家屋就靜了，霧嵐也開始飄入埕場，極柔極柔的旋律在新男人清理空酒瓶的叩響聲中揚起，一直消失在午夜的山林寒氣迷霧中，「我們的追尋之夢呢，」有天我趁著男人買酒的空檔潛入問，姑娘躺在花床上蹺著腿噴著菸，「你對部落男人的性問題沒有研究吧，」姑娘微笑著反問，在三十五歲這一年，她才懂得回饋生養她的部落，雖然以這樣的方式，不知道是不是「正當又適切」但很實際就是，「延後些嘛，我的夢之旅，」姑娘翻過來黑絲屁股，煙瞇著眼睛，帶著酒的微笑，奶子的白凸在兩肘間。我失眠了幾夜，在旋律之時之前之後，從未有任何「人為造作」的聲響進入我的耳膜，那種極度的寂靜讓思索也成為不可能，我簡單的想著，我承認多年來對部落的性生活一無研究，我也想不起島國有誰做過這方面的研究，相對的文明人的性生活被公開發表得已不是「研究」二字可以規範了，我猜想部落的男人天生就遺傳獵人的血液手腳上的「輕功」那是不用多想的，而部落的女人從幾千年的原始過渡到文明也不過百年多她們正處在「過渡」的失聲中，這層面的想像沒有實際的體會很難深入到思索，而不能「思索」想來就很累人——我曾思索過聚居我們島國西海岸城市的文明人，應該嘗試往東往中央山脈走，我直覺感到島國還存在著多處自己陌生的叢林，「叢林中有什麼」我們怎樣用力思索也不會知道，貼近它、了解它、體會它，才可能充實個人的經驗，同時豐富了島國的存在——我想起文明女人的叫床聲加上裝飾音可以震動附近大廈的橫樑更不用說人的耳膜，所以幾年後大廈在無意間傾圮了，人的聽力就只剩標準的幾分之幾了，那麼原始女人的原始叫床聲就是造成島國無數山巒裂成溪谷婉轉都是巨大巨小的落石，不禁我又聯想到，文明的奶子可以穿小衣繃到沿路的花苞忍不住紛紛爆開，那麼原始的奶子無拘無束的風光叫峰峰羨慕到山形的造形像奶形山頭如大奶頭，為什麼我思索到「當代的歷史霧社事件」而從沒有想到「當代的歷史霧社性生活」，有無可能性生活蘊含在事件之中，不是表面的膚淺的，而是深沉的原始的「蘊含」，這樣一想又回歸到本來的思索了，暫停失眠，睡覺，不過逃不掉了有關「事件中的性生活」但待之小說未來吧……某天，我自城市回返川中島，時已近黃昏，一路彎跛疲倦，心情恰似貼在窗外山巒的灰濛，總有人情事故發生在城市內，情事告個短暫的段落，回到深山，心內還殘留著情事的餘緒，有時看滿山層疊都是落漠，既不知那內裏深藏著什麼，也知道經自己一生到不了那內裏，兩者加起來的「寂寞」不是這兩個字可以形容的，我坐在門前台階左望遠山濃雲已罩了山頭，右望雲朵層層由胭脂褪成殘紅，我忽然覺得喉嚨渴望一樣東西，我快步到雜貨店，架上拿了一瓶米酒紅標，剎那間我覺得自己真正身在深山部落了，第一次同感到部落老米酒的苦悶，何時開始我又習慣在日暮昏光後不開燈，我坐在夜色滲透的客廳啜著一口一口老米酒，其實多年在古都台南除非必要寫作，已恢復了不開燈，那是多年在小鎮淡水生活的延續，我習慣坐在夜色清明的屋內面對前方不遠的一條河與一座山，那幾年間夜夜想的是什麼至今無存蕩然了，唯那坐姿與情境斷續下來直到面對深山一杯老米酒，——門外階梯閃入一個鹹菜脯色的人影，未到紗窗前就嘰哩呱啦、哩嘰啦呱，逕自推門踏了進來，「奇人先生，」我弱聲招呼著，想來這招呼的意思他聽得懂，但他不懂「奇人先生」這四個語音，正如我聽不懂畸人先生三分之二的話，但我們可以認真交談兩、三個小時，之後我再花兩、三個小時回憶他剛剛的話語中洩露了什麼玄機，姑娘的弟弟是部落中唯一懂得飄忽的人而畸人是部落中唯一懂得散步的人，他常常散步到不在，一如弟弟時時飄忽到不在，現在他嘰哩啦呱來，必是被人拉去喝多了酒，直直來找我說話不知何事要緊，我倒了三分之二杯米酒給他，「我的最愛，」他隨即乾掉，這句話我倒聽得清楚，也許近幾年聽多了我們都市文化流行「最愛」這個語彙，我再倒了三分之二給他，舉起杯子在嘴邊，「慢，慢，」他啜了一小口然後笑著學我說「慢，阿，慢」，又啜了一小口，兩隻手指捏著杯子扭來扭去，口中一直重複著一個短句，我傾左耳，傾右耳，坐上去傾聽，都聽不出意思，「說什麼呀——什麼，」我不急，只怕他杯中的米酒扭扭舞了出來，他見我聽不懂那簡句也不急，神情現一種不可思議的哂意，意思是我這寫字呆子連幾個簡字也搞不懂，有半杯米酒的沉默時光，畸人再發動攻勢這次他用手比，我一看到就了解人類每天必要的動作：吃東西，隨後他大手勢往門外下坡比，口中嘰著「假——佳——家」同時右手點著鼻頭，我用心拼讀著，「要我到你家吃飯，」他猛點著頭，「吃飯，」「吃飯，」這下子吃飯這天大的事就明晰起來了，我看已家家上燈，臨時到人家吃晚飯未免太大方，據我和畸人的「了解關係」，我猜請吃飯這念頭是他看到我坐在屋內的暗暝中剎時才產生，他家哪有準備晚飯客人呢，雖然我從未到過他家，「改天，」我一字一頓的說，「累，我，」再強調「改天」「改天吧」，不接受邀約吃飯恐怕有違部落禮節，正如不接受路過時的酒聚邀請同樣有違部落人倫，「名——冥——明，天」畸人擠出話來，我要緊點頭同意，「明天到你家吃飯，」畸人笑開了，連啜了幾口老米酒，我恐怕雙方又要落入沉默裏，不過，畸人的後天沉默並不能勝過我的沉默天生，這就好比法戰，有一回黃昏我們在田埂便道相遇，雙雙沉默坐下來看正要落下西邊山谷的夕陽，結果這一坐坐到下弦月冒出東邊山頂到頭頂，雙雙望一眼下弦月沉默著離別，我回到租屋看時鐘才知曉這法戰沉默持續了將六個小時，伴著稻香、檳榔香、菜豆香，還有灌溉渠道的水流聲，我拔起身來開門走了出去，畸人緊跟著上來，右手抓住我左肘拉著就走，經過姑娘的庭埕再越過幾間家屋，我沉默著讓自己落入無由自主的境地像夢中墜入宇宙般的，無由自主，任誰都來作主也罷，可能畸人帶我到墓場一座早夭的泰雅少女的墓庭，或是梅園後山坳的一處洞穴，更可能互相扶持爬上被閃電枯了的巨木它向山的一面有鷹的巢，都是畸人失蹤時的暫厝之處，任何一處都比我租居的水泥磚屋自然，住的自然自然就可以洞察不自然的物事，也許還可以殺出去截住路過的祖靈請問莫那先生還好嗎？馬紅現在不再哭了吧？順便替姑娘探詢往神祕之谷的捷徑，畸人作主拉我到部落最東的一處人家有竹林密圍的庭埕，畸人拉我從廚房進去，媳婦正在張羅丈夫和老媽媽晚飯，大家都無聲微笑點頭招呼，只有畸人嘰咕著一臉興奮，我過去客廳跟老爸爸禮貌正盯著電視日本摔角的賽德克老人捨不得致命的一摔還趴了起來，三個孫子在螢幕前角力給當年的日本精神看真正的賽德克摔角不是半表演秀，畸人又來拉我手回廚房按我肩膀在飯桌坐下，老媽媽和兒子也說一起來吃，媳婦添飯來又送上筷子，我沒有客套話也沒有不好意思只說謝謝就加入了泰雅晚飯，有三道菜白切雞肉、炒高麗菜、煎白鯧魚配一絲瓜湯，畸人搬張椅子坐在我斜後看著大家吃，自己兀自笑嘻嘻的，老媽媽不知說他什麼他沒回話只是笑嘻嘻，老媽媽自己又添了一碗飯，兒子長得斯文好看，沒有老媽媽輪廓的峻與深的對比美，「剛來嗎，」他問，「習慣了嗎，」我說很好，從南部都市來的，因為喜歡川中島的風光，兒子笑說，「有空你下午過來同我爸爸談談，他知道比較多過去的事，」老媽媽解釋，「兒子姓勇雅，兒子的爸的家族曾經立過功所以勇雅，」現今兒子做水電小包工，兼顧後山坡百香果園下幾隻山羊雞鴨鵝，兩雙老狗幫看著，我不曉得該用什麼適切的讚詞，「下次來請教勇雅爸爸，」我以「適切的速度」吃完一碗飯就離桌告辭，讓老媽媽和兒子慢慢吃，孫子還追到埕場角力畸人，我問畸人怎麼不吃，「酒——米，酒——米，」畸人一面角力三方來敵，一面說明他吃過酒做的米飯，媳婦在紗門內及時喊回小子以免傷了只吃米酒飯的跛腳叔，我沉默著讓畸人先生領著轉過這個屋那個屋的間壁，我不想再在酒米飯上作文章米既然能當飯米蒸餾出來的酒當然也能而且純度更高，沉默和沉默爭論不輸不贏還是沉默，畸人帶我進入一個異常潔淨的家屋，屋內整個的氛圍就是「癖淨」這兩個字足以形容，傢俱都是大型的造型「一絲不苟」，不是大理石的原石亮就是原木的原質澤，正壁一幅大對聯掛裱草字，不知寫些什麼甚深的，垂到一個古董店可以看到或在日本古裝劇中的武士刀架，那裱的兩邊下襬正好放在空的凹槽上，這時儼儼然步出來個人影男主人，奇怪畸人自進屋後都無出聲大約武士刀架感應來的人氣隔空傳給內裏的主人，六十歲不到吧，頭髮「黑貝克」都向後梳得齊整勝過都市上舞廳的花老人，坐下來說一串日本話，然後解讀他平日喜愛自己說日本話，他受日式教育到小學高等科，就充分體會到大丸國的武士精神是生命的精髓，「酒，這裏，」畸人提議在他家的癖淨中喝酒，他嚴詞歉難接受，「回你家喝罷，」他自己不喝酒只差沒說女色也不能近的，顯然「日本精神」經過五十幾多年還具體顯現在島國深山部落的某間房屋某一個男人身上，我們幾乎「被請了出去」，他完全沒有問我是作什麼來的，這可能是我幾年來在部落的第一次「類此經驗」，我不曉得畸人為什麼要帶我到武士之家，顯是這家武士在今日的山中部落是特異精神的一家能代表什麼可能部落人也不分明只知不一樣就是，我念頭轉了幾轉已打定主意要重返武士之家哪一天問明主人，⑴他的武士精神傳承，⑵他武士刀的下落，⑶平日他是自己做壽司嗎用的可是川中米，⑷到底武士近不近女色，或者這樣提比較好，⑸女色是武士的大忌或是武士的難捨能捨或是「必捨不捨」，還有別忘了⑹必要問明大掛裱上寫的草草漢字是在聲明什麼，⑺請他自己評估一個「看起來並沒有失落的武士」在島國的深山部落是要顯而不露怎樣的意義或價值的「具身」，每個問題都很重要，對於九〇年代的島國不僅川中島最後一個問題最重要，終於無由作主到了畸人之家，是台灣式磚房三間屋，客廳幾張簡陋的舊竹椅，真的是家塗四壁還好中央擺了必備的電視機，他老父見人來從原本電視綜藝中拔出消失門外，沒有打任何招呼一直沒有回來，畸人回到家就有小兒耍賴的樣子，一直嘰咕到老媽到內裏何處拎出兩瓶米酒再配上一碟小魚乾、一碟油炒土豆，畸人的母親能說很正的平地話，她一定知道我有「傾聽的必要」就坐在身旁向我訴說，畸人有時嘰入來同老媽爭論，不過老媽的母語當然很快擺平他只好向後「哼」「哼」兩聲繼續米酒配電視兼監聽，畸人母親一九三二年生於川中島是遷徙放逐之地的隔年，她的出生有喜有憂，喜的是大劫之後又有新的賽德克人生命在放逐地綿延，憂的是正值闢墾需要人手的時候，她回憶童年並不難過，大約是從無到有勝於無，倒是終戰後換了政府，經濟收入困窮過好多年，她不知道實際原因怎樣，只猜想換了「官人」另有一套辦法，現在她家在靠部落遠一點的溪邊有三分稻米田，光種稻二老就忙不過來了，還好如今許多工作有機器代勞，老媽媽說她有一種憂心很深，她發覺川中島荒廢的可耕地漸漸增多，她恨不得生就十雙手可以救了那荒廢，「耕田的人哪裏去了，」我問，有一家搬去合歡山下種茶，有一家搬去都市榮總旁，女兒都去做看護婦每日一仟一人，「消失了，其他人，」老媽媽悵惘，倒是後山說是屬於林務局有遠從中部來的平地人租了山頂種梅子、生薑、苦茶油、檳榔，還有一種不知什麼水果紅色的，「檳榔，美——美——美國，紅色的，」畸人說是進口種的紅色美國檳榔，老媽堅持紅色的一定拼不過本地青色的好吃，畸人說他在美國吃過「一級讚」，老媽說她最嘔一級讚的美國，把好好一個兒子弄成畸人先生這樣，他讀到高二就不肯上學，自己跑去台北綁什麼，「可以——綁——的台北——很多，」當兵三年沒有發生什麼事，廿六歲那年出遠洋漁船，四個月後船停泊美國阿昆定港，他被大副叫下船去喝酒，在酒吧外被不知哪一國人摳成腦傷到脊椎，據說是醉酒弄了人家女人，畸人先生在這要緊處激動非同畸人嘰咕到綜藝大哥個個裝呆看他比劃，老媽媽說她聽過萬遍了不得不看見美國女人拿他頭猛撞自己石頭硬的乳房，畸人叫綜藝大的別裝呆誰不知道美國大奶奶可以變軟變硬，軟硬交加成腦癱，癱著被海送回來，不會說話認人，手腳僵了，醫生說也只能這樣了，就回鄉慢慢變成今天這樣畸人先生，老媽媽深鎖著眉，「會不會他年輕時中意部落一個女孩，女孩在台中工廠工作，」有一天他去探看女孩正在和另個男的「抽與插」他一嚇就嚇成畸人，「海——海」畸人先生抗議著自己曾經遠海的，老媽媽不相信泰雅奶輸給美國奶，據日本統治實地考查當年是泰雅奶島國第一更遠大於他們日本奶，奶大就軟她自己不是不知道，「不能信，」即使奶頭硬起來也不信能撞人腦癱，「硬也要看時候，」老媽頗不甘心兒子，畸人注意力在綜藝女人剛出現的奶模我問起馬紅，老媽媽說馬紅在霧社原本就有丈夫孩子，事件時危急中丈夫投崖，她把孩子一個個丟入崖下河流，「達雅．莫那還活著呢！」我說，老媽媽聽說過但沒親眼見過，她奇怪一生為什麼馬紅當時自己沒投崖，是為了等待日後兒子回來千里尋親嗎，遷川中島後馬紅與部落中人再婚，但一直沒有生育，現在這個是養女，「養女——才不，與前夫偷偷生的，」畸人自綜藝奶回神過來就否定了養女的生世，對於霧社事件畸人另有看法而且固執己見，他不同意老媽及歷史的描述，他肯定說遷來時有女人二百九十二人，男人九十一人，這些人是霧社在打戰他們就掉下來漂到川中島的，老媽的話可以不論他與歷史爭論到非常痛苦的神情——因為對方怎會笨成那樣，為了不讓畸人過於痛苦我就此告辭，「飯，飯」酒瓶已見底，畸人又要開另瓶老媽不讓，「明——天——飯，」我說好明天過來吃晚飯，畸人忘了開瓶笑開了，第二天日暮我去畸人家晚飯，老媽媽在簷下與另個婦人談話，她說畸人一早就出門了，不知散步到哪裏不知何時回來，哪知到我離開川中島時畸人還在何處散步中。我第一次感受到「人的尊嚴」是在小學五年級的教室中，是放學時間後加兩堂補習的最後一堂課，大約是深秋近冬吧室內已微昏灰，「總清算」的例行終於來到，我不幸從小就是資優底分限在九十分，我習慣在標準之上，習慣靜靜坐著看被叫上講台手放在粉筆槽屁股面向大家等待藤條製的教鞭少一分就挨一下，時常我注意挨屁股後走下來的臉不是一種狠青的忿恨、就是扭曲的鬼臉，那天我只考了八十幾分吧，輪到叫我名字時連自己都陌生，手放錯位置貼在黑板上被鞭子糾正下落到溝槽緣，正想像屁股給大家看的尷尬時，第一記鞭子落下，那種剎時上到心臟的痛讓人分不清第幾下了，下台時我低著頭不讓人看清楚羞辱混雜著狠恨的臉，但自己感覺到那張臉直到現在自己仍看得分明，幾年後我才了解那是被傷到了自尊，一種做人的尊嚴，緣由這「受傷」我開始在少年時代作小小的反叛，直到我書寫的當下這反叛還是繼續著——書寫本身於我就是一種反叛，我十分厭煩這沒完沒了的反叛，我讀了多年的書，經驗可能的經驗，思索反叛的另一面，我知道終結反叛是做得到的，解決的關鍵不在於壓制反叛的動作，而在於真實面對「尊嚴」這個東西，是尊嚴發出維護或反叛二者一體兩面，人把大部份的精力花在維護和反叛上，因尊嚴而受苦，而「規範」更時時刻刻教育我們要維護「作為一個人乃至一個國家、民族的尊嚴」，如果我再碰見畸人先生，我會問我最想問他的一句話「作為一個人你的尊嚴何在」，畸人微笑同時沉默，在他撞見「抽與插」當時他拚了全生命的力氣扼殺了自己的尊嚴才得以讓他畸人先生自由自在散步到人生的最後，不然他可能拿刀子當場抽插對方以維護自己的尊嚴，或者他衝出去終生反叛這個那個看不到此時此刻的自己「在尊嚴的反叛中」，當然想像中「泯無了尊嚴」的畸人先生只是個特例，假使必須在如此特殊的情境下才能泯無尊嚴，那也談不上真正的泯無，只有童真沒有尊嚴因為他融入自己之中時刻忘了自己，等到他記起了自己，他就成人了就有了尊嚴，我在當代的川中島審視歷史的霧社事件，遠因近因處處觸及了「尊嚴」，遠在統治者占領第三年就安排「頭目觀光」，我們可以一起想像封閉在高山的「生番」初次見到人做的軍艦以及配備的殺人玩具，初次見識到大海之遼闊都是為統治者的軍艦而海的，初次見識到明治維新後的文明都市東西千奇百怪人家都有，頭目在自家所有的尊嚴會受到多大的震盪到「山不再是山」，其後這種「震盪教育」行之多年，尤其在每次反抗事件之前之後，在當代看來這類「頭目觀光活動」的效益如何實在可議，天馬行空的文明想要震動千根百結的原始想就很難，何況男人女人到遠方見到更漂亮的女人男人回家不會就不要自己的男人女人，反而加上性幻想，多更黏貼男人女人本土的自家的，更遠在一八九六年統治第二年開始的反抗隘勇線的爭戰延續了將近十年，是因為把人像動物般圈起來嚴重傷害到作為一個人行動自由的「尊嚴」，一九一一年初開始的反抗繳鎗的爭戰是因為鎗是獵人英雄的寶物，豈能因啥麼「政治」的藉口交了出去，直到砲轟到門口才不甘不願繳啦鎗從此就大大傷啦部落獵人的「尊嚴」，同年反抗交出頭蓋骨，因為那是重要禮俗的祭品，遺留給後代昭告威武自己，交出去等於交出了「尊嚴」，隨後全面撤廢頭骨架那就連「尊嚴」也沒地方寄放了，一九一七年禁止刺青隔年施行斷髮禁止鑿齒這這這如同管到人家的屁股毛叫屁股的「尊嚴」怎麼擺怎麼放，一九一六年安排到台北「觀光」剛斷了鴉片菸的台北人「尊嚴發霉」的臉當晚集體請願第二天清早就回山上的家，一九二〇年發生薩拉茅抗日事件，政治不管嚴禁出草的前令，發動各社群草來草去「尊嚴」出草「尊嚴」還是很尊嚴，一九二二年廢室內葬連祖靈的「尊嚴」都保不住了活的人真正剩下多少「尊嚴」，廿年間尊嚴由震盪到稀微，統治者開始在部落組織青年會婦女會家長會掃蕩原始習俗推廣文明新生活，「尊嚴」的墜落在一九二六年九月墜到谷底，泰雅族「和平繳出」鎗一三一九挺，子彈八〇八六發，到了一九三〇年統治者為了方便監管施行「集體遷徙」部落社群，這時「尊嚴」就像落水的流浪狗了，同年歷史出現莫那魯道這個人不忍看「尊嚴流浪狗」發動霧社事件替流浪的找回「大大的尊嚴」島內外同時驚嘆，隨後不久有「跳崖的尊嚴」、「上吊的尊嚴」、「開鎗自殺的尊嚴」、「彼此出草的尊嚴」，尊嚴的高潮達到了歷史上的新高，能高山三二六一不得不因此而留名，文明暴力屠殺固定了「尊嚴」的歷史性，但在當代看來，這歷史性的固著在當時只是短暫的，其後的「沙鴦之鐘」、「高砂義勇軍志願兵」我們看到「尊嚴」在高山徘徊不知何從何去，從另一個角度，霧社事件標高了泰雅賽德克人的尊嚴的同時也給危危墜了的尊嚴致命的一擊，跳崖、上吊、自殺、被草去了頭，實質上都是死得沒有尊嚴，讓活著的泰雅人活生生看到在統治者的極端暴力之前「尊嚴」赤裸裸的，如此號稱島國最標悍的尊嚴族群首先馴服在統治者的腳跟前，失喪了尊嚴的人或族群，表現出極度的傾斜，再多幾個少女沙鴦，再多幾十人百人義勇志願的不足為奇，都是順這個傾斜面而下，應了初站上島國的殖民官那句話，「欲拓殖台島，必先馴服生番」，所以「反抗的尊嚴」或「尊嚴的反抗」在霧社事件中具有正面同時負面的意義，曾經渡海眼見過文明東京的莫那魯道想不到這一層嗎，他只因歷史家考查出來的事件的近因就做了「反抗」的決定嗎，為了興建埔里的武德殿平地人有錢出錢，山地人無錢只好出力，砍下的巨木，統治者要以土番的背揹保留「原木」，賽德克人以傳統的生活智慧用繩索接駁的方式讓巨木滾下來，統治者的目光甚不忍原木受到野蠻的磨損，那是必須「原封」運回殖民母國供皇家皇民建神社或做女人屁股蹲的馬桶，——沒有文明的人不懂「原始」或「原封」的意義，怪不得文明的鞭子往土番的背肌出氣，賽德克人背肌痛還可以忍受，他們不能忍受一天工錢四角這種對「賤民」的待遇，當時他們不懂得計較原是自己領地所屬的財產權，統治者還需付出大筆買巨木的錢呢，不過，向來統治者的威權是善用辭彙如「國有化」、「公有地」來解決這些承擔不起的本錢的，至於女人，自古自認為美麗或伶俐的女人性喜向「威權」靠攏，不知是威權的本身的吸引力，還是被威權紋身的男人有某種吸引力，可能最初她是與「威權」性交，後來就分不清楚了，族人看她不再以同樣的眼光，如今她是具威權的女人，是威權的附屬品也罷也有她另一番風光，那是統治者的「和番」手段下的現象，當然不乏志願的，也屢見被迫看中半推半就的，賽德克男人最恨一身勞役疲憊看著自己心儀的女人走向黃昏山霧迷漫的駐在所，——二十年後，更多的原住民少女下嫁給另一批潰敗過海來島上統治的威權，一具具青春的肉體慰藉了戰敗倉惶的心靈，等到她們看清長久戰爭所具身的殘暴與粗魯時，第二代的混血出生成長了，也許殉死於「霧社事件」的賽德克人所幸不必親眼見這樣的悲劇，或被誑騙的鬧劇，那是一次族群向威權的潰堤，是一個女人對自己出生的子宮的叛離，——至於是否生番的「原始污手」在敬酒時不慎觸污了文明的白手套，或文明的白手套大剌剌揮開「原始純潔的手」，引發雙方「尊嚴受辱」的憤怒，竟成為事件最近的原因，這有待當代心理學家和精神醫學家合作對歷史考據做一番鑑定，我可以接受事件的近因和遠因，同時意識到遠近都牽連到「尊嚴的完整」，但是人生現實，受損受蝕受剝奪了尊嚴的現象一直存在，人必要為受剝奪了的，即使像尊嚴這樣的東西而以身殉嗎，我不贊同，當代也質疑它的正當性，只因為「存有比尊嚴正當」，存有在所有存在之先，只要有一點點生命力不讓自己的生命槁木死灰，在存有中可以看見尊嚴由受損受蝕而重生而晶瑩，就霧社事件，當代的歷史以「存有」反駁「尊嚴的正當性」。有日，清晨散步回來，見雞子吱喳，姑娘屋子安靜，想是還在儀式後的酣睡中，忽然想去一探部落後山，在遠處遙望部落時，可以清楚看見川中島上的後山是一山比一山高，難怪山的寒氣一入暮便到廚房的窗口，我頗想到川中的「島」上散步，平坦的島面夾在兩邊的高山坡之間，一看就知道是大洪水來臨時布甘溪的水漲漫河床淹了稻田，部落人家匆匆爬上島面洪水再大有它川中之島在老天就安了心，我騎著車路經「餘生」碑不多遠就過部落西側人家，隨後是石子路面小徑右邊一條水源溪，左邊便是由窄而逐漸變寬的溪谷，我邊騎邊停聽水聲看山勢，回望部落在幾個崢嶸的山峰逼臨之下，全不像在部落庭階前所見的遠山悠然，近山似溫馴的貓背，我騎了好遠才有一輛小貨卡自背後而來，我停下車讓它越過，同時看到貨卡後座七、八個帶斗笠面巾護肘的婦人，隨後貨卡在一支林務局的告示牌前右轉柏油路，車聲隱沒在樹林裏，我想起畸人老媽所說山頂上的田園，就跟著右轉過橋，一面想那些是部落打散工的婦人吧，柏油路面夾在越窄的峽谷中左側有尺寬的小溪，陽光照不進來峽谷，山壁都貼著蘚苔綠還有蕨類葉片，濕氣凝重到溪上的枝葉尖端還凝著了露水，之後是爬坡再上斜坡，我想到溜下坡的痛快就轉車頭，果然風帶寒氣的濕有一種「離俗」已遠的清冷，我算計著哪天來這峽谷小溪旁露營，過過後山人生才算前後了川中島，柏油路很快就盡又到了告示牌前，林務局三個字寫得最大其中文字都是帶警告的「勸語」，若是在早些年代這木牌早就被賽德克人砍了當烤肉的木材，餘生近三十年才悄悄在部落正後方昔日神社處立個矮矮的「餘生紀念碑」，那種餘生的低調到近乎卑微當然無人敢動官方的木牌，我若不是來此作客非是賽德克人或作客久了變成準賽德克人，遲早借了姑娘的番刀去砍了林務局，什麼「此去都屬林務局的公有地」，什麼「破壞官方資源必將嚴懲」，世紀末都快過了一半，反對黨還在爭「寶位」、「席位」之中，沒有任何規畫重新檢討島國「官方資源」、「公有地」、「國有財產」的實質定義及其限界，就像當兵時在一處山腳營方認定後山自然屬營區的勢力範圍任何闖入的人隨時都要受到盤查，世紀末都快完了還盤查什麼，我想都沒想就闖入林務局的勢力範圍，騎了好辛苦水源溪還在右邊不遠處左邊的溪谷愈見開闊，山勢右彎山頂齊平延縣而入像古劇場的圍幔永無止盡的環形，自然造這環形矮壁必然沒有祂的旨意，只是吸引人隨它「環入去」，我環了多久美好的時光忘形在環形之中赫然見一障礙物橫梗在前方，近看是一幢貨櫃兩旁搭湊著鐵皮屋，同時傳來喃經聲，我確定沒聽錯是經的喃聲，我渾身起了雞皮疙瘩在近午的陽光中這深山僻處只有自然聲籟是適切的，之後一個光頭灰色海青尼姑吧自貨櫃出來瞄了我一眼，說了聲什麼問好咒走入鐵皮屋，我把車停好怕刮了它新漆的貨櫃皮，經過貨櫃門，兩欄竹簾垂遮著，我施施然入鐵皮屋，女尼向我抱歉說主堂內裏正在午休不能請我堂上坐，這鐵皮屋是廚房，「廚房最好，」我說，女尼看我不是林務局人不是來巡有無侵占土地的就放心說，「多謝部落善人照顧，才能在此落腳，」「貨櫃落腳，」女尼微笑應該是笑我剛剛一直呆到現在，我已習慣我常呆在都市受文明和文明人欺負時我就裝呆，「是呀貨櫃也可以落腳生根呀，」女尼帶笑，貨櫃本來是空來空去的或是浪來浪去的，我請教女尼貨櫃生根的可能性，女尼淡淡說明她們主要是同一大寺研究班上下期結業的，結業後有留在寺內的大多分遣到各處道場去，留在寺內不時要出喪家經懺，定時要忙死了大法會，小道場多在鬧市民家旁，善男女提供的除了雜務多，最無奈隨時要講明最通俗的道理讓「俗人法喜」，女尼說她們出家都是有覺悟的，也都明白「行中修」的道理，但她們畢竟還年輕，與她們想過的靜心修道的生活有一段距離，「聽得下去嗎，」女尼泡了一盞茶給我是帶梗的粗茶，還好我在淡水十年自閉時從胡適與鈴木大佐的禪學之辯往上溯一路讀到明清的文言文禪，「好聽就是，」我喝了一口茶不多說什麼，女尼聽懂「好聽」二字就緩緩說下去，有一回她們回大寺同修聚會，各人把各自的懷疑說出來，又禁不住罪惡感好怕「謗佛」或「謗法」可是擔不起的，有一位法姐現今被推為貨櫃堂住持的說服她們說佛有俗的一面，她不批判但不要大家如今就墮在佛俗裏面一輩子可能就出不來了，她又引祖師叛教的多的是真大祖師，她們一共八位敢去師父同時也是大寺住持前提出異議，同時請求師父慈悲，「師父面無表情，但我看得出他很生氣，」「大師的內心妳看得出嗎，」「不知道，我看得出，」師父只給她們不到三秒的空，就答話了：法緣已盡，各自了去，「這到底是不是師父慈悲，」女尼啜一口粗茶，我答，「在慈悲與無慈悲之間，」她們八人中有學文學、數學、會計竟然還有一位企管一位土木工程，我嘆真是島國經濟起飛後富裕社會的次文化另類潮流新邊緣人，她們湊的錢夠買一間精舍，但學企管的曾留學歐美她肯定「貨櫃」是最好的選擇，學文學的想乘著貨櫃去流浪不願守死一個山谷一間精舍，學數學的也算出可以留下一些錢供後日用，「再一杯茶，」到部落常酒後就沒吃過茶，我嚐到了粗茶的美味，她們開始行腳島國，避開大寺和小精舍集中的有靈之山，尋找一處自然純淨可以靜心潛修的所在，川中島的檢查哨廢除不久她們行腳到了，她們也是緣溪被「環形」迷住一路走入深處，然後買了貨櫃然後雇了拖車「然後就在這裏了」，又進來一位女尼手中拿著一把紫色的野草花，午修要開始了可以當花供，我只說部落來的，閒逛到此，我不喜談禪說法，更膩了經誦，她們也無請我參觀貨櫃堂的意思，我就告辭車轉回頭，遠路顛來顛去，心中只存「奇妙」兩字無暇細想，山光水色就在周遭眼睛忙思索自然就用不上，部落人常說他們的後山趴著一隻大老虎鎮著，我尋著虎頭虎尾回部落，黃昏我去雜貨店買酒，問起白日所見，賽德克人落鬍腮說已來了三年罷，一年三萬元向林務局租的地，現在連水電都有了，部落人把她們當作來露營長住的，不幫什麼也不問什麼，「檢查哨已廢了嘛，」好在年年來相安無事，經過部落也同人和善招呼，部落人懂得她們是苦修的最好就是讓她們自苦去，我問牧師有無意見，他說他不知道，星期天早上他哪有時間上教堂來買酒的特別多，「奇怪好像我們賽德克人故意反酒誡，」特別星期天一大早就喝起，「那當然，」我說那是為了補贖不上教堂的，要上教堂的到時也是東倒西歪，「不過不要為這些事多想多管，買地最重要，」雜貨老板下結論，「你看連尼姑都知道先租再買，幾年後那裏就是她們尼姑天下——」三分米酒七分維士比我感覺著宗教以「貨櫃的方式」侵入原始自然總覺怪異有一種想不出的，自然無思無想無見地，修道有經義有行法有見地，到本無見地之處修有見地不會是誤用了「自然」吧，空氣好水土好前有山溪後有靠山鳥叫蟲唧風吹野草自然見性不愁開悟貨櫃發光，就有見光之徒四方擁來絡繹於部落，貨櫃變大寺，賽德克人改作紙錢線香花供的生意，再不幾年後部落名不稱，人人稱川中寺或虎踞寺，歷史改載「貨櫃的傳奇」自己都忘了「事件．霧社．歷史」，七分米酒三分維士比我期望她們都是稀世之珍，不然怎麼曉得到此時此地，永遠身具「草根性」的智慧，守住修道的本質只管修道。時不到午夜，有機車聲噗到門口，米酒維士比還難不倒我看清楚有個模糊夾克人站在紗門外，張望了黑暗的內裏然後說，「我是住隔鄰的，臨時回來，不好過去打擾姊姊，能不能在你這裏過一夜，」原來是飄忽無定的賽德克靈魂路過家門，我開燈請進，飄人只喝水源地引來的生水看都不看一眼米維比，「你作研究的，我傳教的，」他說他雖不是正統出身牧師，但他飄遊各個部落傳一種無聲之教，留在部落通學的少男少女是他的心靈修徒，他們都有一雙溫柔的鹿瞳帶著青春的不安，在黃昏他們通車返部落的時刻或在假日，他飄忽到這個或那個部落，停駐在公車站旁，當他的眼睛對視同時深入一雙雙鹿瞳時他們的不安消失了只剩下柔馴靜美，他們相互凝視著彼此的柔靜有時只在瞬間有時幾分鐘一種無形的互信在彼此的心靈滋生，他傳給青春安詳靜定、雍容大度之教而青春也以同樣的回報他，「你是莫那魯道時代的人嗎，」我癡笑著問，飄人微笑著反問，「莫那魯道活在這個年代會是我這樣的傳教人嗎，」「會的，」經歷過霧社事件，莫那魯道會教給下一代雍容大度安詳靜定，「是嗎，也許吧，」飄人說已經有許多年沒有人向他提及莫那魯道，他和鹿瞳相互凝視的時刻裏從未出現過「霧社事件」，「課本裏寫的有，」我冷冷的說，少男少女都讀到莫那魯道是「泰雅的民族英雄，」霧社事件是「泰雅族光榮的一頁歷史，」飄人了無睡意的眼瞳對著我的瞇瞇醉眼，他不在意莫那魯道這個人，他不反對莫那魯道成為民族英雄，他不知道霧社事件是光榮的歷史一頁或痛苦或恥辱，他家族的男人多在事件中被草去了頭，剩他父親不知如何逃過存活下來在痛恥中，他父親是把農藥對著嘴臉噴的，他帶著番刀飄忽出部落，幾年間他都在想像的出草中一一復了仇，直到某天他在某個部落發現鹿瞳的瞬間他發覺何時失落了隨身多年的番刀，「姊姊說你把番刀藏了起來，」飄人笑，「姊姊疼我，但姊姊的青春已過，她活在成人的世界裏，我只是她沒有用的不成人的弟弟，」飄人要我給他個房間，他要去躺著等待睡眠，猶如他常躺在深秋的竹林落葉墊上讓睡眠等待，我要求他說清楚他所傳之教在睡眠等待睡眠之時，他躺下來眼睛瞪著穿過天花板的遠方，「鹿瞳通往心靈，在一次又一次的凝視中，我傳給鹿瞳一種互信——研究我們出草的歷史，一次又一次自己族群間的爭戰，自原始以來泰雅的部落與部落間從沒有互信過——」我也凝視過鹿瞳，近兩年間在深山泰雅，當時只覺得有一種「異質」的美麗的鹿瞳，原來，心靈化身的鹿瞳已不在意歷史，所謂歷史英雄被閉鎖在傳說的牢中，青春活在當代不在歷史……我無需等待睡眠就聽到自己的鼾聲，鼾聲中我總覺得遺漏一事，待到聽見遠處飄人的鼾聲我才記起：忘了問女尼關於霧社事件的因緣業障果報……我在眠夢中見幾雙少女的鹿瞳嵌在海青女尼的臉上，她們輕聲嬉笑著在溪流的石頭上跳石遊戲，隨後泛白了頭髮的牧師腫紅著臉來到跪在溪旁祈禱天父把邪魔從祂的國度趕走，然後我們看到石頭大小分列兩邊，中間溪水激高成一條水龍源源鑽入牧師喉嚨裏，直到出現一條橫在石山之間的沙漠之路，牧師讚美天父全能之後，隨即帶領諸位妖精準備走過沙漠之路出邪魔之境入天父的國境，鹿瞳女尼大約被景象嚇得暫時忘了祖靈或祖師，可惜一上沙漠之路，牧師的天父大肚就梗在兩個石頭山縮腹再三也過不去，女尼輕聲提示「尿尿的辦法」也許可行，無奈牧師專注到褲襠頭腫到超人氣的大還是尿不出來，有經驗的鹿瞳不好意思說，「越大越尿不出來啊，」牧師專精到「他媽的」都出來了，女尼聽不下就說回去放錄音聽經順便洗乾淨耳朵，鹿瞳都同意還是回自己部落找少年鹿瞳好玩，到了我喝晨起咖啡時還遠見牧師正在專精中可能忘了今天禮拜天要作禮拜，飄人一夜沒動靜，肯定尿在床上他以為還睡在竹葉墊被上，飄車還在人不在，想就知道臨時替老牧師主持無聲禮拜，因為無聲羔羊不必再聽一回老套講道，就都乖乖窩在長條凳上直到無聲暗示他們禮拜結束，哈利路亞，羔羊最高興這禮拜奉獻的錢可以拿去當酒錢，飄人直到午後三、四時才回來，我正在筆記備忘中，正好禮拜飄人碰見不少童年好友都回來安息，他們替他準備了礦泉水，大家一起喝酒唱歌，「歌是祖靈常唱的歌，近幾年老人家才記起來的，」我問他是否能為我的研究奉獻點時間，飄人說原本要在日暮前趕去探看假日黃昏的鹿瞳，不過為了「泰雅研究」他也可以忍痛，我拿出來兩瓶水源礦泉水，是我在「餘生」碑旁斜坡的水塔裝的，我思索了三口礦泉水之久，才即時開口，「有無溯溪從川中島到馬赫坡大岩窟的可能，」飄人愣了一口礦泉水在口腔不知兜了幾圈的久，「若飄車加徒步兩個小時就到，溯溪啊要先研究溪，」飄人說，溯就是逆流而上，溯上溪的源頭看了一眼就又「溯服了一條溪」，在他飄人生涯中，他從未想到下溪玩水更無溯溪的念頭，他從未自人的頭臉溯下人的腿股，那是文明人的玩意，一種「精神的勾當」，他們原始人直接從腿股上溯入不可知黑暗之道說不定會見到一點光指引上溯到生命的源頭，我雖不贊成他反溯溪，不過我表明平生我所行的「溯之旅」也嚴守原始最初只一度又一度「上溯生命的源頭」或是一種不斷的回歸，浪子常常回家的感覺或者是一種上溯到最初的追尋之旅，不知尋找什麼，飄人有感自己雖是傳教之人遇到「學人研究」說起話來就很累，他盡量簡要的討論我的研究論題，長篇大論若是變成習慣了有可能失去他的「無聲之教」，先從川中島前的北港溪上游起，我研究糾正北港溪、南港溪是漢人亂取的名，想到西部濱海也有個文明大大有名的北港就覺得「一種原始的噁心」，北港溪應該正名布甘溪，上游有個原始大大有名的「賓沙布甘」，布甘被亂轉成北港是歷代漢儒家最會搞的三腳貓玩意南港對聯北港就姑且稱它南港溪啦，飄人讚布甘溪有個來源原始「布甘」兩字原本泰雅今後就正名布甘溪，從川中島前的布甘溪上溯起，經中原、眉原兩個部落溯入深山溪谷經一個日夜有尾敏的溪來會，再半日有發源自白狗南山的九仙溪來會，過了九仙河曲南彎不到半日就達南彎的頂點，在頂點離別布甘溪朝東南向越過北東眼山、南東眼山之間的峰巒或溪谷進入眉溪的上游，這段日程看腳程少則三天多則四夜，沿眉溪下溜一日就到霧社轉萬大水庫上游盡頭開始上溯濁水溪，一日就可越過塔羅灣溪到馬赫坡溪與濁水溪交會處，從這最後的交會處進入馬赫坡溪上游密林幾時上溯到大岩窟只有「歷史」知道，他作為一個飄人既沒有趕上歷史也就無緣知曉「歷史的神祕」，我忙著計算時日算了又算，這一段「上溯歷史之旅」至少花上九日，「九天不算多，」我有時自閉在自己的工作室三個星期不出室第四個星期都在室外，「幾天不是問題，」飄人微笑，「問題在於難度，通過南、北東眼山的不知會癱掉幾隻腿或丟掉幾個半條生命，」我們各自喝了幾口礦泉水，想像難以想像的，我想像溯溪之樂書上都有記錄困難可能在越嶺不管小嶺或大嶺這在日常生活就可體驗到從一嶺越到另一嶺的時光星星都生了孩子才得人家答應，「就談第二條路線吧，」飄人啟口就聽到姊姊在那邊庭埕喊，「弟弟，回家吃飯囉，弟弟，」飄人請我一起過去用飯，我說冰箱有準備簡單的，我可以一面吃一面作備忘，「忘了也好，」飄人頑笑，「專心吃飯，」那「弟弟」兩字是姊姊的所有發聲中最柔最柔的，我叮弟弟飯後要回來繼續研究他說一定為了研究，沒時間弄小雜鍋肚子好像也不餓我翻開筆記本劃上第一條可能路線圖，好在中學地理課時畫過忘了哪個國家的各省地圖，鐵路、公路都有，更不用說溪流，人老畫工還在猶如死後道修還在不是一輩子可以了的，我畫到眉溪時弟弟進來一臉苦笑，姊姊燉了一鍋土雞補他，但他多年生活習慣吃水果野生菜蔬配筍湯，我聽到筍湯不禁自肚皮喊出「最愛吃嫩筍了我，」不管在都市叢林或野地叢林，我直覺就注意筍之存在「造形在存在之先」，而初生筍尖之嫩讓口感悟了「當下現前」認識「剎那即永恆」的滋味，還好弟弟吃了姊姊的過貓龍鬚就飄了過來，第二條可能就自川中島出發，沿布甘溪谷上溯經過尾敏、九仙過河曲到「賓沙布甘」，看一眼聖石後繼續上溯到瑞岩溪來會合處，這一路上溯至少五天，再沿瑞岩溪東向到盡頭越合歡山谷、奇萊山谷尋到濁水溪的源頭，合歡三四一六奇萊三五五九溪谷險峻不知要幾天才讓你過，自濁水溪上游經過三、四個部落就是馬赫坡溪來會合，二天就夠，「算不出來幾天，」「若是迷失在奇萊、合歡之間，日子就不重要了，」飄人微笑，「還好——」還有一條容易道，凡事都有一條容易道，不然自古人也不會生下來這麼多，從川中島前布甘下到柑仔林會合南港溪，再沿南港溪回溯到埔里輕鬆愉快，車多人多約一天，轉眉溪上溯到霧社尋到濁水溪一天就夠，眉溪雖媚那是從前現今沿岸鐵皮屋人皮屋，只有快快溯過以免損了「眉」字，濁水溪到馬赫坡溪口一日內就到，此後同樣碰到歷史的難題不知天日，「哦呵，」我歡呼，「三天就到不知天日的關口，而且沿途補給容易，」「沿溪旁野產店多，不用帶泡麵，」飄人完成他的溯溪之行猛喝了半瓶礦泉水酒，我又拿出一瓶滿滿的，「就這三條路線罷，」飄人飄車多年自高處四望雖心不在地理大約地理如此，欲知詳情只好請空中偵測機或高空藝工大隊，「祖靈來回川中島會走哪一條路，」我壓低聲腔沉著嗓音，飄人俯身向前眼睛看著手中水酒嘴角露一絲詭譎的笑意，「那要看年代，」終戰前祖靈不可能走奇萊合歡越嶺道，因為過不了「賓沙布甘」，賽考列克族群的祖靈不會同意賽德克達雅的祖靈「路過」他們的聖石更不用說偷看，「另一條也無可能，」另一條下眉溪轉南港北港溪不僅「氣氛不對」容易被平地鬼神發現，那是當年被迫遷徙途經之路，祖靈必不肯走這一條「恥辱之路」，我也嘆亂草中尋路本就不簡單，何況溪谷間尋路，充滿著過去的難纏難結和對未知的不安，

「就這樣吧，」飄人沉吟了三杯水酒的久，隨後替祖靈的出路下了結論：出馬赫坡，順濁水溪到霧社瞄一眼碧湖之上的小戰場，轉眉溪上游，過南北東眼山到布甘南彎處，往下游轉眼就到川中島，「以祖靈腳程之快，日夜可以來回，」「終戰後呢，」我追問，飄人頭仰哈哈一笑，「現在是同化的時代了，」他知道祖靈只喜歡一條路，既能長途涉溪又能悠遊合歡奇萊，自高山深谷回到自己的家——時不到午夜，飄人告辭川中島，姊姊聽到車噗聲「弟弟、弟弟」衝了過來說她已整理好弟弟的房間，「姊，我出發是為了明天一大早，」姊姊抓著車把不放，我幫弟弟把姊姊的手扳開，飄人噗上他的飄忽之路，「你們作研究的知道研究什麼研究，有沒有良心啊，」姑娘大聲罵我，「他是我親弟弟啊，」隨後痛哭著跑開。我雜七雜八想著，同時備忘「溯之旅」草圖，在重點處紅筆作記，直到第二次雞啼過陡然覺得寒夜山氣是夜夜深重了，飄人沒有問半句「為什麼」比如為什麼研究這路線，大概大家見慣研究的人上天下地，這不奇怪戰後亂後就是研究的時候了，不過飄人所以沒問應是多年來心已不在原鄉馬赫坡更不在「偉大的事件」，鹿瞳之美不僅青春來造形還嵌了晶瑩剔透的心，前日清晨後往後山應不是臨時起意，而是我一直以為祖靈繞過後山，沿水源溪流來到川中島替姑娘關了CD蓋好被，女尼對於「事件」的因緣所知非常有限但一定可以補足業障果報讓人對事件了悟因緣如此，備忘草圖必要讓長老看一下並印證祖靈的「路線選擇」，還好祖靈不從後山來，不然近二、三年撞見女尼才憬悟人生原來也可以那樣過，何時才到「適切的」時機和姑娘仔細討論「追尋之旅」的路線圖，順便決定何時是「適切的」出發的時機，眼見墓場後山坡雜樹林葉子最先轉紅，部落的人酒喝更多，快輪到他們又「失去」放逐的一年，只有原鄉可以留住「鹿瞳之美」從少女到少婦到晚年直到臨終之眼，惋嘆現在是「同化的年代」了，祖靈過聖石可以駐停同賽考列克同飲幾杯再上路不遲，但不要輕忽「同化」這個辭彙的意涵：「當代」適時提醒我，天亮已快我上床去躺著恍惚之際讓泰雅的祖靈「同化」我一下臨去秋波也好，——是「同化」傷害了莫那．魯道「作為一個泰雅人的尊嚴」，原始民族的語彙中「人」這個字幾乎都帶有「最初」的意思，人彼此看到「自己」是獨一無二的，這可能是「尊嚴」的最初來源，從最初的獨一的自己經歷千百年料不到一時間內硬被「別人」同化，朝變成「別人」的方向傾斜，這種失去原始最初的以及獨一的自我的感覺，不是自己的悲傷所能承擔的，它是民族的悲哀同時憤怒吧，有人類學者或民族學研究者高論：同化是一種漸進的過程，是原始融入文明同時文明融入原始的互動，是和平的一種改造，不，用改造強烈了些，是一種接近自然的轉化，弱勢的族群在自然轉化中也不知不覺接受了……解讀這段文字首先要指出這是一類老虎披羔羊皮的文字，同化是漸進的是事實，因為急不得便要人家即時改吃糯米作的年糕放棄「沒有文明營養的小米」即便硬吃下了胃腸馬上起來反抗，觀察同化是「一種接近自然的轉化」那大概是眼鏡被汗屎模糊了，它的背後有威權的政治力在催逼，以強勢的文化力令「原始融入文明」，不，不是融入，是原始被推擠著進入文明，更談不上「互動」文明有接受原始什麼具體的事物嗎，和平是一種改造的手段，在改造的過程中文明帶著沿途丟「原始垃圾」的心態，沒有政治、文化力的族群只能眼不見為淨「平和到不知不覺」的接受了「同化」這個長期騙子，同化後幾年部落出現酗酒自毀的暴力，才知道他們以這樣的方式來拒絕「同化」，當然只要不暴力到殺到「同化者」的頭上，如霧社事件般，那麼再怎樣的暴力、自毀都是你們自家的事，多年來在島國的一隅我常想到這一幕：最後一夜，坐在火堆前的莫那魯道思索的是什麼，什麼是他下決定的關鍵——，被同化的悲哀與憤怒可能成為最嚴肅的理由，千百年來的生活、信仰、衣著、語言、禮俗通通成了落後骯髒不衛生，和服是最美的衣服壽司是最好吃的主食日本語是最好聽的語言皇神信仰是最高無上的人都可以為祂切腹的信仰，砍了穿和服的頭才讓你知道原來和服不是最美的衣服，泰雅紡織出來的衣服穿在泰雅少女身上才是最美麗的衣服，直接砍下你的頭才讓你知道天皇神道原不在乎你切腹不切腹，切腹只是人表彰自己的「受虐狂」到達一種「精神的虛無極境」，以這種學習「別人」來的或自己設想出來的文明，強要改造一個千百年具有自己的「原始文明」的民族，怎會不是「暴力的同化」，怎會不嚴重傷害了「原始文明」的固有尊嚴，莫那魯道孤注一擲對「同化」用力一擊，表徵了對「同化」的反抗與拒絕，在同化的歷史進程中「霧社事件」凸顯了「反同化的極端情結」，歷史記載同時公開表彰「反同化」的意義，雖然十幾年後換了另一批統治者以更強的政治力、文化力更不用腦筋的加速了同化的流程，我直到這時還為莫那魯道以及同時犧牲的人悲傷，假使雖然歷史不容許假使當年來的是更先進文明的統治者，可能因為霧社事件而震驚、而猛然反省而重新回頭看原住民的固有文化，以自治的方式讓自己人保留自己民族的文化，而非像「大武士不小心跌倒了」必要把絆倒他的「生蕃」趕盡殺絕，同時對「同化」沒有任何的反省，我對莫那魯道及同時上吊、跳崖的六社群感到不忍的是，「同化的潮流」並沒有因事件而暫止反而加速速度向「皇民化」，刻意被標舉為模範部落的川中島，不知道有多少青年生命為「天皇」「義勇志願」死在南洋叢林，歷史再往後推，七、八〇年代，在台北寶斗里妓女戶的夜晚一排亮出來的妓女，最亮眼漂亮的幾個多是來自少女泰雅，這是怎樣的「同化教育」，怎樣的尊重族群的尊嚴，我曾經在寶斗里某個泰雅少女的眼瞳中看見莫那魯道了嗎——我花多少精力、文字維護莫那魯道，但畢竟我得替「當代」發話，我出生在當代，成長在當代，教養在當代，渾身在當代，我只能在當代發聲，「當代」並不正式否定但「不肯定」反抗的尊嚴在霧社事件中的正當性，當代對事物的思索已達到甚至超越了「反思索」，邏輯早已超越反邏輯，「念」的速度早已超越光速這是星星人都知道的，「新新」在否定「新」的同時肯定新的「過渡同時性」，這是新新人類和新人類的共同默契，在可能轉眼即過時的觀念和辭彙中，我必須再度強調，當代以「存有」為第一義，當代以為莫那魯道在某種程度上誤解了尊嚴的「必要性」和「立即性」，在事件中犧牲的存有並不能以尊嚴獲得完整的救贖，當代肯定事件中的馬紅·莫那、花岡初子和存疑的達雅·莫那，他們避開了「立即性」持續了存有為事件作了第一手的見證，平衡了官方說法，除了馬紅許多劫後的人存有在未來的希望中並不為事件作「餘生殉死」，達雅·莫那的人生為存有的第一義作了最好的詮釋，同樣的，「當代」不正式否定歷史的莫那魯道，但不肯定當代的莫那魯道，「當代」是反英雄的，只有類似畢夫那樣的草根運動者，才有飽滿的生命力存有當代持續當代，所以官方紀念碑旁的莫那魯道是歷史的英雄當代的大玩偶，當代官方也認識到虛應故事的無聊，逐漸拋棄玩偶英雄，今日島國的每處垃圾、墳場之下不知埋藏了多少雕像或銅像，不過，達雅·莫那可以吩咐拉丁·賽德克製作一尊原型可愛的小莫那，送給當代泰雅每一家作為新生嬰兒把玩的民族英雄。顯然，任何人事物都不甘心只是「備忘」而已，剛被備忘的祖靈原鄉到放逐之地的路線圖幾日間熱門起來，白天我在廚房的大飯桌寫作，飯桌靠著窗，部落不比都市公寓後進都有個大廚房，而我廚房的窗口緊貼斜右鄰阿婆的菜蔬園，外圍著成排檳榔樹，仰頭便是攀爬這裏那裏的絲瓜，絲瓜花的純黃在陽光到臨時綻放開來，再遠處就是山了，山腳有一片長成有序有列的檳榔園，日落黃昏時分霧嵐薄薄敷了一層，不到日暮山的寒氣便到書桌，我會停下筆來深呼吸幾口寒氣，想像它自午後合歡山頂的霧之鄉，沿著山脊稜線暮色未到就透入我的窗口，我的心，這時刻我常想我一生追尋的是什麼，莫非只是這樣霧中暮色，山氣滲入心窗讓我捨不得再提起筆來，所謂「書寫」的動作都是多餘，但夜晚我躺在床還未入睡便聽到廚房傳來書頁翻動的聲響，我書桌習慣只擺筆記本和草寫的紙，為什麼急於翻看我書寫的內容呢，而且不懂得小聲翻頁，想來獵人的手指是做不到小聲翼翼的，那翻動頁面指指點點的聲響持續入我的眠夢中，直到第二聲雞啼我醒來聽到紙頁飄動聲，同時戛然而止雞啼後一片闃靜，原來第二次雞啼是告知祖靈離去的時辰到了，我不忍心讓祖靈為「備忘」勞心到爭議，更怕文字、路線被獵人的手指點自模糊到消失，更擔心他們深陷「備忘」之中沒有聽到雞啼第二次，或是走時匆忙把「備忘」順手抓了回去好好研究都有可能，我的筆記本是採自由式加想像式，內裏記錄著「書寫者」的某一天的想像性或性想像在虛實之間不足為外人看，光研究這位「書寫者」的筆記就可能花掉一生的時間，文字難讀內容難解，若是祖靈最後無奈把它當「新新的」來讀那就大大搞錯了方向山河為之變色不說我這廚房的書桌座位也坐不穩了，我思索著必要儘快找姑娘一起解決這事，不然夜夜翻得越大聲，如果真的醒來第一發現被抓走了那梳洗裝備都不用了，即時出發向大岩窟的神祕之谷不管它在哪裏，必得好聲色討回筆記，不問其他當然不能作「現場研究」，祖靈看我長髮披肩臉相和賽德克人也幾分相似，可能開條件撕了備忘頁去，筆記還我，當然我必得答應出神祕之谷不准回頭，終生不能提起，其實我曾想過獨自進行研究馬赫坡大岩窟和傳說中的神祕之谷，不過背叛姑娘只顧研究這違反我的性行「當代」也不會同意，「當代」雖然以研究發展為重，研究者多研究範疇不限，小到蟲卵，大到宇宙黑洞，然則「當代」有它研究守則，其中第一條便是「對生命的尊重」或「尊重生命」，我拿著「備忘」尊重地敲敲姑娘半闔的門，竟然門被我尊重地呀的一聲開了，赫然姑娘坐在沙發上嘴角叨支菸，我翻開「備忘」攤在她的膝前，「請妳讀讀這幾頁，」姑娘抬著頭噴菸，那菸剎那越過庭埕剎那越過對面山巒剎那到達不知何處的遠方，剎那間我才看清楚姑娘只披一件透明絲長裙，幾朵大黑色鬱金香長在重要部位，低胸露肩背，「還不到時候，」姑娘帶著一種恍惚的微笑，她的「回饋儀式」正在進行中尚未完成，我闔起「備忘」姑娘請我多坐一會，她說從早醒來喝到午後正有六、七分是最舒服的時候，她願意提供我一些值得研究的，「你知道我們泰雅人的由來嗎？」我尊重泰雅誠實的說我曾在史料中讀過，「不要緊，」姑娘喝一口香檳白蘭地米酒，「經過我們自己人，特別我來重說，滋味不一樣就是不一樣，」姑娘倒一杯香檳米酒給我，「你回去寫下來保證跟那些屎料味道大不同，」「當然不大同當然，」姑娘語中的自信引起我的興致，我立刻準備好「研究性傾聽」，在姑娘開口前我來得及將「研究性」拔掉只打算好好享受「傾聽」，「我笑死啦你們平地文明人，有父親肏女兒，便是天地大的事，鬧得報紙被睜破了洞，」沒想到有這麼刺激的開講姑娘醉眼笑得好眯，她們原始泰雅女人騷不自禁死命勾引少年兒子，丈夫獵人正在深山打獵中一山過一山等到獵人回來女人已生了兒子的兒子，獵人抱幾天兒子的兒子又慣性上山打獵去說是為新生的兒子或孫子，部落的眼睛哪會看不見哪會說什麼，女人愛睡自己的兒子，偶爾睡睡獵人英雄丈夫，不幾年改睡兒子的兒子又生兒子，「最幸福泰雅原始女人，」我感嘆萬分同時感覺原始不可思議的魅力和大度，姑娘默了一陣子噴菸又喝酒，瞇眼凝看著遠方的女人原始泰雅，「我們賽德克人是樹精生的，天生我們離不開山樹多嘛，搬到平地公寓的人拚命種盆栽，多是高過人頭的大盆栽，我媽說我們不怕沒有糧食，喝樹精就夠，」姑娘湊近來讓我看個清楚，「我就是喝樹精長大的，」那是一棵美麗的大樹，不知度過多少千萬年成了精，樹幹有一半是木質有一半是岩質在島國當時是唯一的「異質」，木質成熟那年溢滿了愛，禁不住「滴精」，精滴成凹鑿穿陰道凝空子宮，原來那子宮中有一顆「岩卵」等待了不知多少年，木精「相好」岩卵就生出了第一個賽德克女孩第二個賽德克男孩，男孩像母親一般的「岩酷」轉成慓悍，女孩像父親一樣的「精壯」轉成柔韌，「美麗的樹精一定好吃，」我喝一大口米酒香檳，「可憐上遊那群人是吃石頭粉長大的，」姑娘皺起醉眉，「石頭粉怎麼吃呀，」她指的是聖石賓沙布甘，聖石原有構造是一極大倚著一極小，極大極小之間有道裂縫，「會出水的哦，」姑娘特別強調，那就是聖精或聖水了，有這兩種水時候到了生男生女就不難，大概石質密度比較高，一出來就是成年女人成年男人，而且男人有二個可以想像三人在無限「石光」中同處聖石而和諧，這是足證原始比文明進步的又一例，大約外在世界比較粗亮聖石內室陰涼第三個男人探出半個身子又縮了回去，留在世界辛苦作人的男女就養大了賽考列克子孫，我聽到這裏就懷疑可能還有多少人千古以來躲在聖石內吃石粉，自我知道聖石的存在就了解為什麼島國四處有撿石頭的石癡，不過最近我心裏「實在很幹」因為整頓河床竟然怪手把那聖小石搞掉了只剩呆呆的聖大石，那容聖水聖精的裂縫都化為塵土，我們常嘆島國人沒有文化「深山褲底如是」，文明不知道有無義務把還在聖石內的人通通趕出來讓他們曉得世界已經「花花」如此，「你神經呀，」姑娘笑罵，「他們今天從哪出來呀！」是啊，我恍然若失，連那麼迷人的自然造物都被不經心弄壞弄無了，還有啥話說，姑娘還有話說，「我們同吃石頭粉的向無干戈也向無往來，自己身上的寶貝弄丟了不急著找回來，至少黏上去呀，看看還能不能用，不然這個假的裝扮一下，日久假的就復活成真的，哎呀幹，我們泰雅人對自己不用心到這地步啊，」我覺得姑娘蠻懂道理尤其「哎呀幹」音腔很是好聽，姑娘的部落經驗可能比我還少，才會真正失望生氣，多年前我到過島國唯一個全部石板屋部落，每一家石板屋的庭埕外緣用三角仙人掌作籬笆，部落最上坡是平台地有間小學校在高大的樹與花草之間，教室後聳立著一個乳房錐的靠山，部落前下坡便到寬闊潔淨的河床溪谷，「這又是一個世外桃源，」島國內部還存在著不少如此的桃花源，當時去就聽說不久後要遷村，遷去公路坡嵌下「靠近公路就靠近金錢」，一年半後我再度回去桃花源，亂草叢生葛藤蔓爬像要全面崩潰前的死寂，「認養它，」我當時內心衝動對自己喊著，「認養它，」只要糾合五、六個朋友，徵得原村長同意，認養的意義在於保留維持部落的原狀，替島國維護一處現存的桃花源——我回到都市，用嗑藥昏睡了三夜四天，說服自己像我這樣「頹廢」的人自己都應付不來還想維護一個部落嗎，後來我經歷過二、三個高山廢墟，感覺山水自然美麗與人為造物的荒廢對比，悟到人心雖是自然造物，但它比不上自然本身，人心只顧到現實最多加一點慈悲，不是實用的東西就無心維護，傳說神聖，但顯然在文明現實侵蝕中是無實用了，那就任它廢了也罷，「也罷，」我乾了米酒香檳，姑娘替我換上米酒白蘭地，「我們直接上大霸吧，」姑娘十九歲嫁到大霸後發覺一事最奇異，她的三個孩子都是豬狗生的，正確的說，都是豬狗性交的標準姿勢生的，婚後九年從沒換過這豬狗姿勢，她會感到奇異因為憑直覺她感到應不只這姿勢，但憑直覺她也知道整個大霸都維持這姿勢千年而不變，直到離婚後她下到都市才感受到「傳教士姿勢」人面對人的甜蜜，「遠古時大霸守著一個女人，」她騷癢時只能抓著公豬公狗止癢，直到公狗公豬學會了趴上她後背止她的騷時，她就生了第一個、第二個，「奇怪的是我現在……」內裏好像傳來一聲吐大氣的打嗝聲，「別理他，」我向閨房深處頭轉了一半又轉回來，「奇怪的是我現在非豬狗不行了，」為了遮這句話姑娘連噴幾口煙，讓自己罩在煙霧中，「男女都是，非豬狗不能到高潮，傳教士到底只懂遊戲，」姑娘懷疑，「是不是我們原住民比較原始，雖然被文明化了，但在節骨眼上還是自然恢復原始，」我接下話，「以原始之姿才夠味，」姑娘就含笑不說了，內裏又傳來動靜，可能那男人聽之不足要親自起身說明，姑娘忙推我出去，到庭埕姑娘說若我能教會她研究方法，那她要終一生研究島國「原始性生活變遷史」，我來不及回答就回到我的屋內了，我先泡了一杯咖啡解酒，再動手煮小雜鍋，其間我思索姑娘對島國原始性生活姿勢的論斷應是以偏概全了，我懷想起一位阿美姑娘，她只愛「人所能」的姿勢，肚臍對肚臍，眼睛對眼睛，嘴對嘴，而且舌尖相挑相逗不可稍離，這樣她才能盡情做愛，身心都在對方心身，高潮時的妖吟也婉轉在男人的嘴腔裏，「這才是最懂得性交的女人，」我向內在的自己說，那位阿美姑娘一直留在我內在深處的一個所在。時值七、八點吧，是島國連續劇時間，長老大約陪著兒媳看電視，他聽不懂連續劇中滿洲佬留下來的北京話，我可以趁連續劇的無聊請教一下長老對「備忘」的意見，今夜眠夢中我就以長老代言人的身份出現祖靈對談之中，發表我自己的備忘心得，說不定有想不到的後果，我從部落後的小徑經過紀念碑，夜色照在餘生碑上，周遭樹影斑駁恍晃，我想無事時祖靈最愛圍著紀念碑聚談，高興時可以在小小的凹形碑地繞著「餘生」歌舞，我駐足凝視夜色中的「餘生」直到凝定成為我生命的心靈映像，是表妹的丈夫出來開門，表妹從客廳跟我大聲招呼，隨即跟著孩子繼續連續劇，我向表丈謝謝那天的飛鼠湯和土雞肉，他說這個時間他習慣在庭埕作飯後散步，「你不看連續劇嗎，」我有點訝異，表丈笑笑，我說了我的來意，表丈要我待一會再過去，這時全家沉浸在連續劇的淚眼氛圍中不合適劇情以外的話，他邀我在庭埕同他散步閒談，他問我研究進行得順不順利，「外在比較容易著力，內在有時找不到著力點，」我說，表丈點點頭淡淡說，「內在比較難，」我請表丈談談自己，飛鼠聚那天我就發覺眾人中他的從容靜定，表丈說他是小學教師，學校在鄰鄉，賽德克的小孩必須到鄰鄉的平地小學去上課，「有一種情形我們已經見慣，幾公里外開了觀光大道，再鋪了到部落的小公路，部落人家移出去的速度就增快了，上學的小孩就少了，只好一再廢校、併校，」我說我在魯凱、排灣所見的情形也是如此，一個好好的美麗的山的小學就荒廢了，尤其觸目驚心我在高山廢墟中見到小學教室的斷垣牆壁，裏面的黑板還在，字跡還在，一切只能在刺人的馬櫻丹外圍遙望，「真的是與歲月同其腐朽，」表丈嘆口氣，那是一種映像對生命的真實觸擊，而不僅僅是一種感傷，我想，「一點點科技帶來連續劇、綜藝節目，就把我們摧毀了、同化了，」表丈說他不能接受，但眼前見到的實在他不能不接受，「我實在不願用『侵入』或『同化』這樣的字眼，」因為侵入必須同時檢討為什麼沒有反侵入，同化也必須同時檢討為什麼沒有反同化，「我只覺得在無辜的狀態下我們被『打擾』了，」我們在夜光中的庭埕踱著步，瞬間我想到不遠處的祖靈是否也在「餘生」旁傾聽，「無歲月以來，我們有天、地、祖靈和自己的生活方式，首先我們被商人的物質打擾了，我們的獵人原本只用番刀、弓箭、長茅，後來他們需要商人的鎗來打獵，接著是政治嚴重打擾到我們，讓我們懷疑自己生活的土地是否屬於自己所擁有，傳統生活的方式是否恰當或合宜，之後緊隨著宗教的打擾否定了天、地、祖靈帶來一個新的『仰望』，不願馴服的人自此陷在疑惑的、被排斥的痛苦中，最後是文明以全盤占有、改造的方式徹底打擾了我們，今天我們已經不是無歲月之前的泰雅賽德克人，這裏面，這過程有一種族群的悲哀、生命的悲傷，深沉而無奈，打擾我們的人事物有打擾我們的權利嗎，而我們竟然毫無防禦自我、抵抗打擾的能力，從這個角度，我看莫那魯道是個有智慧有瞻識的人，必要對打擾表示反抗，不惜以生命作代價，在小學的母語教學裏，界定莫那魯道是個『偉大的泰雅民族英雄』，我不能接受從別的角度看，那樣許多事便不確定了，假如霧社事件本身都遭到質疑，那麼在這裏渡劫後餘生的人永遠會在生的不安與痛苦中，——」表妹出來招呼了，跟著小孩，連續劇暫時告一段落，她替兩個小孩洗完澡，表丈說他要帶我過長老家一會，表妹叮嚀我改天早點來她要「好好研究你這個人種」，吩咐丈夫放學時別忘了帶量尺、三角規和掃描器回來，「日本人來時就把我們當成新人種這麼作研究，」表丈一面帶路一面說，「結果無論體格、身高，連腦的規模都優於他們，」當時的學術調查官方文件也正式承認，所以有一個混種的計畫，但這個計畫被其他的政治野心消蝕了，歷史等待不到「混種」不知道是幸或不幸，「啊，研究者，」長老正在喝睡前一小杯一小杯山中逍遙酒，一見我就用漢語呼我「研究者」，除了酒蟲，長老一生見過最多的可能就是「研究者」，表丈翻譯再翻譯，以國語加母語，長老還是看不懂備忘圖，還開玩笑「這是哪裏抄來的尋寶路線圖，」表丈最後代我問祖靈探望川中島會走哪條路，長老怔了一下下，逍遙杯愣在半空中，「從地下，當然從地下，地下有許多自然的地道，一瞬間就到了，你們活的人哪會知道，——當然知道。」我從前方經過部落家屋繞道雜貨店回去，昏暗的家屋閃著螢幕光，我繞道雜貨店是為了買睡前酒，何時不知睡前咖啡改成睡前燒酒，提著燒酒我思索我至少已經三分之一同化成泰雅人，有一絲絲、一絲絲同化的喜悅，卻感覺甚至搜尋不到一點點尊嚴掃地的悲哀，再過一陣子也許我就是半個泰雅人，最好留下來娶泰雅妻生泰雅子「歡喜同化」成為一個泰雅人，我打算回去關起門來，作為一個泰雅人在暗屋中喝燒酒，回想小說開始一路同走過來的朋友「尊嚴」，再一遍一遍仔細想想表妹丈夫的話，替「尊嚴」作最後的挽留，遙望遠處家屋中有一家燈火通亮那亮透出窗口浮上厝簷屋頂，若是在都市那必定是麻將三桌，在泰雅我們早已習慣昏晦的燈光，即使喪家夜晚也無必要光亮來助膽，千古年來我們已習慣了死亡歡慶死亡，我們泰雅人的家屋雖已同化了燈火，但我們的心靈還是在暗夜行路，這燈火通亮之家必然住著害怕黑暗的懦弱之人，果然，我停了幾秒就認出果然是武士之家，我們泰雅的番刀今夜非去殺殺他武士空刀的銳氣不可，「——不是殺殺，是對決，」武士一身純灰色的和服，盤腿端坐在武士架前的圓蒲團上，「陌生人泰雅，等我坐完武士禪，教你對決，」我被他的銳言銳語嚇出冷汗來，後悔進屋前先把燒酒藏在小水溝，不然當場拿出來燒它幾口，對決這「言語機鋒」，首先未入屋前他已感覺出來的是個自我同化為泰雅的陌生人，再來他否定番刀的殺殺，肯定武士刀的對決，這完全是屬精神層次的問題，可以辯證研究整夜還不夠，我一興奮便出冷汗平生第一回看到武士禪坐，武士禪坐不似平常坐禪那般垂眉俯眼，那目光炯炯穿透眼前的一切：陌生人泰雅，夜光庭埕，前鄰的屋頂磚瓦，稻田的無形之風，過溪後有形的山壁，到達山巒後不知何處遠方的空，那目光就停留在炯炯的空內足足三分鐘有多，隨即回到灰衣武士的目眶裏帶著引擎空轉後的眼波，「請別生氣稱呼你陌生人，上次見面沒空彼此介紹，你泰雅小先生新入夥的，我叫宮本三郎，」「宮本先生，您這身和服是在日本訂做的吧，」「請別客氣，小泰雅君，不是心裏真正想問的就別問，不是心裏真正想說的就別說，我感覺你想問的是：我平日的一舉一動都在展現作為武士的尊嚴嗎？」我再度興奮到出冷汗，「平常武士有無上的尊嚴，真正的武士到最後了無尊嚴，」「沒有尊嚴可以如常的生活著，做事，成就嗎？」「只有一無尊嚴才真正的生活著，做事，真正的成就來時就會來到，——就以我的祖師宮本武藏為例，他平生為了尊嚴接受無數的挑戰，直到有一天他棄了尊嚴，同時棄了劍，他帶著一支木刀隱遁人世，過日常俗事的生活，等到佐佐木找到他，要求對決必勝得到最後的成就，這時真正的成就來臨了，祖師以一把木劍成就佐佐木的最後，」這是一個老掉牙的故事，但請記住這是深山獨居的宮本先生難得有機會對小泰雅說的，「霧社事件是一件莫須有的事，莫那魯道誤用了尊嚴，而當時的軍方是下三流的武士，竟以武士刀對決番刀，兩種不同精神層次的對決，結果是一場爛戰，兩者同樣慘敗，同樣在歷史上留下污名，同樣的馬各野鹿，」宮本先生希望我能體會他必須說漢語而不能說愛說的語言的痛苦，「我很抱歉，我上部落後才後悔當年沒修日語，」宮本先生露出炯炯的笑，同那天見到畸人時的拘謹大不一樣，「我感覺在某種層次上可以與你面對面作一番對決，可惜今天你心繫霧社事件、莫那魯道，其實你在尋求返身面對你自己的尊嚴，小泰雅假定你是莫那魯道，你怎麼面對？」「面對莫那魯道，或是面對尊嚴，或是面對事件最後的決定？」「三者同因一個契機，你是莫那魯道，」我從未自這個角度切入：假定我是莫那魯道……去掉假定，我是莫那魯道……我選擇做一個沒有尊嚴的莫那魯道，沒有尊嚴就受不了傷，沒有傷害就沒有憤怒仇恨反抗，就沒有「事件」，那麼現在我是馬赫坡老祖父，我的大兒子、兒媳、二兒子、兒媳、女兒馬紅和丈夫，所有的孫子都在屬於我們的溫泉，我不必站在紀念碑前作為一尊雕像，多麼孤獨，太多老朋友都死在「事件」了，我用僅剩的尊嚴鎗殺了我妻、兩個可愛的孫子他們了解嗎自己的死自己了解嗎，是為了最後的尊嚴不得不，但願我是個一無尊嚴的莫那魯道……「不必是如此一個莫那魯道，」宮本先生炯炯的說，「尊嚴只是暫時，太過於注重或強調它就會誤用了它，面對優勢強權，尊嚴稍作屈身其實是對『實際』屈身，並沒有失去尊嚴，莫那魯道只須如此就可以度過，無需事件，對莫那魯道作一無尊嚴的要求是不適當的，他不是那種人，沒有那樣的天生條件、後天教養，他根本不可能認識、到達那個層次，我所要求的莫那魯道是這樣的人，面對優美不要只看到別人的優勢，面對別人的優美全心注意的臣服，在臣服之中認識、吸收這優美，在靜默中等待重生的時機，時機到了重新站起來的是一個溶新優美入舊優美的泰雅人，」這做得到嗎，還有會不會是搞錯了方向，「你對我個人有幾點疑惑，導致你對我的論點猶豫不安，我先回答你一個私人問題，你不是關心武士和女色的關係嗎？」宮本先生曾經有個妻——為了不讓宮本先生說太多的漢語，我代他以漢文敘述這件事——宮本先生有個標準泰雅美女的妻，當他親近武士禪的時候，他曾問師父這個問題，師父只回答一句「根本不要禁絕，禁絕本身就是障礙」，所以武士與美女相濡以沫只差沒生個孩子，沒幾年他早聽到傳言他妻與一個上山來作「番割」的平地人常在後山作豬狗相交之事，如果他只是個平常的武士，他可以武士的精神解決豬狗問題，但他沒吭聲沒吭氣，沒有一點後來所謂的「尊嚴」，直到兩人私奔了，駐在所知道要去捉拿，他請求師父出面制止任何多餘的動作，從那時他就把屋子擺成今天這個樣子，終戰後他自修武士禪，沒有他想去的地方，也沒有真正了解他的人，現在他在部落是一個「乾淨親切」的老人，可能他是部落「唯一沒有尊嚴的人」，「沒有什麼豬狗問題，小泰雅，」宮本先生糾正我，「只是男女之事，」我汗顏承認我的泰雅漢文好不過豬狗，「我的壽司是用川中米做的，在東邊靠溪我有二分地，我種半分，其餘租給別人代耕，」乾淨的重點在不喝酒，親切表示族人看這個人一生沒有成就威嚴或尊嚴，「掛裱和武士刀都是師父在終戰時留給我的，刀師父覺得已不需要他要空手回去，掛裱的字寫些什麼師父不說明，只說它的『飛草』就是精神所在，字意如何是口角風波，」宮本先生的武士刀在終戰後不久以列管物品沒收，我說那武士刀架上永遠有一把空刀，宮本先生頷首含笑，他以誠懇語腔說明自己從未想過像他這樣的人維護一種精神層次，過他自己喜愛的生活，在終戰後幾十年，慶幸沒有困擾到別人，他也沒想過他的精神是有怎樣的時代內涵，或者他個人是違反了整個時代的具身，他一生不離武士禪，經由「武士」其實他體會到禪的美，讓他人生初次以及後來處處感受到「美」這樣的東西，他愛穿和服是感受到和服之美，他愛說日語是感受到語音聲色之美，他吃壽司那是簡單就可以果腹而且具有藝術之美的食物，他天生泰雅人，死也是泰雅人，他並不是恨不身為日本人的那種政治文化人，他不是不關心族人，但他只能帶感覺的凝看著，他知道他的族人永遠不能體會禪之美，「多麼可惜又單調的生命與人生，」宮本先生對族人發出這樣的喟嘆，我面對那雙炯炯的眼神，感到一種被挫敗的疲倦，我內心慚愧初次到宮本之家只看到武士，沒有直覺出武士頭上的禪，我感到某種非常的失落，「別忘了水溝中燒酒，」宮本先生送我到門口語帶幽默，是幽默沒有嘲諷的意味，「我告訴你一件事，也許有關你的尊嚴研究，」宮本先生出到庭埕前緣，雙腿自然張開站得直直挺挺的：曾有個日本人，是退休的縣吏，回來川中島一住十數年，就住在派出所後面那間日本式房子，常跟部落老人喝酒，頭綁毛巾下身丁字褲，仍然殖民者的氣勢，直話直說，喝酒阿莎力，酒喝多了就開始訓起話來，像當年，這人叫矮米哈拉，可能戰前待在川中島，退休後想念這深山部落返來定居，老一輩的人，包括長老，都跟他親稔和善，曾經血肉對抗都像小孩吹的泡沫，他喝酒時講述的經驗之中，最令人欽羨的是每隔一長時日他返鄉探親，途經台北時，他必到中山北路，從三條通「必殺」到七條通，來回如是，據我所知那是日本人以經濟強勢「必殺」到本島的時期，老人羨慕到廣傳開來，中年的族人不甚理他，年輕人最多「哈伊」一聲，好像沒有「血戰的記憶」便沒有共同的心聲，他老病拖著病軀離開，聽說部落長老也不願他死葬在這被放逐之地……我差點忘了燒酒，幸虧夜光幫我回到了黑暗屋，我忘了燒酒倒頭昏睡過去，一夜翻轉在夢的情節中，在第三次一片雞啼聲醒來夢都忘卻，我喝過晨起咖啡，從後門出去散步，在墓園小徑上由不得自己開始理清「昨夜」，自然以倒敘的方式開始工作，宮本．泰雅以「美泯無了尊嚴」同時在生活中真正體現，他最後那番話似乎觸及了「生命的存有」，以及隨之而來的人性讓尊嚴搖擺在有無之間，再者，亂想也想不到長老想出來祖靈的地下通道，表妹要研究我可能不是開玩笑，她是部落的新女性，她可能要研究終戰後漢人與原住民的互動，最沉重的是，小學教師以謙卑面對歷史，辯護莫那魯道作為泰雅的領導人之一，不得不以「霧社事件」為「尊嚴受到長期打擾」而反抗，而「事件」本身具有「不被質疑性」，否則存活的人不知如何自處「尊嚴，民族的或族群的，往何處放——」，我感謝墓場的朝氣，撲鼻露水的梅香，還有野生的菅芒叢輕擺的白茅尖，幫我很快釐清昨夜的夜光話劇在朝陽射到頭臉之前，我回到檳榔樹圍成的家屋，才初次發現夜晚睡時，聞到的檳榔香，原來傍窗一串檳榔花，我完全體認宮本·泰雅「禪之美」、「道之美」可以泯無了尊嚴，但這種本質上屬於個人性的體悟，可能擴大到成為「群體性的體悟」嗎？歷史曾有如此的前例嗎？我必須電腦「當代」檔案才能分曉，我憑人腦思索那種難度之高高於玉山三九九六，群體在意「內部團結，共同對外」，它看不到什麼「個人性的體悟」，在原始部落生存競爭激烈的長時歲月中，「個人性的體悟」根本無由發生，更談不到萌芽，在霧社事件中可能「泯無了尊嚴」的不是個人性或群體性的體悟，而是對「實際」的周延考慮，這也是其他六社賽德克人不參與「事件」的最大因素，而反諷的是，眼見對實際的考慮，可能更加深了「作為一個泰雅人反抗的尊嚴」，在事件前十二社的頭目祕密會議中主角是「尊嚴」和「實際」，在爭論、說服，尊嚴的泯無在此時是可能的，有幸不幸兩者是屬不同的層次，當然彼此說服不了對方，到此「霧社事件」的發生是無可避免了，但「尊嚴的正當性」是可疑慮的，沒有人事物具有「不被質疑性」，我不認同小學教師的看法，歷史事件在當代是可以、而且可能必要「被質疑的」，拋開當事人的情感，「當代」質疑歷史的霧社事件，進一步「並不肯定」事件的反抗的尊嚴正當性——若有足夠的時光，我答應表妹把我這個人種作研究的引子，研究終戰後漢人與原住民的互動關係，我預想

「當代」必然質疑漢人的威權，放任政治力、文化力的侵入，毫無反省檢討的以「全面同化政策」為當然，——我瞥見燒酒拋在昨夜的沙發上，馬上我開瓶灌了一口，猶如某日黃昏我初次到雜貨店時看見一位剛下田的泰雅婦人自架上拿下瓶紅標隨即開瓶灌下一口再擦擦流到嘴腮的汗水，我心有不甘只能為「尊嚴」維護到這個地步，不是因為「當代」的研究理論或研究方法，一直我都是「當代」的邊緣人，住到川中島面對「霧社事件」及其餘生，完全活生生是我生命的一段歷程，不談「意義」只是「歷程」。我軟在客廳沙發上，旁邊的茶桌散著我帶上山來的書籍雜誌，我用小口杯來約束燒酒，有一本歐姬芙的畫傳和一本攝影女人的臉是我最常翻閱的，有關寫作的資料放在見不得人的地方非不得已不去翻閱素材懂得愈多「書寫越不自由」，歐姬芙有兩張畫值得自己二杯燒酒，她不僅畫出了形似，還包裝以花的美，不像最近有名人直寫女陰白描到崇拜的境地，也有畫家以旺盛的企圖心放大寫實千百幅女陰如今到了嘔吐的地步，凡崇拜之物必須出諸以形似，不能直指實物，不然，三天就厭了，不比美臀或美奶可以撐到三天半最多不過四天，女陰崇拜自古就在我們周圍，我居住的都市下鄉不到一個小時，隨時可見豔色的女陰祠，先民有智慧，以中壺小壺代女陰，九〇年代原住民始知復興舊文化搞起運動，女陰崇拜活動也在鄉下近山村落復甦了，只是換個硬而大的名詞，讓人摸不清是女陰，實在島國平地的原始信仰即是崇拜女陰，跪了半輩子女陰才知道是源自自我的原始信仰這值得小杯三、四杯女陰祠供的至少有三、四壺，歐姬芙自認是墨西哥美國人，我是平埔西拉雅大漢人，攝影冊中的臉沒有一張比得上九十八歲歐姬芙的臉，差別不在美，而在勇氣，面對鏡頭美的自信與勇氣，為此我乾她一小杯，櫥櫃中擺著一排書，份量比較重的其中一本《島國原住民臉譜》，我買來擺著至今未看，因在島國之內我可以親眼看，直到走不動了那時才來印證它照得夠不夠份量，女陰享受就好她想不到崇拜，無奈人生無聊享用之餘必研究之研究不足必以崇拜終結之，想像在所有的崇拜之中我最欣賞「女陰崇拜」，我喜愛歐姬芙也因為她放逐文明五十年去過印弟安、墨西哥，她放逐文明女陰去過原始女陰的生活直到死，為這「放逐」值得燒酒二杯，自從我看到歐姬芙，我就把拉丁．賽德克想像成中年歐姬芙的樣子，美麗叛逆混，我願為這「混」乾掉所有的杯……初冬的陽光溫馨可人，向燒酒招手好一陣子啦，燒酒已經空瓶拎著也好是一種「生之象徵」，我出門下巷道入稻浪直走到布甘溪邊，我尋個看來可以下溪的陡坡以酒瓶為杖就下到了溪水，「落溪不難嘛！」我向遠山說，「看你跑到哪去，我沿這溪找你燒酒去，」水流不大，我循著溪傍沙洲走過內山兩個部落，臨溪人家的後門都向著溪岩壁，不見垃圾穢物，想是鹿瞳少男少女照應的，過部落轉過小彎憬遇第一個峽谷，溪水流佈小石塊，燒酒溪水石上過，兩壁蘚苔生蕨葉，仰頭不是一線天被峰頂黏合了，微風拂來一種陰鬱像靜靜的女陰，我把足尖兩尖卵巴兩粒提到心上，生怕驚動女陰，看那蕨葉的蘚翠水的清澈就直覺感到有多久不知沒人過這女陰，山峰一峰比一峰高聳，溪谷同樣的窄迫，遠處彎曲處溪谷狹小如隙縫，想是入了那隙縫才出到寬廣的河床吧，這是自然玩的造形遊戲，英雄靠燒酒竟難過這女陰，河床寬廣大小的巨石也難讓人間隙過，大概只能勸練青蛙彈跳腿，若是溪谷狹窄而溪水盈盈一去如湖水，那必要鋼釘綁索先學攀岩去才懂得買齊攀岩裝備，不然備一艘吹氣小艇也可以不過划的人要勤練臂力否則一時三刻就順流回到川中島，我頗憾早年沒學科技現時就有一人噴射引擎可用一噴一射人就飛過溪湖站到山顛，可嘆為了女陰消耗我多少元氣，連這長條的狹谷也走不過去，天色就暗了女陰，我退出峽谷見黃昏晚霞猶在天地之間，心上重擔都卸下來的輕鬆只有工作後氣定神閒面對靜靜的女陰時可以比擬，燒酒空瓶我隨手丟在沙發上，先寫備忘標題「追尋之旅前的小小探險」，聽說有人喝完燒酒空瓶就往床下丟，幾年後直到叮叮吭吭時人就知道某人精壯到還能辦事，劃掉「小小」兩個字，有二、三家把空酒瓶繞房屋、庭埕一圈又一圈，除了美觀還表明他家懂得「現成品裝置」的時代觀念，追尋之旅前的探險實在囉唆的多，不如「追尋探險」，普通人家一般拿空瓶換酒瓶抵一塊錢，我在「追尋：探險」之下寫明可能遭遇的地形，溪水的高低，塑膠高統鞋第一必要不能像今天燒酒拖鞋，根據可能的時日準備可能的口糧，帽子、墨鏡、防曬油海浴時就必須，待查的裝備還有多項擬近日研究「攀岩學」、「溯溪學」——這一切都是替姑娘的追尋作前置作業，不是為我的部落探險，只有姑娘泰雅主持的追尋之旅才有明確的主題，神祕之谷的再現也才具想像的可能性。我到小鎮擬買「溯溪」、「攀岩」諸書，順便查一查有無剛出土的霧社事件研究，自川中島到小鎮，沿路見遠方連緜過霧社的高山，難免百感交激，不是說好不動如山嗎，哪知千古以來山裏人與人、人與獸、獸與獸爭戰如斯，仁者樂山樂個屁是大漢人對山的精神意淫，沒有文字記載的爭戰如何如何那就不用說了，有文字上山之後出了個「大事件」，讓人今天不得不另眼相看他霧社外加英雄莫那魯道，小鎮已經不是二十年前我當兵時駐留一年的風光，小鎮向都市學習「小都市化」大概是島國小鎮的共同命運，人有人的命運，物因人或不因人其實物有物自己的命運，不幸島國自困乏到起飛到後富裕的今天，島國人打拚的性格還在雖已向墮落傾斜，所以幾十年間，物因人而作的改變到處可見，又因人都是同一島國的同一式性格，物的變遷也顯現出同一方向甚至同樣的面貌，成長在六、七〇年代的人見過樸素安靜的島國街市小鎮田園，總感嘆到了世紀末島國的都市每一個都差不多雜亂無當，小鎮都半都市化一點沒有風格或品味，田園應屬自然也相爭掛起紅燈籠張燈結綵觀光化，可怕自深山田園向小鎮都市賣淫土雞肉的女男已由風潮時尚成了習見，官方偶爾掃黃，媒體大肆報導，從沒有想到為什麼要用「黃」這個字，更無深思我們島國不是講究市場自由經濟的社會嗎，活雞可以公開當眾殺給你買人肉「計時出租」何必大驚小怪，不怕被土雞笑，麥當勞當然耳朵進駐小鎮了，7-11的招牌多到小學生以為人生必要7-11，最可議店號也隨都市一般後現代起來「舊歡新愛」、「入來再說」、「無限配對」、「比波還霸」，文字在市井膨風到如此創意，讓我感覺「書寫的可能性」也腫大許多，我在金什麼堂買了「溯溪」、「攀岩」附帶「野外求生」，想當年事件霧社那時，小鎮人心惶惶怕極了「生番」殺下山來，多虧統治者派各路軍馬來安撫，當然奉獻「加菜金」之必要也是想當然耳朵，當初建武德殿時小鎮人出錢生番無錢出力，自小鎮東北方的守城大山二四二〇砍材、扛材、建材，事件後一年五月被放逐的劫後人坐台車下埔里到川中島，同年十月「大清洗」開始，自川中島騙出二十三名青壯男子，加上霧社山上整肅出來的共三十八人，隔年三月全部被拷打逼死在埔里拘役所，官方說法是死於瘧疾、腳氣病和腸炎，事件後三年道澤獵人在叢林中發現莫那魯道遺骸，官方送至武德殿叫馬紅由川中島來認屍，後來在新建落成郡役所公開陳列，供人參觀莫那魯道，這是霧社事件與小鎮的繫緣，之所以我不吝文字寫下這一段「備忘」，是為了替小鎮記憶它除了以紅甘蔗、紹興酒在現世出名外，它還以作為霧社事件的「大後方」而在歷史上留名，對「有名總比無名好百倍」的人來說，這也算是小鎮人頭頂光榮的事了，我在回程的路上翻閱野外求生，當年極少數能自事件中生還的都是天生懂得野外求生的人，「都市求生不比野外求生容易」這是我的魯凱好友在都市求生三十年後的歸鄉名言，他極擔憂島國的未來「全面都市化」或「全面國家公園化」，他不願像布農人那樣是屬公園的人類國家級的，如果你問那有什麼不同，他會仔細回答事實大有不同精神感覺更是「差異極有」，回到川中島，我在田埂旁一處無人看守的膠布搭棚坐下來，繼續野外求生，並實地嘗試腳邊的野草百果，「豔色最毒」是自然的定律也是人類求偶必趨之道，「遇絕地險境，必不能過，以信心過之，」這是偷自誰家兵法教戰守則，施施然來了位泰雅老婦，用平地台灣話問候我吃飽沒，她媳婦娶的是西螺人剛吃完西螺飯趕來看顧即將收割的稻穗，我看泰雅老婦也會看到呆那臉的輪廓留有少女時的巧緻可愛，那輪廓的巧似讓我常常認錯人，只好補一聲吃飽沒，我回到家屋客廳決定一口氣讀完野地求生，有必要再作後續研究，墓場後山的地形地物很合適做事前演練，說不定今夜夢到野外就可派上用場，這時有個男人在紗門外打招呼，我說你好有事請進，他在紗門外我就嗅到他是姑娘床上來的，「有一種泰雅原始的氣味相纏」只能以這一句來形容別的不是太過就是文字不宜，「沒什麼事，大家知道你來研究都歡迎，請過來喝喝酒，連絡感情，」路上散步被叫去圍酒小圈子的所在都有，像這樣正式的邀請還是第一次，連絡感情那就不能拒絕特別在部落人是感情的動物，來人說他叫摩喜，酒宴設在老大家，我不問老大是誰，在部落深山老大都很安份靜靜看著不鬧事，「摩喜是什麼意思，」路上我問，老人家叫的摩喜也不明白有啥大義，少年後他才喜歡摸東摸西摸起來就喜歡，「那就是摩喜了，」毫無疑義，老大家屋在西邊部落中央庭埕有一倍半大於人家，雞冠花圍起籬牆，兩雙大三角仙人掌作門柱，「一大早就去請你不到，做啥貴幹去啦！」坐在聖母哺乳聖嬰圖前發聲那位就是老大了，「失禮，失禮，到鎮上做研究剛回來，」看圓桌上這裏殘餚殘到那裏東倒酒杯歪到西就知他們五、六人酒談多時了，「摩喜，」老大吩咐，「倒酒，到裏面再炒幾盤菜出來，」他們喝的是米酒維士比加咖啡伯朗傳說可以像伯朗那樣勇又有力，「乾，」老大要在座先敬我一杯，米維伯朗的滋味勝過威士白蘭，「以後有事外出吩咐一聲，下合歡山出濁水溪我們老大都有連線，」是用飛鴿連線還是網路連線我不敢問明，只「多謝，」「今天請你來是為了妹妹的問題，」不愧老大有事不多拖延，凡事由他發言，「我們想借助您的研究觀點或方法說服妹妹，」蠻有研究氣質的嘛，在座諸位大都四十好幾到五十上下，原來姑娘宣佈擬在聖誕節日圓滿結束「回饋之禮」，禮成儀式在聖誕午後舉行，到了聖誕夜姑娘又恢復作為一個回歸原鄉的自由人，「她圓滿，我們可不圓滿，」一位穿著極花襯衫的說，正好摩喜端兩盤菜上桌，老大被摩喜遮住花襯衫只好由著他說，「請用菜，別客氣，」我吃了一口龍鬚炒果子狸，另一口過貓烤河鰻，老大壓低嗓音說明他們都不是所謂「垃圾男人」，像剛剛發話那位當年是部落排名第一的花花公子，娶到第一的標準泰雅美女，虧他有夠貪心到部落第二標準的泰雅美女，「你知道我們泰雅女人的溫柔和兇悍，」我從未感受兇悍並存溫柔，不過可以想像第一鬥第二多麼激情多麼惜情，誰也不輸誰也不容誰，也不知誰先跑下山另一個跟著跑下山，多年來山上守著寂寞的花花公子，「喝酒，」我說，「敬各位一杯，」老大綜覽整個情勢分析給大家聽，⑴當年同學男女一道下山工作，相約賺錢後回來相會，哪知道都市坑洞多，一個蘿蔔一個洞，後來也不清楚誰在哪個洞，⑵當年他們決定返鄉，忘了帶個新娘回家，才知道部落早已留不住年輕女人了，返鄉的女人幾乎沒有，⑶部落裏年輕的女人都是人家的媳婦，「我們泰雅的族規是很嚴的，」⑷他們不可能下山去嫖，很可能嫖到族親，何況想想嫖一次值多少瓶燒酒，⑸都市傳染病多，大家有責任不把川中島傳染了，——大家紛紛點頭稱是，是有責任川中島，隨後大家喝酒，老大語氣一變，

「共同包養不成，我們用鬥雞或抽籤或摸彩決定一人，」原來那語氣表明他老大忍痛放棄特權，「放她自由一陣子吧，」我替姑娘磋商，「砲手不愁好幾個，砲門可只一門，就算讓她請假休息，」「這可以考慮，」老大點頭，周遭也點頭，「不過放那痟妹妹自由太久，馬上又是部落危險人物，」大家微笑，大約都想到那位「哎唷王先生」，「我可以問一個問題嗎？」我不放過任何研究機會，「當然，當然，」這回是大家不一致都點頭，「為什麼你們一定要用豬狗姿勢？」我擺明研究學術面孔，「豬狗姿勢？」老大瞪大眼睛問，其他人吃吃笑，老大剎時會意了，「來，喝酒，喝酒，乾，」老大一面喝酒一面笑到喘氣，「那是自然天生的姿勢，你們文明人夠不到它的奧妙所在，才發明面對面的方式，高等動物哪一種不是用這種天然姿勢的，就這個姿勢，無論力度、角度、強度、高潮度、滿足度，我們原始人勝過你們文明人一萬分——」畢竟老大見過世面，一說就到問題的核心，同時使用的研究語彙也有一定的水準，我答應去跟姑娘研究、研究，「給她自由到春天吧！」我提議，「春天可能帶來轉機，」老大要我先跟姑娘研究過再說，吩咐摩喜送我回去，順便帶酒菜給妹妹，臨出門時我聽到花花公子以類呻吟的聲音怨，「沒有性的餘生，就如同沒有靈魂的生命行屍走肉。」我在九〇年尾決定離開業已半都市化的小鎮，往島國的深山內部走，那時當然讀了一點資料，只要是直覺到島國內部必然還存有我從未見、從未思想過，更談不上了解的內涵，到了現在九九年春，我持續進入深山內部，經由感覺我了解存在島國內部還有豐富的內涵，這內涵不僅是「都市陌生」，重要的是，我發覺「存在於原始的存有」在這小小的島國文明近了世紀末是可能的，它的內涵物在長遠看來足以抗衡都市文明，成為島國的代表性內涵，後來我的當代要求我自己接近「霧社事件」，我並未像研究者有預設的立場或預先架構好的過程，我本分是個文字小說家，小說家的目光、感覺、思索必然不同於研究專家，就像藝術家一樣他獨有一種「想像的真實」，我學習人類學者田野調查的方式住到現場來，初來時除了有限的「事件史料」，心裏只存著淡淡的當年對事件的「正當性與適切性」的疑惑，作為小說家，我長久以來自然形成的態度是心無小說，人事物不為小說作準備，而是實在的去過日常的生活，在日常生活中偶然憬遇觸動我的人，如畸人先生、宮本先生，偶然聽到「這是我夢的小溪」、「沒有性的餘生就像沒有生命的靈魂行屍走肉」，不管他們的生活方式、使用語彙來自何處，可以肯定那是出自經年累月閉居深山部落的心靈，使我感動的是這樣日常的真實像永遠霧迷的遠山一樣魅感動人，我的當代交給我自己的思索「霧社事件」是一項工作，而我的日常閒情、心靈觸動才是生活的本分自然，可能才是我能進入、進而了解深山內在的所有的契機，——這是我在邁開工作的第二個挑戰「嘗試檢討出草儀式的正當性」之前，所做的一段感情告白，我是個寫小說的藝術者，我感覺情感是工作的原動力，是我對深山多年來的以及至今對川中島的情感，驅使我繼續去面對另一項可能更艱難的挑戰，而非為了任何「成就工作」或「工作上的理由」，這項工作將發展到何等地步，現在我完全不知，連切入問題的角度都費了我多日燒酒的思想，適度的燒酒可以激起我衝出外在或衝入內在的工作衝動，可以使我感覺「與子偕行」「共生常存」的親近，——「出草」最原始的由來應是出自獵人的獵性，獵人習慣剝製野獸的頭顱或牙床掛滿客室上緣以顯示他是部落大獵人，大獵人的英雄名位幾乎等同部落頭目，經由剝製野獸頭顱的經驗，他們跨越了一步開始剝製人類頭顱，跨越的動機應是還是出自獵人本身，既然人的頭都敢割下來剝製了那天地間還有什麼可畏的，這是獵人激勵自己，同時向部落凡人昭示他大獵人可怕的大無畏，我想初見被割、被剝頭顱的部落原始凡人必然像今天的小孩子遠遠就迴避在樹枝間的死貓吊，大獵人聯合部落的勢力著以強迫的方式鼓動凡人面對未剝前、被剝後的頭顱，同時強調那是一個「復仇的頭顱」，以憤恨取代了恐懼，如此由大獵人發動的割頭剝製，漸成了「模式化」的出草，在部落為了獵場、耕地爭戰的長久時光中「出草」成了最時髦、最具威嚇力、最具戰功的行為，尤其出草提升到「作為男人」的依據，少年不經出草便喝不到節慶時的酒，沒有在額頭和下巴紋身的資格，在部落中便娶不到女人，更別說成家生子傳後代，史料記載原住民在長久光陰中出草活動頻繁，尤其慓悍的泰雅族，同一族群部落之間時常彼此出草，不像南方的魯凱、排灣「從不出草自己的頭」，我想之所以頻繁不在「出草本身之必要」而在出草附帶的現實「條件」，「條件：利益」是原始人性本能在此可以證明不假現代，同時在出草的狂熱中，模式化漸向「儀式化」發展，出草活動有了種種的禁忌和限制眼前，觸犯了禁忌當然又以另一次出草解決「禁忌的恐懼」，而在限制的另一方面，相反的增加了出草活動的需求，我思索「出草儀式的完成」可能歷經了千百年，集體由禁忌到狂歡，個人由英雄崇拜到獨自面對頭顱，上個世紀末的人類學者可能目睹出草、狂歡的儀式，可惜沒有留下影像或文字記錄，我在一張「薩拉茅事件」（一九二〇）的照片中見到霧社群婦女個個提著被割的頭顱，在霧社駐在所前圍成幾圈，跳舞歡慶「獵首祭」，可以想像第二次霧社事件當晚，獵得一百零一個頭顱的道澤社是怎樣由清晨狂歡過午夜的場面，其狂歡的「融入度」由狂舞到恍惚到交媾恐怕世紀以來沒有一場島國漢人的狂歡可以相比——我寫「由狂舞到交媾」是有依據的，沒有一個原始民族的狂歡儀式脫離此過程，史料記載如此，想當然人性在如是的景況中，文明以後西方的狂歡也遺傳或學習這樣的過程，研究者可能解讀這現象為「一種原始社會壓抑的大解放，藉由儀式正當化」，我單純的以為「亂性」與「亂倫」同為人類原始的天性本能在「自己也不知道自己是誰」的情境中得到合宜的舒解，即使是一個靜靜的旁觀者也會被那種「融入非人類」的場景所觸動，狂歡到最後跳動的不是人類的心臟而是源自地球的脈動，歷史記載其他的戰爭儀式少有專注於獵首，吃心肝人肉倒是常在戰場歷史中見，至此，應該感謝「出草」，島國深山千百年前就有大型的狂歡儀式，狂歡的可貴在於它的本質，不僅一掃「鷄型社會化」的枷鎖，回歸原始自然的懷抱，猶如內在火山的爆發，熔漿四處流蕩，我們今天欣賞山水溪谷之美，不必想到「出草」，但不能忘記這一切之美由於宇宙地球人類的「狂歡」。在我散步的墓園小徑，時常注意到一間小屋厝形的墓，也許它最貼近小徑，也許它的內容格調別具一格，墓碑上一張磁製照片框著穿著日式西裝的中年人，西裝的鈕釦扣緊到下巴，其下水泥方形的墳上，靠墓碑底放著一張穿和服配武士刀的紙照片，墳前一張長方形水泥桌旁邊各一排水泥長凳，最奇特的是桌旁外緣擺著兩個木製書架，書架上有論語、孟子、東周列國誌、西鄉隆盛傳、德川家康傳、鈴木大佐與禪，另外堆著一疊雜誌，大都是文藝春秋或地方誌事，那兩三回後我走近一看才發覺除了鈴木大佐與雜誌是真品外，其餘都是一塊塊磚寫的書，大約那些書被祖靈借走了，暫且用磚塊記位置，從他讀的書猜想這個人是大漢與大和民族的精神混血，可能以大和民族為本尊吧，論語、孟子是被大和政治借用的，墓的格式位置以及從來沒有人動他那張真品和服武士照，想像當年這人一定是部落受尊崇的知識份子，可惜從未見部落的人在他面前的方桌煮茶論道，空留到處都是塵灰，後來我散步時不時走進去看看，翻翻書特別那本鈴木大佐，矮下身來仔細看武士刀怎麼配和服成就怎樣的一張臉，我對「部落的讀書率」頓時起了興趣，我記得拜訪過幾家都沒有看到書冊也許藏在後書房，還記得我剛到不久，雜貨老板自傲說，「我們這個部落是附近文化水準比較高的，」當時夜夜聽到姑娘的世界名曲就不由得相信了，墓園一片野草中矗著參天的古木大約人肉滋養出古木連古木一片幽深，部落內裏也存在著人的頹喪滋養的深幽氛圍，我不確定在哪裏但走過就直覺得到，姑娘的家屋是感覺不到那種幽的，潑嘩到有點發癲差不多，夜晚名曲的柔蕩也鎮不住，我想先過去問姑娘看西鄉隆盛那個人是否也是原鄉人，她若不知再找個「適切的時機」問宮本先生，說不定是他的不世出師父晚年又想念川中島了，「你不要替人說事，」姑娘看見我踏入庭埕就自屋裏兩三步出來，嗓腔如她肩背粗闊，「你把研究自己做好就夠，誰說你是泰雅人半個，」是祖靈在夢中告訴她要小心鄰居陌生小泰雅，不然那宮本竟也是回饋祕密小組之一只是那天沒出席，「你認為自己是可以說服的嗎，」我只反問這一句，姑娘就笑開了意思是畢竟我懂得她不虧聽了多少夜她的名曲憂傷，「我不說服妳什麼，也不要妳幫我研究自己，說一些部落或妳的事給我聽就好，」文字的懶骨頭就是傾聽，不懂傾聽就無能進入文字內在深邃的美，姑娘講故事要配燒酒才能講到幽深處，瞬間閃過我墓園的幽深，瞬間摩喜拎了幾瓶燒酒出來又躲入去，我們坐在庭埕邊緣的檳榔樹下，我提到墓園那人，姑娘說她自小不過墓園，至今她不曉得部落的墓地是啥樣子，「不准提那地方，」姑娘開了燒酒，再伸手摘了檳榔青嚼著配酒，「我說說婚嫁到大霸後的事，能不能寫入研究，你自己研究，」姑娘是在近十八歲那年離鄉下台中轉台北，第一夜就在落腳的原鄉之家識了勇夫．大霸，勇夫當夜是來會館找朋友，順便替他的綁鐵筋小組招兩個新手，他說他明亮的大霸之目第一眼就認出了跟隨在月亮的星星永恆，他盯著永恆到半夜，說明他的小組目前正紅前景遠大「忙到喝酒的力氣都沒有，」她看他一身古黝色的臂肌、胸肌有點迷惑，可是她到這島國第一都市來是為了體驗自小的憧憬「我要過盡了所有文明的生活才甘心，」勇夫看出了女孩的心思，斷然說像她這樣的原住民少女不幾日就迷失惡魔都市中，被推入火坑還不知道死活，他作為勇士絕不能看族中的女孩再度淪陷大好河山，「勇士，我可以做什麼？」勇夫答說，跟著小組做雜工就有賺頭，存起來幾年後買個小公寓再來認識都市不遲，第二天清晨她就由會館直接被載到工地，清晨的都市在浮光掠影中「像老婆子穿著褪色的豔色三角褲，」那是市郊開發山坡地的大型社區，小組一呆就是兩年吃住睡在鐵皮搭成的工寮中，姑娘除了雜工還兼煮飯給大霸的族人吃，虧在勇夫沒多久就弄個獨間小寮，以便晚上幫她按摩，「後來當然是我按摩他那一身鐵皮，」虧在勇夫也懂得賺錢花錢，工休日就帶她往都市人多的地方鑽，她發覺他們似乎比坐在旁邊的都市人有錢得多，不過她感覺「沒有辦法融入其中」，每回大吃大喝唏哩嘩啦就去購物，勇夫只要她要就買就回去山坡鐵皮的家，兩年期滿鐵筋小組要轉到另個山坡開發另個社區，這時她覺得兩年夠了，她考慮離開，去哪裏不知道，先到都市再說「我不再是鶵卒仔，」哪知道勇士看出美人的心思，奮起餘勇在慶功宴上宣佈大霸勇士要娶合歡女人為妻，事出突然大家起鬨圍著他倆又歡又舞又酒，她被灌了多少酒，卻還記住，當時她是被「合歡女人」這個新辭彙勾引了，「原來我是合歡女人，是不是天生女人要合歡什麼？」就這四個字成就了一段合歡大霸婚嫁，她上大霸去成親就留了下來，勇士也同意生子生女留下大霸種比都市小組重要得多，她三年半連生了三個小孩，最後一個男孩她實在虛弱得不清楚是誰播的種，是誰生的，「大霸山更高，人更原始，根本不懂什麼隱私，男女來去像進來放個小便一樣平常，」勇夫雖然有空就回來大包小包的，但勇士無法慰她夜夜高山冷的床，她覺得常常睡昏迷了過去，弄不清黃昏或夜晚，「真的我確定最後一個不知是誰的種，反正是大霸的子孫，」大霸女人在山上只有兩件要事，打麻將和閒大聊，打麻將可以連打四、五天破大霸記錄是五天半，男人大都下山工作，沒人可以管女人閒大聊，一聊起來從大霸長得像男人那東西「爭論從哪個角度看最像、最粗大開始，」加入的女人之多可以成一個大霸軍團，就會聊到「那個賽克來的女人為啥老是關著門」削去了賽德克的德，因為大霸女人的門是互通有無彼此不關的，後來她不關門就隨時有人撞進來，撞入來的若是男人會說剛自都市回來的問說有什麼需要，她關門時常常在驚醒中發覺有三、二個男人的臉掛在隔間的板牆上，她和勇夫說，勇士簡答「我們大霸就是這樣，」婚後第五年某日清晨，她搭第一班車下山，把孩子留給婆婆孀孀，她在大溪轉車時買了一份報紙，車上她挑了幾個小廣告，下車後直接到一家色情餐廳，老闆在後室辦公桌後坐著噴菸，先叫她掀上窄裙鑑定大腿再仔細問明窄裙裏的幾號腰最後要她解開上衣看她奶子，「年紀是大了些，臉保養得還可以，」那老闆直接了當，不過客人一向好奇「異族的」，「腰不能超過廿五，體重不超過四十九，超過留下查看一星期，不合規定就請走路，」真的每天一上班，先去一間別室量體重腰圍，不過有例外，要是肉是長到奶子上腰圍不變那不追究，「我那時皮膚是頂白的，腰瘦到廿二、廿三，體重四十七、四十八，多是奶子的重，人家常懷疑我的細腿怎撐得起奶子走路，」虧那餐廳是做高級的，價碼很高，男女都接，男色比女色少得多，其中有一個叫「黑V」的是紅牌，她初見黑V就知道他身上流的是高山的血液，她很高興自己沒幾星期就紅牌了，紅牌出場費高其實也不辛苦，她為了黑V把體重養到四十九界限腰瘦到廿三，人人見她先見到奶子再被「異族的臉廓」迷住，沒有一個來找黑V的女人勝得夠她「本質上」，有一天黑V約了她當夜她嚐到了「文明原始人溫柔甜蜜又暴力野獸的曠世滋味，」我請姑娘暫停下，我進屋去拿我的備忘，我曾聽說過有一種「曠世巨作」從沒有過「曠世滋味」，聽了這麼多都市風俗畫燒酒恐怕也消化不了，我在備忘上寫下曠世滋味，同時想像曠世滋味是否會比曠世巨作值得人世，姑娘趁我備忘之時尿尿去或去讓摩喜摸一下，滋味曠世既新鮮又具震撼力，那就不用再多提高山黑V與高山美女了，直到有一天來了一個五十幾多歲，近六十吧，看起來很高級很高級的男人坐沒多久就請她出場，在大飯店水晶床上這男人只脫掉西裝，沒動領帶褲頭，先細看她的高山之陰，其上的墳草小肚湖，歪一種好看的翹的大奶，最後用中指仔細摩過額頭、眉間、眼皮、鼻樑、嘴唇到下巴再回到臉的輪廓來回中指，除了黑V她習慣眼睛閉著，她在中指的來回中有點恍惚了，這時她聽見淡淡但清明的一句話，「祖先在霧社流了那麼多血，想不到，子孫在飯店床上賣，」等她會過意來，男人已穿好西裝嘴角浮一種似笑不笑，自己開門走了出去——我吁了一口川中島霧嵐山氣，終於通俗情節繫連到我的「事件研究」啦啊哈，世事不會白花我邀姑娘同乾一杯燒酒血也不會白流，凡是經驗過的就不會了無，它會適時浮現上來就像至今姑娘清晰記得男人的那句話——連標點符號，那晚她就一人留在水晶床上想明白了一些事，第二天回租處換了黑短褲、黑T恤，沒有上班也沒告別黑V，她坐公車加走路到工地去找大霸，直接提出離婚，想來大霸會兩巴掌給她以顯示他勇士的氣魄與丈夫的權利，大霸惜肉得緊，圍觀的大霸人也惜她那一身腰上肉，她平靜敘說下山後的色情生活，直到大霸想起必要維護組頭的臉，「臭婊子，」大霸學大漢罵，「我們澤敖利人誰稀罕妳這種臭婊子，」簽名簽了三次才簽對名字蓋了章，她拿去法院旁請了兩位臨時證人到桃園戶政辦好手續，即時回鄉，她的行李中只有一台收錄音機和CD卡帶，「妳怎麼知道蕭邦？」我問，姑娘強調那可是色情高級西餐廳，「哦！」我罵我呆，原本世事可以這樣那樣：蕭邦之為用……。如果我能離題，我會細寫姑娘的大霸生活對比都市生活，憑經驗和想像我能寫出「甜蜜溫柔野獸暴力」的滋味，讓人激情感受之餘明白知道加一點催情劑或催化劑激勵日常自己便可以達到前無古人的滋味，那是真實自我體驗的，「曠世」只是個空洞的形容詞，如果我能離題久一點時間，我會暫時離開川中島，尋到那高級西餐廳，我尋找三年前的高山黑V我對他感到無比的興趣，姑娘說是三年前的事了三年的陽光晒黑了她的肩背和大腿，不過我預料黑V還在那是他自高山下來可能最適合他的都市窩，我會設法接近、觀察、感覺同時探問：他的島國「異族」真的能滿足都會男女嗎，或只是暫時的好奇，「好的事物只有一次，不回鍋，」特意找他的是否男人多於女人，我預測答案是肯定的，他的高山同別的高山交媾時去除精神的因素肉體的感受真有所不同嗎？我覺知是精神激昂了肉體，而這種激昂很快就會萎謝，最後也是最重要的，他是感謝他的異族體質與造形或是常在悔恨的邊緣或是以這樣的方式自嘲嘲人、自虐虐人、自脔脔人，他肯定不會回歸原鄉了，未來他還是在都市的某一個窩中，未來不是問題「當下痛快」就是，如果容許我再以「研究」將黑V當作一個研究的標本，我會讓他先讀、看一些資料，再問他當他「戮入」或「被戮入」時不同的族群肉體甚至精神是否帶來怎樣「複雜的情結」，這複雜的情結中是否包括一種衝動「剎那間草下對方的頭」？有一隊傷泣的隊伍經過我後門的小路，我從對黑V的百里幻想追尋中回來加入眼前隊伍，一口薄杉棺木走在隊伍前，後面跟著十二、三人，是那位平日不苟言笑的老人，也算長老一輩吧，喝到極樂時笑容可掬，拎著酒瓶亂走逢人以令人跟著極樂的嗓腔喊，「我是多麼喜愛酒啊——」那種純粹的極樂真的會感動人至少我和酒，酒逢這樣的知己也不負它來人間一遭了，冷清的送葬隊伍合宜那樣極樂的人，傷泣實在並不必要，有清寒的山氣、檳榔花香，還有之後的梅花送香，葬坑挖得淺淺的想是方便他隨時到雜貨店，若落土之前有個喝酒的狂歡儀式也蠻適合，可惜人多不懂生命的情調豈止部落，棺木露土時有個男人傷泣到頭靠過來我的肩膀，傷泣中他一直重覆著一句話，「我天生不是綁鐵筋的料，你知道，」可能是死者的兒子，在怨恨或慚愧綁鐵筋誤了他的一生，後來一個婦人扶走他後面跟著兩個十來歲的孩子，喪家感謝我來參加葬禮，我原本想逗留墳場思索一些什麼，一個標準泰雅女人臉廓的婦人走近來柔聲說，「一起回去吧，死的人不會寂寞了，我們不要留下你一個人寂寞，」我跟著回到部落，在轉彎處互不道別，只默默相看一眼，我在家屋階前默坐，我想死亡的真實可能是人世間消失了一句話「我是多麼喜愛酒啊！」

我所以在內心憐惜甚而珍視姑娘、小達雅、黑V以及鹿瞳少年少女，給他們一個正當經濟的家庭、良好的教育成長環境，他們的天生資質及外表幾年後極可能遠勝過平地都市的年輕人，在出人頭地的人中，會有極大比率是這些島國原始的「異族」，多年前我碰見曹族少女、阿美姑娘時，油然生這種感想，十幾年後我在深山大武邂逅魯凱卡露斯先生，更堅定這個想法，幾十年來，島國半調子的政治社會故意漠視或歧視他們的潛力與權利，等到既得利益階層有了反省大罵自己或別人是「大漢沙文主義豬」時，他們已淪落社會底層多年了翻身近乎不可能，為了歡慶酒到極樂境地的知己，我滿懷心思踱步向雜貨店燒酒，雜貨店有幾個中年人在亭仔腳酒聚，看見我便相互招呼喊我過去，「你都市來研究的，你自己評評理，」一位滿頭白髮，滿臉灰白雜的腮鬚的大嗓腔，「我們幾個同年的聚集喝酒，只要是不被平地綜藝化，我看我們的下一輩是被綜藝化了的，有沒有奇怪不到三十年，綜藝化已經消滅百分之六十—七十我們賽德克原有的文化，但沒有一個我們的政治候選人，把『去綜藝化』列為政見，所以這次三合一選舉，我們只收錢不投票，」這時插入來一道冰冷的聲腔，一時分辨不知是誰，「說什麼文化大熔爐，用綜藝的屎尿還附帶吸管，要我們吸到癡呆，」我聽得昏頭轉向，好在他們給我一杯伯朗燒酒讓我不致暈眩過去，不是來慶祝燒酒仙的嗎，怎麼還扯到綜藝化，這是中研院社科所與資訊所的共同課題還得向民族人類所借資料，我必要綜藝化裝癡呆逗他們酒顏笑開替「我們的綜藝熱門」道歉嗎？我再三聲明，「我從不看任何綜藝的，在平地，即使在騎樓或商店瞥到也趕快閉起眼睛，」中老們齊聲讚我有氣魄，敬我連幾杯米酒伯朗才放我離開，這一綜藝插播就讓我忘了到雜貨店做什麼，站在竹林外想了一會才想到是為了歡慶酒的極樂，可是又不敢回雜貨店去，萬一他們考我綜藝的形式、內容我一無研究答個屁，反正部落有如此多酒的知己雖然臻不到極樂之境也堪告慰極樂者了，「有原因才喝酒，或借酒解什麼，」極樂者剛躺下去就忙開示部落大家，「或喝酒為什麼，永遠達不到喝酒化境，」我檢省自己都是不知為什麼燒酒而燒酒的，我轉出竹林，見不遠處馬紅之家，是我日前特地去派出所探問警察，拿出一張部落房屋配置圖指給我看明白的，可能借了伯朗米酒之力，我才直接向馬紅貼近，馬紅雖然已死了多年，但自多年前我讀史料時，讀到馬紅總覺一股莫名的蠱魅，來開門的是馬紅的養女，直覺我感到她沒有莫那一族的血液，她大概厭煩了以關心或研究的名義來探詢馬紅的人，她失神了一會才請我入門內樹蔭下籐椅座，她面無表情先說明兩件事，其一她不回答任何問題，其二她可以談談馬紅的晚年，「我母親活到晚年，但她的一生以身殉了『事件』的，」族人都知她到晚年還常失蹤，一個人徒步向霧社，去尋莫那魯道最後安息之地，她要上吊在父親自殺之處的樹椏上，替他遮擋一點陽光，「事件後馬紅仍然生活在『事件』中，她從未忘卻或離開『事件』，雖然有各方面的人以言語或某種行動勸解或規範馬紅，但事件後卅幾年，直到她死，她從未一刻離開，我這樣強調是要清楚說明祖靈的血仇充滿馬紅的生命裏，」她被這巨大的血仇弄得魂不守舍，做出許多怪異的行為，「馬紅不接受上帝，她教育我也不接受上帝，牧師想盡辦法要她進教堂作部落的模範，但我母親說上帝的『愛』與『血仇』無關，」祖靈每天黃昏涉過溪谷進入馬紅的夢裏，夢醒後她只顧著做祖靈吩咐的事。我失喪在馬紅的夢裏，幾張顯明的映像連綴出馬紅的一生，莫那魯道多虧有這個女兒馬紅，他死後的餘生輾轉了四十幾年才得歸葬安定，我甚懷疑馬紅認屍時故意認錯屍，歷史只記載事件的表面對其中的細節無能為力，馬紅要父親永遠長眠在馬赫坡的密林裏不被發現不被打擾，統治者急於表功馬紅就順勢認屍，所以每年紀念日大家祭拜紀念碑的那個人是何許人也，只有他自己知道，我告訴自己必須多出去散步，不然只有燒酒能燒熄這「歷史的懸疑」，不然為什麼直到晚年馬紅還在淩晨偷偷出發走向馬赫坡父兄安息之地，她知道父兄一直在那裏，也多虧馬紅·莫那攜著白鶴清酒，入密林向其兄達歐·莫那勸降，我們才在想像中看見「事件」中一場死亡的歡宴，在即將上吊的樹椏之下盡情歡舞，唱祖先的歌跳祖先的舞，喝敵人的酒，生命要以狂歡的形式作最後的告別，歷史只記載人物的行為動作無能深入人物的內心，馬紅一定真摯的勸降達歐，生命不值得為「任何」而死，達歐我們讓他成就一個勇士而不論，馬紅有沒有想到達歐出降之後，面對的還是死亡，他生存的唯一機會是他成為「樣板宣傳」的時光，他的「樣板價值」能逃過一年後的大清洗嗎？即使逃得過，他作為樣板的生活中必然與馬紅淚眼相對，還必須受到時人和歷史的譏評，我贊成達歐在狂歡的餘緒中上吊，不，也會幫馬紅苦勸，即使只有生機一線也要苦撐著活下來，時人的非難和歷史的譏評在

「時間」中會很快的被遺忘，只要活著生命本身便是鮮紅蹦跳的，如果作為樣板的達歐先生能活過終戰，那麼我的造訪會看到達歐與馬紅兩老，而不只是養女了，「為狂歡而喝酒可以達到極境嗎？」我走過墓場小徑遠遠問，為狂歡而喝酒同於喝酒而狂歡嗎？我願意為活在世紀末的達歐、馬紅兄妹而狂歡，達雅．莫那手肘掛著拉丁．賽德克也遠從南美來歡聚，如是至少馬紅的晚年不會失喪在「事件」中，我走過梅園的盡頭沿著後山坡有徑無徑，有條小徑順著走到一個寬廣的檳榔墓園，參差美麗的檳榔樹幹遠遠近近幾個墳墓是背景盆栽，濃郁的檳榔花粉香，合著遠方全面撲來的梅香，我覺得人生的路徑到此就可以了——我用茶壺泡了一壺濃咖啡，是工作前的濃咖啡，今天在川中島我必須面對「儀式前後獵者與頭顱的互動關係」，斜後鄰的阿婆在園子中摘草澆水，她的前胸的碎花與後臀的大黃隨時在我窗前晃動，在馬赫坡出生三歲被放逐到這裏，她假日來的兒孫說她最遠到埔里拿藥，那麼她是沒有見過儀式出草的了，今天存活者有出草經驗的至少是百歲以上的獵人瑞了，除了道澤社九〇歲上下的男人可能就有出草的經驗在第二次霧社事件中，在我第二度探訪那達夫．道澤時，他已經沒有初次的熱絡，可能我背景沒有一個「國家級」的單位作支撐，也可能他認為上次見面時他已經把有關「事件」盡義務「交代清楚」了，在我田野「霧社事件」時期，我發覺有一個共同的傾向，居住田野現場的人甚至當事人認為「那是遙遠的過去了」其實還不到七十年，他們義務性的交代一些自己所知的，通常都雷同而且有限，很難得到田野所需要的歷史記載以外的細節，我想馬紅所說「血仇」的陰影還留存在人心吧，我請那達夫介紹我一位曾經參與第二次事件的道澤人，「幾乎沒有了，」那達夫皺起他的山川眉頭，我即時抓住「幾乎」兩個字，「幾乎沒有，但還有的很老了是吧？」「我討厭你們文明人的精明，」那達夫微笑，「我們不是不會學，而是不願學，父母從小教育我們不說謊，不拿人東西，」現存道澤三部落一定還有出草經驗的人，不過也不一定可能隨著遷徙到花蓮去了，那達夫問我見到老人要問什麼，他實在不願意帶陌生人去困擾老人家，「可是他草過頭，」我竭盡所思，「這是個事實，現在這變得很重要，」歷史已經追詢過他們，現在「當代的歷史」再度追詢同時給予評價，那達夫最後答應帶我去，因為「現在也少有人關心我們的過去了，我們族人在都市討生活個個像沒有過去的人，」我們從位在濁水溪最上游的平和部落找起，「我的老家在下游的春陽，而據我所知部落中沒有這樣的老人，更不用說我家族的親戚，」平和部落建在濁水溪旁的山坡平台，周圍都是二千公尺上的高山，部落只有三排房舍，我們在巷道繞了一圈後，那達夫以母語問一位編織著的老婦，老婦搖頭笑笑，「部落沒有黥紋的男人囉！」那達夫說，我們隨即下到平靜部落，「那樣年齡的老婦熟悉部落所有的人，而那樣的老婦不會說謊，」那達夫在車途中說，平靜頗具規模，依山勢櫛比著房舍，部落前方還整理出個紅土操場，二百公尺一圈跑道，那達夫說近年許多傳統慶典在平靜這個廣場舉行，「因為部落在道澤人中間，我們覺得這裏山水屋舍地勢最有味道，」那達夫直接走進派出所，用母語交談了一陣，還掏出他的工作證證明他也是一個不可忽視的道澤人，之後派出所主管又說了一番話，我看那達夫平靜的臉在鼻紋處有了二、三次搐動就曉得有了，「是有一個老人，」那達夫微笑又皺眉，「不過從過去上級就有交代，無要事不准打擾他，過去這樣的老人有幾個，現今只剩他，」顯然主管在讓步與不讓步之間，我向那達夫提說我們買禮物去探望一下老人家，握握他的手盡量不浪費他的力氣說話，那達夫把意思轉給主管，主管瞬間答應了，還用漢語吩咐，「禮物買兩瓶米酒就好，」老人在厝簷前晒陽光，身上披著豹皮或山貓皮，他額頭與下巴直著黥紋刺青，開了酒瓶隨手送給我們各一粒檳榔，那達夫等他喝了三杯才開口，老人一聽猛搖頭，接著快速說了一番話，「我直接問他剁過人頭皮沒，」那達夫嚼起檳榔，「老人說沒有，說霧社那一次所有出草的頭顱都被收繳，他用頭顱換回賞金，」老人說他九十六歲戶籍記載清楚的，我推算一下事件時他已三十歲正是部落菁英，參加事件是有他的份，頭顱換賞金也沒錯，可是在事件之前他出草過嗎，可能有，

「老人堅持說他個人沒有，只有那一件事件大家有，他說那時官方管得緊出草是要償命的，官方規定，」老人哼起歌來，大約喝到六、七杯酒了，「老人說是出草前夜的出草歌，沒有什麼意思，就是調子合成歌，」我看那達夫其實自己對「研究」蠻興趣的，只是職位限制了他的時間精力，「老人說他對霧社那次記憶清楚，他草了三個頭或四個頭，至少三個吧，第三個頭最難割，害他差點也被人家割了去，」我想問問出草的滋味，實在說我對「割頭」本身很好奇，「割頸就像割雞頸先斷頸動脈，不要斜到骨頭上去就很容易割下去，老人說出草的滋味快樂無比，說不出——」遠遠看派出所主管踱過來，那達夫就起身同老人握著手好一會讓主管走近，輪到我同老人手一握就告辭了，從背後追來老人幾句話還聽到他又哼起出草歌，主管說那老人是屬保護級的獨居老人，平常話都說不清，更別說哼歌，「下次你們若是有公文一起帶來比較好，」沿著濁水溪一路下山，那達夫因為工作長期定居大鎮埔里，「不是話都說不清，而是沒有人同他說話，」那達夫感嘆，「幾乎每個部落都有獨居的老男老婦，離不開老屋老厝老山水，到都市也不能適應死得更快，」我沉默著一再嚼著那句「出草的滋味快樂無比說不出」，快到小鎮時那達夫笑說，「其實你想知道剝人皮的方法來問我就是何必跑老遠，我父祖以上哪一代男人不出草剝頭皮的，」我在小鎮車站道別，並感謝那達夫，那達夫說他也感謝我關心他們「雖然懷有目的」，他肯定那道澤老人在平靜中有一段難得的愉快的說話時光，回去川中島的途中我想那達夫知道的得自父祖的傳說，我所知道的得自別人的父祖傳說加上史料印證不差他那達夫，但我必要出門到深山親眼見過「出草的人」活生生在陽光下哼著出草歌，握過他割過人頭頸的手，感覺他手腕的脈動，我的文字才會越過「研究」洶湧而出——他在白雪的山坡下等著，他所愛的人，雪下得大了，他堅持等待他所愛的人，一個高高的年輕人出現山坡上，站在枯松下，「我所愛的人喲，愛我的人喲，」「我們終於不再分離了，喜悅的跟著我回家吧！」啊美麗的少女，美麗的少女啊……是一首高山的情人之歌吧，雪是奇萊合歡的皚皚白雪，島國的歌手可以把這樣不知年代的高山情歌唱成世紀末的抒情搖滾，演唱台下無數跟著搖擺的臀，但這是一首世紀初或前世紀初的「出草歌」，他埋伏在山坡下等待出草「他所愛的人」，直到「愛我的人」出現了，經過雪中的戰鬥，他割下愛人的頭，終於所愛與被愛不再分離了，愛人喜悅的跟著愛人回家，這樣的情境只能以美麗的少女來讚嘆，美麗的少女的純真無邪，這詞曲不是出自泰雅原始的詩人，便是一位泰雅婦人雪白柔美的心靈，把殘酷的殺戮化為雪白潔美的情愛，像是巫女甜美的招魂歌，有凝聚了生命智慧的幽默，讀到如此的「出草歌」，當代也覺知這是一個成熟了「原始文明」的民族，由知識而智識而智慧轉成幽默，當代應該考慮如何在不失原意、原味下改編成復古抒情搖滾，以拓深我們島國的原有內涵，當他帶著所愛的人回去，接近部落時他就發聲報喜大喊大叫，真的部落裏美麗的少女都跑出來迎接，她們就圍著「所愛的頭顱」跳舞歡唱，直到汗水淋漓流下股溝直到心靈恍惚到失神之境，這時會有什麼自內在豁開出去會有什麼自外在融入內裏，她們與祖靈、天地、所愛的人渾而為一了，她們不自覺的繼續歌舞直到黃昏日暮，獵人燃起一把松枝，提著頭顱進入部落，更大的歡迎儀式開始了，所有部落的人都出來圍著寶貝頭顱，酒在「真正的男人」間輪遞，所有的婦人都高唱著圍舞，小孩跑到頭顱前看清楚真相，婦人舞到狂亂，酒喝到酣暢，高山靜靜看著平常安靜的人類喧鬧到筋疲力竭慢慢還給高山沉靜，只有那位獵人一手拎著頭顱，另手抱著妻子或圍舞中的少女走向自己的家屋，他把頭顱正對著窗口，把原本緊閉的眼睛張開眼簾，或原本死不瞑目的眼瞳用力扳開三、四眶大，他的激昂維持到進入妻子或少女的體內意識到有所愛的人看著性交自然比平常昂奮三、四倍直到黎明鼠灰畫出了一張陌生的輪廓五官才在奮戰到最高昂中洩啦沉睡，我不知道也無從想像美麗的少女會不會真心愛上親眼看過她性交的頭顱，自古變態者多不是到了現代才懂變態心理學，可以肯定之後便是獵人與頭顱之間的事了，妻子第二天晚上要睡個好覺，因為一來她歌唱跳舞最賣力，二來經過奮戰到黎明她的陰道腫大到走路都會痛，可以想見那少女必要躺上三夜四天，回去後才感到內裏有個地方腫大到黏合起來，獵人首先要設法閉下愛人頭顱的眼眶目睹了「世紀性交」也值得他眼珠一生了，隨後馬上獻上小米飯、小米酒，愛人用餐的時候他必要陪著說話，「多謝你來，初來可能不習慣，我會好好照顧你，祖靈看到你也高興，」或者「歡迎你留下來，部落大家都知道我有你這個寶貝，年輕年老的自從你來就不敢小看我，我們是喝酒吃肉的好朋友啦，希望你繼續帶給我好運，告訴你族人、親人這裏有吃的喝的，多帶幾個人過來我們都歡喜，」不打獵時獵人多無聊可想而知，現在有愛人頭顱陪伴，就有做不完的手藝，光一根一根拔乾淨愛人的頭髮就花費不知多少原始光陰，時常要替愛人洗澡不然妻子不讓他手亂摸，愛人的臉膚開始潰爛了，這時就要決定暫時埋在地下或繼續獵人的手工藝，若是埋在地下就要找一處祕密愛人窩，每天三餐照樣送酒飯陪說話，若是手工去膚術那就先要找到一塊溪谷中珍貴的「聖石」，專用來摩挲愛人的臉皮，這時工作獵人都要一個人祕密地做，妻子以及部落的人都裝作不知道，有時聖石摩痛了肌膚愛人還會使性子不吃酒飯祖靈就當夜來警告他莫犯了大不敬，這般功夫不知又要花費多少原始光陰，至少二年吧，真正只有獵人與頭顱相對，可以想見獵人在陪話中創造了許多彼此間的「互動關係」，我想當時有錄音機錄下獵人的「陪愛人頭顱說話」不僅具有當代學術研究價值而且一定暢銷每個世紀，終於二年到了，二年出土一顆漂亮的頭顱，二年親手完工一張美麗的愛人的頭骨，那種歷煉的艱辛與成就的幸福令他在愛人上部落頭骨架的儀式中偷偷落淚……我直到近四十歲「拾骨」母親時捧著歷十九年才出土的頭顱才由衷感到頭顱的可親可愛，正如大陸閩南來的島國人的拾骨習俗本身有著「複雜的情結」，賽德克泰雅「獵人與愛人頭顱的互動關係」也充滿著複雜錯綜的情結，部落老幼婦孺對淌血的頭顱由恐懼到親近到視為日常，歸功於原始規畫的自然教育，讓出草成為重要正經平常的事，令整個部落成為一個完整的「出草集團」，用以保衛、嚇阻甚至侵犯其他部落，在不斷的部落爭戰中，強有力的出草集團維護生存，同時獲取利益，而人類「精采」的不僅爭戰的那種暴狂，精采也在於一個大獵人對愛人頭顱餐餐送酒菜小心陪說話，這是一種「自我救贖」或「原始遊戲」嗎？我不能替當代確定，因為這些辭彙觀念都是很後來的，原始人類做什麼事比較單純，接近原始的自然本能，即使成熟了「原始文明」以後，「我割下你的頭，是為了我愛你，而你也一直知道有一個人愛你到死，那天你才會在大雪的天氣走到枯松下，你幾乎沒有反抗，你為愛而死，讓我們的人為愛唱歌跳舞到心碎，你就是我一生有數的愛人了，只有你我才真正知道，許多我對你說的話，我從不會也永遠不會對別人說，你才真的懂得我的心靈，我一生對你的愛即使有一天你上了頭骨架，我走過一眼就認出你一眼就認出我，我明早再帶新鮮酒飯來，你知道晚上我抱著妻子的時候，想的是你、抱的是你——」我想這段真實的話可以用作八〇年代小劇場的獨白，世紀末交接下世紀初的典禮上，我建議「當代」就用這段話作為新新新人類的代表致詞，它兼具辯證同時反辯證、後現代同時反後現代的意涵。幾日來，我悠遊在備忘與書寫中，有時想到散步時已經日暮，更多時候遲醒到聽不見第三次雞啼，我所以晚睡其實是為了享受山的寒氣經窗口進入內在的時光，很小的年紀我就感覺到自己的內在有一種淡漠，不止淡漠，是冷漠吧，長大後自然習慣孤獨，往往在人群中或朋友中一段時間就渴望找個去處獨處一下，最好是縮回自己的孤獨之窩，離開學生時期後，我幾乎沒有朋友，「你不寂寞嗎？」有人關心問，我笑笑，孤獨不知寂寞為何物，也許山的寒氣貼近我的孤獨吧，我再度回到川中島在隔年秋末，說是為了「事件」的餘生，實在是想念黃昏就到書桌、睡時漫上床褥的寒氣，山之寒氣，與孤獨同一種味道、氛圍吧，備忘時我略過黑V，像黑V那樣「男女都接」的人物我可以自內在直接書寫，反而在飯店水晶床上造成姑娘轉折的那句話，尬尷了我的備忘，那句話像準色情歷史劇的台詞夾著現代的爛尾巴，劇力萬鈞又正經可笑，現實真有這樣的台詞嗎？島國第一大都市真存在有那樣高級到會說這樣台詞的人嗎？在那樣的場合，他說那句話是出自對人生的感嘆、對歷史的嘲笑或是對生命的悲憫，有可能是屌無力進入對方，也可能明白再怎麼進入對方都無法真正「觸動」對方，所以臨時起意以一句話進入同時深入對方，我願意相信姑娘是被一句話觸動同時深入了生命，我不接受黑Ｖ棄了她也看破紅塵都市內心回歸高山懷抱這般的通俗情節，那句話涉及了「事件」後的餘生，我尷尬了許久，照實錄下了那句話，一字不差作為人生的備忘，幾時，我聽到有人在前門喊我，我再聽二聲，是姑娘，姑娘知道我常在後窗口書寫，但她從不到後門一帶來，也不必擔心夜夢醒時除了檳榔葉投射的光影還站著一個人，「我想去溪谷走走看看，」她問我有沒空跟她去一趟，「我這次一一教你魚的名字，」我披了襯衫問起摩喜，姑娘說他需要睡覺，「他喜歡摸，每天晚上規定摸到我舒服睡著了，」臨聖誕日不到一星期，我搖搖頭，姑娘「舒服的日子」也不多了，姑娘肩披一大嬉皮袋，黑絲的窄裙，乳黃色的短衫，看來都是新的，「裏面有我的舊游泳衣、舊道具，」她曉得剛剛我眼裏的意思，我誠心誠意說乳黃色襯托出她肩背黑得漂亮，姑娘說她們泰雅少女本來就肩背厚，我回來後四年不到又厚了些，姑娘舉起手到頸後紮髮，蓬密的腋毛在乳黃的底襯中特別清晰，回來後四年不到又厚了些，姑娘舉起手到頸後紮髮，蓬密的腋毛在乳黃的底襯中特別清晰，「好像我們泰雅女人腋毛特別密，」姑娘沒轉頭就注意到我的眼光去處，「說個笑話給你聽，」她在都市見餐廳女人個個伸手舉肘白溜溜，她平生第一次為自己的腋毛羞，可是那天餐廳老板「鑑定」她之後還加了一句話，「妳腋毛不要剃，這是特別規定，」後來她明白她之所以紅，蓬密的腋毛是重要因素，女人以為男人喜歡白溜溜那是一般的，像她這種腋毛就是性慾本身，我料不到會牽扯到腋毛，姑娘也察覺說了好像太多，「你作研究的，我對研究沒防備，」姑娘自己笑，我說，「那腋毛真的好看，」穿過一片小樹豆園就到了溪床，「好看的自己要人看，」姑娘直接走到溪水中，「溪水小了，」她駐足凝望沿溪谷上溯而去的遠山，「小時候我相信有一天我會走到山巔的那一邊，」「我也是，小時候自我家前窗口就可以遠望到一片高山連緜，我常想長大後……」姑娘還有可能，我想我是沒那力氣了，「長大後我才知我的山是合歡奇萊山系，你的山呢？」「玉山山系，」我拖鞋走入溪水中，溪水涼冷了，「玉山合歡奇萊，我們是鄰居嘛！」「本來就是，」姑娘說十二、三歲時一天趁媽媽午睡她背了個竹簍就往後山這溪谷出發一心一意要走到盡頭去看看也許永遠不再回來，走到後來她在星光下跌倒好幾次，刮傷好幾處都不停腳，只是哭著要盡頭遠山快快來到她面前，我記起母親管得嚴，小腳可不敢隨便出門，我常在後院僻處拿根小鐵鑽挖，道具還有鑵子廚房最尖的那把菜刀我可以不停挖一個下午，「我想挖到泥土深處，再深處看看裏面有什麼，最大的小野心是挖通到底，見到另一頭貓的臉或人的臉，」「怎麼會是貓呢，」「貓最靈了，除了母親外，我相信我是貓生的，我在這邊挖，那邊的貓就知道一起來挖——不是常見到貓在挖土嗎？」姑娘噗笑，有回我午後醒來賴在床上，看窗外姑娘坐在門階捏著一根野菜餵貓，顯然貓把野菜吃了，姑娘的眼鼻專注對著在貓的眼鼻中間一根青菜那瞬間是我生命「停格」的時刻，我在淡水自閉時，或多或少養著貓，午後三、四時常肚餓，我就近買半條麵包回來坐在門階對著觀音淡水吃，貓就圍過來看，「阿咪，」我說，「是麵包哪！」阿貓還是圍著看，我試著剝小塊、小塊餵阿咪，想不到隻隻都喜歡，以後天天就有了午後麵包時間，「我養貓也養狗，貓是家貓、野貓分不清，狗是弟弟吩咐代養的，要特別照料，」高山灰貓的生命感覺不知如何，會比都市流浪垃圾貓清明嗎，我們涉了好遠的溪才到了姑娘的大岩石，岩石頂台是供姑娘垂釣的，岩石後是供姑娘換泳衣的，自嬉皮袋拿出來幾個小香腸、冷凍肉片、芋頭條，還一顆大蕃薯，姑娘在岩岸草叢中摸出烤架、火種、打火機，三個石頭塊圍成烤爐，我們分別去找枯枝，火上烤架姑娘就去換泳衣了，是一件橘色的簇新泳衣姑娘說還沒下水過，烤事就交給我了，她等不及下水去，大岩石下有深窟般的水潭，沒聽到吱的一聲乍冷的尖叫，隔一會才聽到岩石邊姑娘淡淡的聲音，「水好冷、好涼、好痛、好快，」我沒回頭默默翻著香腸、肉片、蕃薯大頭正上架，芋小頭排在邊緣，過一會姑娘已爬上岩石頂坐，「冬天魚少了，有一種苦瓜魚也不見，」鮮橘配鮮黑差一點就絕配，溪水洗過肌膚就又重返自然了，我凝視裸露的膝腿、肩背、腿彎臂肘，自然造物多麼精緻，人向精緻傾向也是一種自然吧，猶如我書寫之時自然寫入「精緻之境」，要不時提醒自己「鬆開來，鬆開來，」絕美是不可能的，那是人的意識架構的幻覺，精緻是可能的人極喜愛精緻但人心無能長時忍受精緻，精緻與精緻之間需要粗率的對比休歇、或空的餘地，精緻才可能持續下去成為文明的主流，原是自然的「意志」或「無心」，「我要回到溪谷了，今天先來探看，」姑娘剝半個蕃薯配肉片，那與山爭峰的乳房就在眼前水濕的泳衣黏貼出它的造形，「讓你看個夠可以，」姑娘開玩笑，「別把我當研究，」我問少女時就長成那樣嗎？姑娘說差不多，只有生小孩時腫大後來天天新式內衣拱托得更大，回鄉後有工作操勞吧，自然恢復年輕時的大而韌，「因為我們沒關係，」許多話姑娘在我面前忍不住說，我想問也可以自然問，「沒關係，」我說，挾了一粒香腸給姑娘，「人的身體與行為一樣離開自然太遠了，」身體當然指男人的身體，行為可能指男人處理事情的做法，姑娘無法以漢語表明太深，我必須試著了解簡短的話語中的意涵，「男人沒有讓我失望，男人的身體讓我絕望，」我看過男人泰雅輕聲細語奉承姑娘的模樣，我想那不是「看在性的份上」，而是出自他們的本性，原本善良的一面，時代改變了生活的內涵，族群的精神也隨著內涵的變遷而改變，泰雅男人不用「慓悍」已七、八十年近乎人的一生可以消蝕作為一個族群的標記，島國不過五十年就要求一個新而獨立的標記內涵新島國的精神，泰雅男人自慓悍自然消蝕到「人的常態」，而這常態維繫著人間的和諧，以「當代」的觀點在人性上泰雅男人不會讓女人失望，不過我的當代很難了解後一句話，「男人的身體自然就好，該自然的時刻達不到自然，最多只到自然的六、七分，」姑娘適時的解釋讓我有詮釋的可能，回溯姑娘的過去，她對大霸男人是處在一種懵懂狀態的性關係，深山大霸給予她的性她自然接受，也想不到有其他，大霸是人，既然居處處於都市就不可能是一種純粹的狀態，姑娘可能忘記了但肉體記憶猶深，之後她下到都市玩弄風塵的兩年間，什麼性的花招沒見過，都市的性文明可能暫時刺激她但永遠夠不到自然原始，「都市黑V」可能達到八、九分了但事先吃了迷戀的催情劑，待姑娘回鄉三年多，養好了身體，她所滿足的性又恢復到了純粹的原始自然，不幸泰雅男人在慓悍消蝕的同時也接受了「性文明」，性文明教給他們許多花招，同時一點一滴消蝕了「性原始」，空留下豬狗的原始姿勢，而無法在這原始姿勢上衝到原屬他們的「自然純粹的極境」，我摹想「可能太多的花招消耗了辦事的精力，」「就是，」姑娘氣極把一條芋頭摔到石上，「還用道具這個那個把女人當道具玩，天曉得早幾年我就知道女人不需要這些，女人只要男人真鎗實彈的幹，再拜託不要早洩，」我怕姑娘一時氣話超出了小說的規範，雖然「當代」早已告知我當代小說沒有規範，「早洩據研究是一個普遍現象，」「是啊，是啊，就有幾個碰到陰毛就洩了，更多進去二、三十秒不到就自己完了事，」「還好現在發明男人什麼剛的，」「自然不需要什麼剛，文明才必要這個猛那個剛，」我覺得這個話題很難接下去，姑娘的問題有許多都是普遍的文明性問題，倒是她提示的「原始自然的性滿足」頗為特殊恐怕文明耳朵已經生疏到聽不懂，我可以了解貼近那樣的極境，但沒有實在的體驗多說什麼多不中的，「妳曾經有過那樣最好的經驗嗎？」姑娘低頭劃地好久，「沒有，沒有一次真正有夠，但我相信有像大洪水的流、大火山的爆，那才值得生命過一生，」我默然無語，把另一半蕃薯剝著吃，我也相信有，但那是人類已經失落了的悲傷，我嘗試轉換話題，我問起泰雅部落普遍的性生活，姑娘說她所見的父祖一輩，幾乎是性貞節的，「都是一個男人看守一個女人，一個女人看守一個男人，」結婚、離婚改嫁改娶都要經過公開的儀式，幾乎不可能有私情，部落那些小私情躲到哪裏去，千古以來泰雅的部落維護著性貞節，狂歡日夜有可能例外這可能也是「狂歡之必要」，「我們泰雅女人的貞節在日治時代還可以，」終戰後二、三十年間像決堤一樣崩潰，實地亂來的性行為很快淹沒了性貞節的觀念，「我們可能是高山族中被同化最快的，」同化的實際是性貞操失喪在權勢與金錢之下，姑娘說冷轉到岩石後換下泳衣，出來時又見黑絲窄裙繃著乳黃短衫的亮麗姑娘，我們談過的現象有一些在研究專家學者的調查統計研究報告完結了，而眼前的姑娘是活生生的溪水浸潤過的鮮，姑娘要我把烤架上剩下的食物吃完，「明年春天、夏天帶你來烤魚蝦，」我問了回饋之事，姑娘說她歸鄉三年多沒有性，幾乎把性忘了，以為自己不再需要性，「是那龜公逗起我的性原始，」姑娘才會接受老大一夥的性建議，老大給她兩項保證，一、實質上她仍是「妹妹」，二、老大負責擺平這事在部落的「倫理問題」，她對男人的行事向無興趣所以這保證一如放屁，「老大他們對我有很好照顧，順著我不強求什麼，我了解部落男人的性生活，我給他們性的安慰，這裏面沒有交易或恥辱，禮物是他們用來討好的，現在我覺得我的回饋也夠了，原本我回來不是要這樣做人，老大不能接受是不用想就知道的，但部落裏通情達禮的長老會讓他們明白……」「妳真正想結束的原因是——」「那觸不著碰不到生命慾望黑洞的絕望。」我想我可以了解姑娘的絕望，年少時性是一種非常的憧憬，對未知生命的最大誘惑，等到有一天初次有了性經驗，「怎麼只是這樣呢！」內在質問自己，於是一而再、再而三直到把性貶到爛皮狗的癖，就有工作狂是為了遺忘性，就有遁入空門的以誡律隔絕性，大多數的人像接受現實一般接受「不怎樣的性」，把性當成生活中的瑣事之一，一個剎那射精的快感、一個維持幾十秒到二、三分鐘的高潮，像是吃不吃都無所謂的府城小吃作為一個府城人，問題真有那樣「大洪水流、大火山爆」的性極境嗎，在我的人生路途上我也幾度質疑，在我餘生之時我仍不知這問題的「真實」是什麼，並不一定需要答案，只期望生命顯示真實而不是草草應付人生，漸漸的內在要自己不特別期望什麼，來到的用心體會如是而已，也就沒有了絕望山水可以撫慰人生的悲傷或失落，我散步或眺望的山水都讓我有沉靜的感覺，沉靜讓悲傷失落沉澱而泯無，如果姑娘的絕望能止於這山水中的思索也就罷了，然而內在的真實告訴自己這絕望所來自的期望是因山水而起，那性慾的黑洞自生命開始就存在山水的深處，生命原始永遠期待著火山爆、洪水流，這種熱切的渴想，肉體的顫慄吶喊，因為文明的喧囂而不顯，我曾經的質疑直到了解姑娘的性慾黑洞才得到了認同，姑娘有幸生於、成長於山水原始，她歷煉了文明的虛驕棄了它，回到山水後才真正體會到內在存在著性慾黑洞，可能餘生都無法觸動、碰到更不用說滿足，這種肉體性慾的原始真實竟只能靠「以心會心」來溝通了解，不也是一種生命的荒謬，人生的悲傷嗎？——連二、三天遲起，午夜山的寒氣中周而復始著夜曲蕭邦，我坐在窗前書桌或躺在床上心思雜亂，無法不想到過去自閉北淡水的時光，我逐一用大塑膠袋丟掉最簡生活所不需要的東西，燒煮用具、漂亮的碗盤真的漂亮、貼飾的藝術圖片、髒的衣服、床單、過時的信件陳舊的感情、霉味的舊書、習作的手稿，最後幾年我的床頭只剩一架最簡的收音機，以及兩卷蕭邦夜曲，夜夜在夜曲中睡，我不思索我個人生活的意義，我直覺去過生活，當時我就不明白夜夜夜曲是怎麼一回事，直到十年後在深山部落憬遇同樣的夜曲，我細心聆聽或放鬆它讓音符在山氣中悠遊自在，我仍不知兩個時空之間有何連繫，有怎樣的個人的生命的意義，——遲起咖啡後，就是部落午睡時間雞狗都午睡，我想出去走走，大太陽底下可逛的有通往雜貨店的竹林之路，我也習慣了無事逛逛雜貨店，看看新來的物品的包裝和它的命名，騙小孩的圖片新玩意，一罐啤酒或一瓶燒酒坐聽卡拉OK的吼聲，竹林風過的唏洩，夾雜枝幹相磨的乩怪呻吟，午睡的雜貨店空無人影，我在店裏一一讀著貼在產品的大號字體，「Q桶」最顯目了，「柔情一生」面紙也不錯，「純本土牛肉罐」純本土用得恰當的好，「香奈兒中性洗面皂」中性也時髦到部落深山了嗎，「十二全大補帖酒」勝過二帖小學生都會算，「喝了才上貝特康」不禁我思索「喝了再上」的明喻頗具暗喻的歧義性，這時一個巴掌搭上我肩頭，「哇老弟好久不見，」是雜貨老闆，「最近不燒啦，研究作得怎樣，決定買地定居了沒有，」買房買地沒有妻兒還是孤單一人，「嘿哎你來多次還不懂規矩行情，有房有地保證泰雅女孩相親就有，」我真心感謝有這麼熱心要我移民泰雅的泰雅人，老闆拿出兩罐啤酒邀我亭仔腳坐，他呆會有事跟我說，「你看霧社事件怎麼樣？」我用最簡問句問，「如果莫那魯道打勝仗，」老闆先在嘴腔咕幾轉啤酒，「我把地窖開放全部落的人喝到醉上天，」他父親歷二次事件逃生的奇蹟為了在川中島生下他，「如果莫那魯道打勝仗，」我學老闆在嘴腔咕幾轉這句話，「談談逃生記吧，也許可以教教莫那魯道，」我意識到玩笑是否過份，不過老闆落腮鬍不動聲色，「莫那魯道不需要逃生，我們生意人哪能跟他比，」他先祖幾乎都做「番割」的生意，他父親從小就叫他一句母語一句漢語，難怪我初見他以為他是入贅泰雅的平地人，他漢語的標準有勝於大學生巴幹，小學教師表妹丈，事件前二天清早他父親下霧社坐台車到埔里批酒，「我爸知道部落有大事，有事就更需要酒，我們作生意的不管事，只管批貨批酒，」小鎮的大盤商跟他父祖至少二代交情，常自稱「埔里番」所以番與番間無隔閡，他父親批了貨就準備回去，大盤留他吃過中飯，他父親吃飯時提到部落最近有「大事」他必要趕緊批酒回去，大盤商是城府很深的人，即刻叫人換烈酒上來，「我爸大概也感覺到這大事不簡單，可能下次來批酒不知是何時，」大盤商勸酒他就喝，「我想我爸酒喝多了，那大盤商有一句無一句的問，我爸就說了部落裏外的一些情形，」落腮鬍讓店老闆談起事來也有肅穆的神情，「我想那大盤商心裏有個譜，幸好他真正是個埔里番，不是捧漢卵巴的，更不是捧日本卵的，」他父親醉倒了，被安頓到後落廂房，大盤商還招個街妓侍候看顧他，隔日他父親醒時大盤商只一句話，「這一次照我意思，聽我安排，不然斷了兄弟情誼，」他父親在小鎮逗留半個月，大盤商才讓他走，「我爸坐台車到人止關，就直接被押到收容所，羅多夫，在羅多夫他才知道發生了什麼事，」我問為何不等事件完全平息，「我想當時沒有那個條件一直留在平地，而且我們賽德克人很戀家，」店老闆笑，「當時的賽德克人很戀家，輕易不離開部落的，我爸去埔里批貨都是清早去黃昏前就回到馬赫坡，」老闆再拿兩瓶啤酒出來，我轉頭看他太太坐在桌後守店，「我爸最恨到死不能原諒羅多夫那次，事前沒有一點徵兆，心裏以為被保護了，大家在鎗響聲驚醒時才想到被出賣了，有鎗有刀的人殘殺沒有任何武力的老弱婦孺傷兵，我真替我們賽德克人羞恥，不管我們先祖有什麼『規則競賽』，那樣自己對付彼此自己不是生蕃是什麼，」老闆娘從內裏喊了一句什麼，老闆停了話拿起啤酒喝一大口照例咕幾轉，「我太太要我別太激動，沒有什麼好激動的，我爸可激動呢，跺腳到腳痛，罵到掉牙齒，他到晚年不上教堂，平日也不和牧師說話，因為他呆過羅多夫，」雜貨老闆要我分辨哪些是他的看法，哪些是他父親的觀點，他要我不管他的看法是情緒，他父親的觀點是第一手的眼睛，「我爸拖著身旁一對母女東奔西跑，大家在黑暗中大叫，開始很多慘叫聲，我爸拉母女剛跑到一個角落就見番刀的閃光逼進，情急之下我爸竟用起漢語大罵番刀，是真的發怒的罵，那番刀以為是派來守護的漢人傭兵，殺了割了也沒用，——我爸到川中島還罵了許多年，罵那算是哪門子的出草，那樣的出草有什麼光榮值得拍照留念，那樣偷偷摸摸草了一佰零一個頭，還不值選舉時當眾斬一個雞頭，」大清洗沒有洗掉他的父親，因為大家知道他是生意人，什麼不懂只懂批貨，終戰後沒幾年他就把生意傳給兒子，沒事不出川中島更不去霧社，他眼睛不想再看見賽德克道澤人，「我爸留給我一句話，生意人永遠中立，這是先祖遺訓，」所以他的雜貨店是部落訊息的交流站，隨時有來唱歌發洩的人，隨時有來酒聚議論的圈圈，他一向中立不加入歌唱心聲或議論公私，他批貨供應，「沒有我部落的人會反了，」他帶我繞到竹林另一邊去看他的儲藏室，從地板疊到天花板的米酒，用鐵架鐵絲固定，「你定居下來，娶個泰雅小姐，一年準生三個兒子，做月子的酒我全包了免費，」我問他自己怎不喝米酒看他一圈啤酒肚，「我老婆就不准我喝燒酒，說喝一滴就把我下兩粒割了泡米酒，公賣給部落有錢人家吃補，」我笑泰雅女人狠，「她是說真的，」落腮鬍認真的模樣更顯得女人泰雅狠得好玩，竹林間隙著遠山，山脊被竹子搓磨得嘻玐叫，「呸呀草個屁，」被搓到疼處了吧，「留你下來是要偷偷告訴你，」回到亭仔腳，啤酒肚又開了一罐啤酒，「這兩天附近如有人打架，鐵門拉下來不要管，」是姑娘的事，是公開的祕密，部落大部份人不知原委細節，現今老大底下分兩派擺不平，一派不放手，一派說務必放手，沒有妹妹以前的日子還不是照樣過，可是沒有妹妹的日子以後怎麼過，兩派已打過一架，派出所去關心，老大說是聖誕酒醉相碰摔倒沒事，長老明白告訴老大尊重當事人的意願，如果不鬧事「倫理」就不當一回事，硬要「倫理」管事那就難了，長老要老大衡量得失，是誰占了誰便宜，「假使姑娘告官，」長老不多話，老大目前中立，要戰要和老大一句話，「鬧起事來，派出所也沒用，影響部落人心太大，許多丈夫、太太晚上會睡不著覺，」「哦！」看來姑娘蠻有作用力的，我看對深山半封閉的部落生活可能是真的，常見樓房人家的太太養得一身白水白水，輕易不出門，出門必有車坐，最多只能路過看到她故意晾出來她又換了什麼花色款式的奶罩三角褲。每個午夜都寂靜，山的寒氣漫開、滲透，夜曲蕭邦有時是多餘，我在眠夢中醒來感覺窗外的微亮，微亮中起床心想還不到晨起雞啼的時刻，開了廚房小燈煮咖啡，平常在我慢口啜著咖啡的時光，天色漸亮，雞開始最後一次晨啼，這一天我喝完咖啡才覺知窗外仍是一片微亮，周遭靜寂，我開前門走到門階抬頭見一輪明月圍著好大一圈月暈，姑娘的庭埕在月光下發著銀白的光，光入窗內轉成微微不斷的亮入我的眠夢，果真是「明月巷」我住屋的巷道門牌取名明月巷，我想我是站在島國近中心的深山內裏，在月暈明月中寂靜隨著山氣滲入我的身心，山巒就在我的前後，遠山的山頭也現在明月下比白日霧迷還清楚，我又燒了一杯咖啡出來坐在門階上，凝視著部落在如此的境地度過多少歲月，這才是真實的餘生吧，至少是餘生的支柱，消泯了憂傷、不安與惶亂，我直坐到雞啼第二次，我在備忘寫下一句：「被月光騙醒也好，」之後這天我要進行「霧社事件是否出草儀式的辯證」，離聖誕還二天，馬赫坡密林的激戰已近尾聲，我在世紀末的川中島一個臨近黎明的時刻，開始思索霧社事件是「政治性反抗」或「大型出草儀式」，我坐在書桌前凝視窗外微亮的後園迤連到山坡，順山坡左轉過一個密林般小峽谷幾步路就到「餘生碑」，我起筆寫下一句「霧社事件是有計畫的反抗，這個計畫的規模瀕臨『政治性』的邊緣，」「餘生」周圍的祖靈過來看我起的開頭，讓他們回歸馬赫坡密林神祕之谷沿途可以議論，從清晨四時開始到下午六時，一共襲擊了十二個駐在所，草了人頭奪了鎗械，而在主戰場霧社國小更是把統治者殺得片甲不留，這是六個部落以馬赫坡為主的聯合作戰，如果說不是「政治性的反抗」未免貶低了反抗者的意圖以及政治上的意義，二日後統治者調動軍隊以「軍警聯合總攻擊」的戰爭方式回應了霧社的反抗，其中出現的武器如機關鎗、榴彈砲、大砲陣仗、飛機掃射最後施行空中噴灑毒瓦斯，這完全確定是戰爭的樣態範疇，而戰爭背後的指導者是政治，以政治性的戰爭回擊政治性的反抗，歷史在此也無多餘的話可說，至多批判統治者以大搏小殺戮過重，而在確定「政治性反抗」的同時就確立了反抗者抗暴的立場，莫那魯道就被政治化為今日泰雅的「抗暴民族英雄」——然而從另一個角度看，起事者的主要戰爭手段是傳統的「出草」，後來統治者發現文明武器無法根本對付反抗者時，以脅迫及誘惑的方式，發動同族群不同社屬的賽德克人「以出草對出草」，這是在密林中最有效的爭戰方式，詭異的是它同時被出草的雙方所接受，實在到後來文明的戰爭只在外圍擺姿勢，真正在密林進行爭戰的是賽德克對賽德克的出草肉搏，每一處爭戰是小型的出草，莫怪那達夫先生堅持霧社事件是一場「大型的出草」，許多老賽德克人才不管「出草」以外的什麼意義，他們全神貫注於「出草行動」的完成，所以才會有那達夫父親那樣在草到頭後的喜悅，甚至這種生命的喜悅激動一直存在於原始以來出草的行動中，第二次霧社事件更是典型的出草行為，排開統治者的陰謀論，參與出草的道澤人全心全意要為密林爭戰中被馬赫坡人草了頭去的頭目復仇，出草倫理是不顧對象有武力與否的，出草兩個無武力反抗的收容所，輕易草了一百零一個頭，想來在出草的歷史紀錄上數一數二，所以對大部份無政治意識的賽德克人來說，霧社事件只是「大型的出草儀式」，他們難得在大型的儀式中「出草個盡興」，尤其對未參加「事件」的六社來說，他們的出草行動不同只在有供應吃食、後面有穿制服的人監著、草到一個頭賞金四兩，真正出草對搏時跟原始以來的出草毫無不同，而他們真正在乎的我想是「屬於生命本能的出草」，當時就不了解六社大出草的「政治性意涵」，到今天也不以莫那魯道為尊，至多莫那魯道是個「出草英雄」類同原始以來無數無名的出草英雄，今天他們出入霧社時是瞧都不瞧一眼大紀念碑前的雕像的——這就成了兩難，「霧社事件」是屬「政治性」或「出草性」，歷史記載它所知道的「事實」，政治根據「歷史事實」肯定了「政治性」，同時吻合當時的政治意識，而且文明教育否定了「出草」這個原始以來的部落重要行為，今天幾乎沒有研究者以「出草性」來研究霧社事件，但民族所人類學系不妨作個問卷調查，老一輩的賽德克人會認為霧社事件是「出草」，青壯以下的人肯定是「政治抗暴」，兩難因此是真實存在的，只是政治選擇了一方，同時利用種種資源抹殺另一方，我必須作個暫時的結論，這種歷史的爭論有幸不淪為外在的意識形態之爭，就必要小心成為內在的「良心」或「無明」之爭，那就沒完沒了，真實是「政治性的抗暴」和「原始性的出草」在事件中具有同時性存在，「抗暴」與「出草」在這同時性中永遠相互辯證，當它們達成「暫時性整合」時，霧社事件最確切的定義是：政治性的出草。我寫下最後六個字「出草的政治性」時已過午，我弄個湯匙仔菜、沙丁魚小雜鍋草草吃了，就昏沉沉床上睡，醒來就客廳一坐，霧嵐好像就在前埕前，恍惚還在「兩難」間，我已不記得我寫過什麼可以泯無了尊嚴，我記得我確定燒酒可以泯無了知性，我踅過櫥櫃，個個打開翻它幾遍，果然讓我摸到一瓶類燒酒，拖出來一看果真是燒酒三分之一有多，大約是祖靈哪位回去時拿來偷放的，應急之事無妨，待會兒天黑皮帶拖一打回來還他就是，我咕了一口原始味道不失，咕第二口時紗門突現一個長髮嚴裝女人不動凝視，我等了三秒等不到她開口，只好咕到紗門，長髮女人咧齒笑我就認出是姑娘窄腰墨綠長裙，嚴裝得很只為了凸出兩奶，我舉了舉燒酒她搖頭，「我來邀你後天過來觀禮，」那奶凸貼到紗門我說髒，「不要緊這是我睡衣，」我差點說有啥了不起，我的睡衣是皮衣，「聖誕早上我在教堂有早禱和唱詩，你來不來，」皮衣冬夏合用方便得多，「教堂不去，最近我寫字累，」「寫字還會累啊，出來走動走動就不累，」姑娘說趁好帶我去看她和弟弟的地，「還有地啊！」我還以為至少有人同我一樣無產階級一生了，「六分地，放著雜草生，」「走得到嗎？」我看天色已不早，姑娘推開門一手把我拖到門階，我順手把燒酒放在階旁草叢，我們穿過部落經過西村，姑娘的睡衣吸引不少目光注視，因為那墨綠有勝山的綠，姑娘專走捷徑鑽過芭蕉園、檳榔園、菜豆棚架一路叮著，「小心腳邊蛇，」終於走到一座小泥橋，姑娘停下來注視溪水，「以前引這條溪水灌溉的，」從水泥橋旁下一條小徑，幾乎走到山壁碰了，姑娘停在半人高的雜草間方圓一比手，「從這到那，是我和弟弟的地，」「怎麼不種東西，」「六分地哪，光花人工就賠本了，」「那就賣掉啊，」「你看偏僻到這裏，誰來買，雜貨店老闆曾向弟弟出價一分三十萬，我弟說三百萬都不賣一分，我聽喝酒的人說一分至少五十萬還會漲，」姑娘說她剛回來時常來這裏溜溜走走，想要怎麼利用，「有一回我向弟弟建議種進口水果，開放作觀光果園，我弟弟說種水果可以種觀光不可以，」我也想不懂為什麼種觀光不可以，姑娘說她的肩背大腿都是在這夢幻果園和夢幻溪谷晒黑的，如果我有六分地當然蓋個原木大倉庫作工作坊，當然學當年的賽德克人到守城大山去砍、去揹原木，「十分之一作寫作房，四分之一作畫室我會野獸派，其餘都作跳舞場，睡覺吃鍋都在原木跳舞場，」「哇啊！」姑娘仰天哇啊，「我專長亂舞，」「哇啊我也是，」我們走部落後小路回去，過餘生碑時天色已暗，我轉頭注視「餘生」只見姑娘睡衣上絲襯的乳白，我回去煮小雜鍋時一面備忘「餘生乳白」感覺不如「餘生奶白」，我在奶和乳之間蹉跎了好久，忘了晚鍋吃了什麼更沒嚐到味道，「奶白餘生」也不錯感覺不如「乳白餘生」，我忽地想到燒酒忘在門階旁，拿到嘴邊剛要咕下一口的剎那四個字掠過眼前：奶子餘生，啊，就是了「奶子餘生」，不僅可以作書名還可以作店名，等我寫完這本書我去開一家「奶子餘生工作坊」，作什麼或賣什麼到時再想，啊就在此時我聽到姑娘庭埕那邊有什麼東西落地的響聲，我在窗口一看是一只大雙人枕頭另一帆布行李，隨後無聲中見一男人光著腳跑出來，連忙我趕到門口，「酒沒喝夠就這樣，」摩喜僵著笑容，「看她黃昏回來到現在，備的酒都燒光了，還踢我出來，」「別怪她，」我情理兼顧，「這幾天的事已夠她煩的了不是嗎？多喝幾瓶就能了事也算便宜了你，」摩喜說他這次帶兩打回來，我託他順便幫我帶一瓶要還人家的，摩喜說別說請託送我一瓶、兩瓶都可以，要我過去跟妹妹說兩句好話，免得他回去還被丟出來，我提著快見底的酒瓶過姑娘庭埕，只客廳亮著燈，照一方亮光在前埕，我慢手慢腳將枕頭雙人抬到廳內沙發上，行李袋拖到沙發旁挨著，我關了客廳的燈，出門時順手把門半閤著，滿月光斜照在庭埕白天不知夜的亮，我轉過家屋坐下門階上，就聽到夜曲蕭邦若有若無浮泛在月光寒氣裏。我想到我認識一位酒女，不是屬於愛嬌秀氣的那一種，是劍眉鳳眼渾身肉盈高跟鞋一撐就跟我齊眉齊眼，酒女的本分是陪酒，自始她就暗示表明男人酒女有不賣肉的權利，有回我親眼見她先是婉辭，後來站起來抬高嗓門，「買肉還不容易啊，到五四三去肉哽到死，」那男人站起來還只到她下巴，酒店經理公關也不過來圓場大家認為鳳姐可以獨當一面，摩喜真的拖了兩打回來，留下兩瓶還跟我說謝，我說燈關了，他說沒關係，摸黑摸慣了，鳳姐的悲傷在於她到三十歲那年癡心一個男人，「就是有那麼一個男人，」酒女酒後也不吐真名，她從不提及那男人的樣模背景，她的傷悲在於男人言明不是別的什麼只因為曾經是酒女的就「無可能」，酒女說她酒涯七、八年，沒有失身失心，最後失在「酒女」這個印記，她的報復或自虐非常通俗，酒女跟每一個買肉的人上床，前提是要陪她喝到九分醉還可以被撐扶著離開，酒女已忘了或不清楚跟多少人上過床，只記得一個印象，因為重覆出現而固著在記憶裏，有時她會被激烈的動作弄得睜開眼，每次她都見自己貼在天花板上看著自己，原先她以為天花板鑲嵌著鏡子，很快她發覺不是，是她自己浮到天花板上貼著孤單單的看著自己，直到天花板那女人瘦成少女病懨懨的模樣，她才離開酒國，靠攢積多年的酒肉錢過簡單的生活，每天在小杯小杯的酒中度過，不知過去現在未來……我在深山夜氣中想起遙遠的酒女，當然起於姑娘發的酒癲，姑娘醉酒時會不會也浮到天花板上，最單純也是最深刻的悲傷都會被「時間」治癒，沒人問癒後的餘生怎麼過，「時間」所以治癒不了馬紅．莫那，是因為她的悲傷不單純，那種深刻而複雜的傷口「時間」也無能為力，但晚年的馬紅是幸福的，她沒有「餘生如何過」的問題，「事件」經由傷口源源注入生命的能量讓馬紅有力氣一再嘗試回返「過去」，真實的她所經驗過的事件現場，「事件」就這樣充實而完整了馬紅．莫那的餘生，我提著兩瓶燒酒入屋，寂靜已消泯了夜曲，一瓶放回櫥櫃深處一瓶放在床頭，「人有了土地生命就有了根」這恐怕也是某個年代、某種意識形態之下的格言，人有了公寓生命就有了窩，姑娘和弟弟所擁有的土地是多麼疏離他們的生命，夜曲飄忽在鹿瞳的夢裏可能生命更需要自由和夢想，我在筆記本上不知要備忘什麼，夢想和自由是不需備忘的兩者二合一是生命和作品的靈魂，我坐在夜的青光中傾聽寂靜，許久我亮桌燈寫下一行備忘「明天記得去探訪組頭，鐵筋組，」我暗燈又坐了一會，山的寒氣已經由涼轉冷，我上床翻開被褥前後心中轉著一句：餘生寂靜中過——組頭說他是屬部落社會的低層，有個共同的夢想到遠方都市去打拚賺錢，七〇年代以前最慘男人大多遠洋漁船去，留下來的在開路工程中做粗工，女孩盲目嫁給老芋仔兵，不然下到工廠做三班輪工，不少耐不住墮入風塵供作玩物，「我若是早幾年生，大概遠洋去了，」組頭黝黑的頭臉手腳，五十歲上下的年紀吧有一種船過暴風浪的滄桑，他請我泡茶說是他帶了二十年的茶具，我說這是我第一次在川中島有人請吃茶看到整套茶具，「有，有，」組頭忙著洗燙茶具，「我們有文化的部落人士平常也喝茶，」他熬了五年做到組頭時，他改泡茶，讓部落子弟朋友喝酒，但規定酒只能三分最多不過五、六分，如果喝到鬧酒他就不客氣，他是七五年離鄉的，從七〇年代後半到整個八〇年代是島國的「黃金」年代，川中島附近部落至少有三個鐵筋大組，大都在大台北範圍內作，工資跟技術工人一樣高，工作長期穩定，一處工地結束之前已接洽好另處工地，二十年來他們過的是工寮生活，有人把太太帶過來但要大家同意料理大家的生活吃食，能存錢的十幾年間就能回鄉翻舊厝起樓房，「我老爸說他住慣了日式房子，等他死後再翻吧，我就沒翻，修修補補的，你看部落還有不少日式房子大都還有老人在的，說不定我也住一輩子日式房子，等下一輩的看要翻什麼新式的吧，」我斜後鄰的阿婆家就是標準的日式鄉下房子，前面格子木頭板飾，大面板木側牆撐起高高的青藍色磚頂，我初來時還詫異保留這麼多日式房子在部落，後來想到這是歷史的因緣，「人講沒三日好光景，我看是好光景被用盡了，搾乾了，政治的事我們做工人的不懂，但簡單想一想政府讓資本無限外移，島上還剩多少錢迴轉，」一九〇年代後不幾年，島上資本大量減少，資本者要求更低的成本，「我們自動減薪，縮小編組，我帶最多人時有三十四個人頭，不得不縮到十五個，這樣撐了二、三年，」政府沒有把關，外勞進來了，以低工資長工時搶走了飯碗，「這個政府有時我們實在想不通，好像只會搞選舉，自己人的飯碗不照顧，讓外勞來做，都市人當然不屑做粗勞工，以為我們原住民也做不了，真的公司不要我們時，派個人通知叫我們準備離開，到時來發一到三個月遣散費，就這樣，他們蓋宿舍給外勞住，二十年來從沒想到以為我們一定喜歡住工寮過原始生活，」組頭笑開幾道黑溝紋，他就帶十五人小組轉到中部南部，外勞靠「仲介指引」跟屁一般追蹤而來，他們一直往南移鄉下小工程都接，直做到楓港、恆春，「最後一戰結束在滿洲鄉一處新開發大型休閒農場，」原先包商雇不到外勞，對他們百般巴結，後來外勞也到了滿洲整個島國就淪陷了，「我們被中途解雇，」資方交代包商說如果同樣的條件願意的留下來，有幾人留下來「磨煉身心」以應現實，「我告訴自己是人生告一段落的時候囉！」以前他只舊曆年假時回來，這回歸鄉他準備長住，「最要緊的茶具都帶回來了，」部落多了一些年輕人走來走去，有些三、四十歲精壯的躲在屋裏喝酒，「我跟他們套交情，勸他們及早轉業，每天酒喝三分最多不過五、六分，」有年輕二十七、八的真的遠洋漁船去了，有些精壯的下到環保局去收都市垃圾「當作一種晨起或睡前垃圾勞動，」他自己也跑遍仁愛鄉、信義鄉有小的工程他都包，至少一個月有二十天可以帶幾個年輕人早上去做晚上回來，「這樣的生活還不錯，和以前長年在外有很大的不同，我太太、兒子不用說，我看我爸高興在心內，」從一個大組頭到小工人他都適應得不錯，「大概喝茶的原因，」他喝的是一種帶茶梗的清茶，用炒土豆作點心，他自己也時時注意資訊考慮轉業的可能及早作準備，「我至少還有十年力氣，轉業並不是不可能，但不管怎樣這次回來就不再離開家鄉了，」他知道我是來作研究，「有時雖然看不慣，我在都市做工那麼多年，但我要我的下一代讀書，能讀的讓他一路讀上去，將來就有別的路，綁鐵筋、出遠洋漁船的時代過去了，」我說我來研究「霧社事件」的，組頭愣了一下，喝了幾杯茶才說，「我們這一輩只想到外頭都市工作賺錢，幾乎全忘了祖先留下的傳統遺產，我爸經歷過這個事件，他不多說話，但卻放在心內，我代你問問他有關霧社事件，」顯然已多時沒人提到、他也多時沒有聽到這四個字了，我望著厝前埕檳榔樹梢的遠山，一面聽著父子之間的母語交談，老人的聲音微弱但清晰，表面沒有一絲激動，「我爸說搬來川中島沒有怨言，艱苦的日子也過去了，他最難過是事件死傷太多，當時日子在恐懼中還不覺得，後來越想越心酸，死了那麼多人，我爸說他不反對『出草』就像獻祭一樣，但那樣大規模相互殘殺除非精神失常，我爸說很久沒有人提及這件事了，我們的文化也快沒有了，應該有人提提這個事件，以我們自己的方式把它永遠紀念下來，我們的文化還剩多少，也該花功夫去想想，能救回來多少算多少，想想，我們是賽德克達雅人啊。」我未到家屋前的小巷就聽見姑娘連環炮罵，我走到前埕見姑娘站在庭埕面對著屋內訓示加大手勢，屋內有幢幢的人影，聽到老大刻意壓低而仍粗嗄的嗓音，姑娘在長篇訓示什麼以母語我只聽懂夾一句「什麼豬狗不如的男人喲！」隨著這一句姑娘會回身不屑看似的踱幾步，馬上想到什麼又上前去連珠罵，我猜是老大來作最後的談判餘人也跟來聽見證，姑娘的罵聲透過臥室直達我廚房的書桌，我備忘了組頭老父的話，「出草就像獻祭一樣」、「要以我們自己的方式紀念下來永遠」、「想想能救回來多少算多少」我在這幾句下面再加紅線，其中「要以我們自己的方式」令我徘徊甚久，我加上雙紅線待後日再面對它，我聽到老大的嗓腔嚨大一句話，毫無間隙姑娘嘶著喊起來，「我有什麼義務呀，我是可憐你們喲！」這句話以漢語大概是很重要的一句話，不過我自覺姑娘太利了一些最好是以「同情」取代「可憐」在語彙學上可恰得好處，我開後門繞過阿婆大日式房子，走上我的散步之路，那種事留給當事人解決就可以，外人不知其中細微處，干預論理都到不了癢處，況且有老大壓陣不會給姑娘當場難看，有幾戶人家在後院長了高大的聖誕紅，我來部落多時難得聽到人事噪音，除了選舉期外，組頭老父的兩項希望說了出來也只能靠兒子一輩聽入有心去規畫組織進行，組頭是有能力、見識的人，但還需對部落有一種「春蠶吐絲的使命感」，否則很快就像畢夫先生一樣對原住民運動失望，過了養羊養雞鴨的斜坡小路就是曠野山巒的世界了，居住部落的人對部落若失去了希望，那日子也容易過就不用再多說什麼其他，就像島國絕大部份的平民人生了，野茅抽高風吹兩邊就要蔭了路的天，墓場一眼望去更多的紅，天父基督的可愛在於墓本身的造形還飾以大紅聖誕，不似本土墳場的淒灰雜草黃土，我曾在魯凱好茶見過一位天生好手的老魯凱事無大小事前必禱告，事後必到處找參與其事的人圓成一圈子低頭禱告，那種草根性的宗教虔誠可以慰天父基督真正登陸成功島國了，我最愛站在梅園小徑抬頭看陡然聳高的大面山巒，那種帶著氣勢的美逼到眉睫來，島國還有許多如是的美存在陌生處，美與美是不能相較議論的美只是一種感覺充滿內心並不待呼出「美」之一字，我最好趁聖誕假期同巴幹談談有關「出草」，「出草」本身的酷殘蘊含著一種美嗎，必定有，在割頭的那刻顫慄、激動人心的正是這種美的變形，不是變態只是變形，田野大部份已經收割，留下燒田後的墨紋，灌溉的水渠嘩嘩的水聲從我初來第一次就是那樣的充沛，夕陽未到山谷的尾端霧嵐已漫到了田地，薄薄的霧迷讓一條條帶彩的雲紋有種柔和的恍惚，不像海口落日漫天遍地都是雲的彩霞，自田埂走到溪邊有一段路，偌大一片作田可以養活當年被放逐的人口吧，我沿著田埂走向西村在黃昏與夜暮的灰色地帶，我依稀認出姑娘帶我走過的小路，仍分辨不清姑娘的溪谷是在何方，我想過西村經雜貨店買點禮物送巴幹，但巴幹先生看來什麼都不缺，我從部落後小徑回去，再逗留一陣在餘生碑周遭，兩邊對稱的高大的杉樹、平整的山凹台地，兩只厚苔墨的燈籠柱這曾經是「神社」的所在，「天皇」的榮光撤走之後十餘年部落人才謙默地立了一個「餘生碑」，小學童高，健康小學童似的身材，純真動人，沒有不平的吶喊或榮顯的輝耀，我並非偶然到川中島來，但純粹因為「餘生」兩個字讓我居留下來，我想真實體會「劫後餘生」而「事件」只是必須觸及的因緣，至於姑娘呢，想到姑娘我加快了兩步，在阿婆的庭埕就聽見姑娘那邊的機車聲噗，我早提過部落人早已失落或從來不知「散步」，由東村到西村到東村習慣以機車噗到，我在窗口邊見到老大最後一個出來跨上機車後座，四輛機車吧就發動了，「摩喜，摩喜，」聽到姑娘追出來喊，「摩喜今晚替我抓背哦！」我打電話到巴幹家，巴太太嗓音嬌嫩漢語比我正三倍有餘，她說巴先生還未回來，不過今晚一定提早回來，我問聖誕假期巴先生是否會比較空，巴太太輕笑說假期他更忙，巴太太要我留電話不客氣巴先生回來就電話過來，我弄了小雜鍋吃到一半，「你過來吧，」巴幹先生開朗的聲音，「別客氣，」我想準備一下，但不知準備什麼，我造訪人家時一定不帶筆記或錄音機，想一想再吃了幾口雜鍋，漱漱口、擦擦嘴就出門，姑娘站在門傍暗影裏，「我累了一天，要去睡了，過來看看你，」大約她聽到電話鈴聲就過來一下，「好睡，明天還有事不是嗎？」我向她擺擺手，說我去巴幹家談事情，有話明天談，暗青光中看不清楚姑娘的表情，巴幹從正堂出來迎我到東廂他的書房，他住的是台灣鄉下三合院式房子，只是縮小東西廂留給停車用，我初次見他時在房子後面的大樓房是他兄弟的，「喝酒或茶，」「客隨主便不用忙，」「也好，」他剛從小鎮一個婚禮場趕回來，他笑說我來得巧，每個星期的今天他的夜晚是屬於妻子的，我想說抱歉，「沒關係，」他揮一揮手，這時巴太太進來問要泡茶嗎，巴幹笑說，「暫時不忙，我們清談，」巴太太一看就知是平地都市人，還保留都市女人的某種風韻，沒有巴幹那樣精緻的臉龐五官如我在田埂見到的泰雅阿媽，「為什麼第一代的部落知識份子菁英對『出草』都作極端正面的評價？」我面對川中島第一高學歷，覺知我使用的語彙容許較大的範疇，「沒有一件事是單純的，但複雜的事可以單純的來看，」巴幹先生的清談幾乎不用思考，不需有停頓思考的時間，許多問題多年來他已思考過了，他平淡不帶激情說出每一句話，我可以直接寫下他的漢語不必以我的漢文做修飾或重組，「就『出草』這回事，以原始的觀點它是部落共同的禮俗，以歷史的觀點它紀實了『出草』的行為，可能在紀實的同時在敘述中加上歷史家的批判，以文明的觀點，它是一項原始野蠻的生番風俗——我認為『出草』的定義和評價，不應由歷史或文明率先取得發言權，最具有發言權的第一人是部落人士，尤其今天尚存的長老，假使真要面對『出草』，我建議舉行一個部落長老會議，專對『出草』這個主題作詳實的舉證，確實它的定義，並給予評價，這個部落長老會議，現在還可能舉辦，二十年後就沒有人夠格談『出草』，只能引述傳說或史料，引述而非當事人的敘述，更不用說當事人的評價，但這個會議在現在不可能，因為沒有幾個人關心『一項少數民族的傳統』，因為官方早已界定了它的定義和評價，在可見的未來二十年舉行的可能性也不大，台灣人沒有歷史感，部落人更是只顧眼前，你在部落都市來去你有無發覺，九〇年代反同化的同時是同化最快的時期，——我是個部落的文明人，我採原始的觀點來看原始的人事物，這是最貼近事實的一個角度，歷史可能因觀察的角度、方向而誤解，文明帶著批判的意識形態，『出草是原始部落的共同傳統行為，具有禮俗和儀式的意義』，這是我給它的定義和評價，」我傾聽到了沒有我的境地，傾聽便融入對方的話語，每一句話在這融入中無聲的被吸收，我們沉默了一會，說話和傾聽都需要個逗點，逗點是一個空的間隙，純然的止靜，並不為過去而思考也不為未來而準備，巴幹微仰著頭閉著眼睛，我無意識掠過書架上的書，首先整套的新潮文庫近咖啡色的陳舊已浸到書頁裏，整套的世界文學名著屹立在這深山部落人家而出版社早就頹倒了，整套的世界文明史配一本「西方的沒落」，整套近代世界名畫全集凸出排列中的那人是孟克，還有小本版的自然知識叢書，另外許多版本小的書目就看不清楚了，「複雜的事物當然可以複雜的來看，」我發覺巴幹先生的眼瞳周圍紅色血絲清顯，「你可以把『出草』當作一項研究，你從細節去考據它，雖然可見的資料不多，但研究方法可以幫助你由細節建立起源和發展，陷阱在於你容易放大某些細節，強調擴大它成為結論，那麼就會歪曲了整體，你放棄了從整體來看，譬如研究霧社事件結果發現了出草，後來就專注在出草上，不能整體的來看事件，出草是霧社事件的手段但不是動機也不是目的，動機和目的都是『政治性的』，莫那魯道發起霧社事件並不是為了出草，而是政治性的反抗期望求得政治性的正義，事件中出現大量的出草行為，因為那是傳統的、正當的手段，所以以『出草』來否定事件的『政治性』，那是一種扭曲了事實的研究，『霧社事件是以文明的武器教訓野蠻的出草』這樣的結論讓我們痛心，我不贊成把出草當作事件的主要論題看，這樣容易膨漲了出草，我們把握整體來看，霧社事件發生在一九三〇年，即使在高山文明也已經有了某種程度的生根、萌芽，霧社事件本身就具有『文明性』，它絕不單純是原始的部落出草，它是文明性的反抗不義的爭戰，它招致了文明性的戰爭型態的報復也是必然的，我是活在九〇年代的泰雅賽德克人，我對三〇年代初祖先所作的決定不能置一詞，當事人面對當時的條件應該已作了整體的考慮，最後他們決定要作實際的流血的反抗，我想也是一種痛苦的抉擇，我懂事之後一直不願誇大『屬於我們的霧社事件』，你也曉得在事件後當時平地也有抗議的聲音，最大聲恐怕是無產階級連合陣線支援高山同胞『反抗日本帝國主義』，我們並不特別在意今天執政者給予的尊榮，那是『政治性的』，我寧願它出自我們子孫的內心，我希望後代的賽德克人紀念霧社事件的同時了解它的意義，並且用共感的心去感覺那是『屬於我們的霧社事件』……」「你認為莫那魯道發動霧社事件是適切的嗎？」「我不願給霧社事件作一個確切的評價，也許這牽涉到情感的層面，歷史評論者可以在『事件』後充分討論適切與否，但他們永遠不能回到歷史的現場去感受、分析、判斷並作決定，我尊重莫那魯道的決定，也許付出的代價太高，但我還是維護莫那魯道的決定，他站在『現場』判斷並作了決定，」我感謝巴幹先生的清談，巴幹先生說他尊重每一位遠道來到山鄉的研究者，巴幹先生說他並不擔心「歷史的事」，因為有更多的後進包括部落的後輩投入歷史的研究中，他也有心想為歷史留下一些「可供參考」的資料，無奈他「總幹」的職位工作讓他每天回到川中島幾乎都精疲力竭「只有今天除外，一星期」，我在前埕感謝巴太太的細心體貼，「不客氣，」巴太太牽起巴幹的手，「難得有人跟他談這些事——」我回到家屋已過十一時，清談花了三個小時多，我感到身心一種甚深的疲倦，也許最近散步太多了，也許因為巴幹的話語，也許因為姑娘的事以及未來的追尋之行，也許「事件」如影隨形跟在部落的人事物讓我恍惚疑惑那只是自己的幻想夢境，我躺在床上開了燒酒灌了一口，流浪的羅漢都是以這樣的姿勢灌，除了狗吠寂靜無聲，我在腦海重溫一遍巴幹先生的話，他確定了出草的定義及評價，他建議的部落長老會議研討「出草」很有意思，確實可行，今天我們都市不是有太多學術國際會議嗎，可以申請官方全額補助，他不贊成出草獨立出霧社事件自成「出草宣言」，他認為霧社事件本身已帶有「文明性」，沒有人可以回到歷史的現場，因此事後的研究都只是變相的清談，或飽食之後的屁話。我坐在臥房窗外的檳榔樹下，觀賞「回饋結束之禮」的進行，長老坐在前埕中央，姑娘坐在他的左手邊，對面隔開二尺坐著五個人面著姑娘的房屋，老大坐中間與長老相對，每人的背後各堆著一疊禮物，有兩疊禮物前座位空著人未趕到或另有要事，在長老與老大間平放著一個石頭，有小玉賣的西瓜大，我從史料得知這是賽德克人的「埋石和解」的儀式，儀式以賽德克語進行，主講人長老對天對地對人說了許多話，我想那石頭可能是事件後道澤與馬赫坡被強制和解的「埋石」，不知哪位頑皮的祖靈趁大家睡覺溜去挖了出來，趕送到長老午睡的床頭，長老午覺醒來想今日有事就順手抄了來，所以當長老把手放在石頭上時儀式諸人都現誠惶誠恐的臉色，長老手按石頭一一問每個人一句話，每個人都簡答一個字的發音，長老手抱石頭站了起來，他的孫子的機車噗入來接過石頭長老載著走了，姑娘跟諸男人還對坐兩、三分鐘不知誰看誰，長老想必把石頭拿回去埋在床底下免得老大隨時翻悔，姑娘站起來走入屋內，諸男人隨著站起來活動筋骨，這場世紀末的「埋石和解」儀式歷時五十分鐘有多，其中四十幾分鐘是長老的訓誨，可惜大約老大事前清了場，觀禮兼旁聽只我一人，不過不必想也知最主要的見證是那個石頭，來人多少無關緊要，摩喜近來說客廳有一桌惜別宴邀請我參加，「不合適吧，」我忙推卻，「我又不是……」我起身回家同時瞥見老大帶頭入屋惜別，我想這午睡就別想了，待會兒聽他們酒後的惜別聲就夠了，我剛想燒一杯午不睡咖啡，就聽見人在門外叫，「妹妹躲在房間不出來，」是摩喜，「老大懇請你過去當女方代表，」我手拿燒杯考慮兩秒就決定過去，為了以後在部落「散步安穩」，老大見我還是一大聲招呼，隨後手勢一比，人家就安排我坐老大身旁，老大咬耳朵要我再去請一下妹妹，我敲妹妹的門先兩下停一秒再一下，妹妹開了個隙縫，我見她還是儀式時穿的黑短褲、黑T恤都褪了色還不如她鎖骨間的黑，妹妹搖搖頭，隙縫間的一隻眼神異常沉靜，我想她早上作過早禱、唱過詩下午就免了惜別囉，「妹妹說累，」我咬耳朵老大，老大就開燒酒白蘭地，諸人同時吃起惜別菜來，我看諸人都是深色西褲白襯衫只差沒套領帶，老大不吃菜只一味白蘭地燒酒諸人沉默呷菜配啤酒燒，老大倒給我一杯純白蘭地讓我配白斬雞，很快有人酒到五、六分開始噴菸蹺腳呸痰，「每人說說惜別感言來聽聽，」老大突然出主意，我差點被「惜別感言」嗆了白蘭地雞出來，不料馬上有人站起來，馬上有人鼓掌，「我要感謝妹妹，年輕時我雖然花，」啊白襯衫差點誤了花花公子，「但當時我花得沒自信，所以也沒留住誰，我原想就在部落走肉行屍死就了啦，感謝妹妹給我了信心，」公子的聲音顯然裝了擴音器，想是要讓房間裏妹妹聽到他信心，「我決定明天一大早就惜別故鄉到城市去花個幾年，我有信心花出個名堂來，這都是妹妹給我的，」公子還未坐下，另個長大粗壯的豁的站起來，「本來我想一走了之不看妹妹了，現在我鐵心定了走不了，看妹妹妹能拿我怎麼樣，我我我就賭這一口氣，妹妹妹能拿我怎麼樣看，」老大拍一下桌子，那人即時封嘴坐下，又沉默諸人燒起啤來，「我說不定要離鄉，先找個工作，再相親個對象，」摩喜語聲清晰，可惜拚命壓抑著什麼以致於手腳代替舞起來，一句話舞了好幾個 pose 姿勢，「我這雙手摸慣了，不摸就睡不著覺到天亮，白天又睏又想摸，這種病痛不是燒酒可以解決的，妹妹叫我去摸豬母，我想了又想還是找個對象比較實在，」有人鼓掌，老大也點頭嘉許，有個始終陰著臉的瘦猴仔嘰咕起來，老大指示改用漢語，因為女方代表在，瘦猴酒到七、八分至少，腳蹺到板凳上頭，枕在膝蓋含糊的說，「妹妹要嫁就嫁我，我帶妹妹游泳到溪邊，妹妹不嫁我嫁她，妹妹揹我游到腳尻墘——」老大一個紙杯摔過去，掉在花公子白襯衫就花了，阿花一拳打在那蹺腳瘦猴就翻過沙發去，老大站起來，我也站起來，「感謝大家的疼心，」老大直走出去車子一噗就走，諸人還記得禮物又摟又抱相載機車歪來歪去了，「我來收拾，」姑娘即時開門出來一臉笑意恍惚又有一種憂傷，黃昏時我在客廳坐，什麼都不想，心不知落到哪裏沒個定處，我見姑娘頭額揹物往後揹一大袋黑色垃圾袋，我開門姑娘回頭一笑說，「把留在庭埕的禮物收起來，帶過去長老那邊寄放，」我站在門階看那黑短褲、黑T恤、黑垃圾袋緩緩走在黃昏霧濛中，剎時擴聲機傳開來教堂耶誕樂，我補喝了兩杯午不睡咖啡，在山的夜氣中書寫著「餘生」，耶誕樂在九時就止靜了，我懷想起在魯凱深山耶誕歌舞可以鬧到午夜二時，我想今晚可以聽到「悲愴」柴可夫斯基吧，我上床不久聽到姑娘半開門、半閤門的呀咿聲，應是報了佳音才回來，凌晨我聽到ＩＣＲＴ在台北播音，不錯，是ＩＣＲＴ，若是「悲愴」那就太適切得造作人為了，想不到「適不適切」並非純是時機的關係，反而可能是人為造作成就了時機，我趕緊跳下來備忘適切與否的時機問題，同時加喝一杯睡前燒咖啡用以抵抗ＩＣＲＴ，夢裏我記得我睡錯了房間。冬陽已升得很高，我看斜射在地上的身影，離中午還久，我往後山走去，幾乎醒來就滿溢著出門散步的渴望，山水不顧人事，多少都市的上班族在夢中衝往山水，幾乎沒聽過有看破「山水」死心回都市渡過餘生的人，這是可能的因為還未「融入」就先「看破」，我很想拎兩瓶燒酒去探望貨櫃女尼，修道場酒燒味混檀香味才能相反相成才有大精進，不然唸死了經卷，同時眼睛也「不見」眼前的山水，不知兩瓶夠不夠喝，虧在貨櫃遁入女尼實在太深了，我散步的速度黃昏才到，料想她們大概修「過午不食」的，不過那日女尼午後既然可以喝茶，燒酒當然可以作「藥石」晚點心，若有人因酒燒「見性」半夜起來作見性儀式不知會不會吵到甚深山水，我的腳自小徑轉回部落，當然買燒酒去，說幹就幹不稍猶豫才能直見本心明心見性，出門前忘了跟姑娘借頭揹袋子，不然頭額揹燒酒百瓶我也揹得去，供她們喝有餘裕，還可以獻酒澆菜花，路過派出所時腳停住，感覺有一事關係派出所，順便辦了再去，我站了至少十分鐘有多幾至發呆才想起暗夜巴太太的柔手，巴幹先生一面捏著柔手一面說「有一位終戰殘兵你可以去探看他，住的地方現在很難指清楚，你到派出所問問便知，」巴幹的聲音和巴太的手同樣柔軟，「我很慚愧你稱我們是第一代的部落知識份子菁英……」派出所老主管一聽我要找的人，便嚷，「哎呀，你找的都是麻煩人物，」好幾年他們凌晨一接到通報馬上出車沿山路搜尋馬紅．莫那，而馬紅見黑夜車燈會躲在竹林叢，後來才曉得馬紅總以為那是日軍搜索的火光，而現在這位人物叫沙波，孤僻不合群，而且是獨居老人，幾次部落開會還是暫歸警員巡視照顧，「誰要你找這個人，」老主管問，我不知他用意，只老實回答，「巴幹先生，」老主管點點頭馬上吩咐一位年輕警員載我去，「順便帶飯過去，」警員繞道雜貨店請老闆娘炒了一盒便當蛋炒飯加青菜，三十元，「公家出二十元，我自己貼十元，」我蠻訝異的，警員笑笑說，「好在我單身，」沙波住家在部落最靠西，斜坡闢出來的平台矮著一間日式房子，老舊失修，沒有我家斜後鄰阿婆標準日式大鄉房的風光，「沙波，沙波，」沒有人回應，警員猜大概又在屋後忙碉堡工事了，警員轉到屋後往山坡大喊「沙阿波」，隨後看見一個人影從山坡某個凹處爬上來，「他每天的健身運動，」警員不等沙波下來就把便當交代我說他事忙回派出所去，沙波直接向便當走來，抓了過去在屋前籐椅坐下就吃起來，「大概餓昏了老人，」我自己走到檳榔樹底搬一只木凳過來，便當吃到一半老人小心闔上拿進屋內一會才出來，「呷飽沒，」這大約是他第一眼看我，還用福佬話嚇我一下，「早起就呷飽，」「呷飽就好，跑來這作啥，」「你怎會講這種平地話，」老人很容易岔開話題，另方面也怕直接問事容易驚到老人，「我講的是大稻埕迪化街正港的福佬話，」老人說終戰後他在迪化街「蹲」了二十年，南北雜貨的批商看他番番就留他下來作「顧門的」，福佬話他是聽一句默唸幾遍才出聲一句，大家都說他靈學得快，二十年間他沒有捎信回家，部落裏人只知沒收到他沙波的骨灰，但失蹤了沙波，他蹲過五〇年代、六〇年代見迪化街由繁榮而沒落街頭酒家也一間間的關只剩一家黑美人，時代的門面顯然不再需要像他那樣的人，海海人生他選擇返鄉，他從沒想到正當他離開之時也是轉捩點的時刻，他蹲過的都市由小街小巷的困窘但有餘，變形成十二線道八線道騰達而壅塞，七〇年初他返回川中島，父母不在了，只剩祖屋，從此他未再離鄉一步，他沒有任何家電用的，都是終戰時期的用品，當然他也不知川中島外世界的變化，「迪化街的亭仔腳還在，」「哦，」「霞海城隍廟還在，」「哦，」酒家早已過時，現在流行酒廊吧屋高級的，迪化街的批發商早就走國際路線，成了各種名牌的代理商，一個人看了二十年以為那樣離開後二十年變了樣他永遠不再見到，正如死在馬赫坡的人當年看盡了馬赫坡永遠他不再見到今日的溫泉廬山桃花紅，「參戰受了傷嗎？」老人嘿嘿著，同時張開左拳只剩拇指，其餘如肉團似的平整，老人站起來走幾步問，「有無不一樣，」「無，」他一放鬆走路明顯傾向右邊，腿是直的就是往右歪，「我在迪化街為了工作蹲得穩，訓練自己挺直背脊用力走路，一放鬆就會歪下來，」右邊的骨盆被炸掉了三分之一，後來又作假墊，讓他在台北軍醫院躺了三年，「第一次溜出來逛街就逛到迪化街，我用力走路直直的，人家就請我去雇門，」他在人前已習慣了不讓自己歪下來，我從剛剛也一直沒有發覺，「我一九四二年底參戰，是第一梯次高砂義勇隊，登艦時五百人驚死五百外人個個精壯像土牛番鴨，船到菲律賓，這裏停一下島，那裏島停一下，五百人就鳥獸散了，自己也不知道自己在哪裏？」

「叫巴丹島吧，」「巴丹或丹巴對我們無意義，每天做工休息做工就有意義，」「有意義嗎？」「每天軍官精神訓話要有意義，做工放屎才有意義，哪沒意義，呷飯休睏攏無意義，」我問那兩年生活的感想，沙波反問我，「做粗工做二年，呷飯放屎睏都不夠，你有啥麼感想，」「有軍妓是不是，」「聽說有那樣的女人到軍隊來做，我沒有很注意，也沒有經驗，有時在樹林內碰見穿得很少的島上女人也沒特別感覺，」沙波笑得天真，「不是我能力比人家差，天生大家都差不多，大家都沒什麼感覺，天天被『歇斯底里的紀律』弄得人生無味，還想什麼女人味，我想那些女人是供應給對我們『歇斯底里』的人，他們需要挺著『歇斯底里』發洩到底，」突然我想到宮本先生的「宮本精神」，「有高砂義勇兵，腰綁炸彈，作前鋒，衝向敵人陣地——」「那是胡說，」沙波打斷我的話，「黑白講，我們雖是志願，但也可說是半志願、半強迫，我們逼不得已甘願去做統治者的『工奴』，但還不到『死忠』的程度，」沙波老人笑我憨，「那是宣傳啦，宣傳第三等國民都肯為國作自殺式犧牲，我們高山頂的人誰相信自己的子弟有憨到那種地步，還不是戰後換一個政府搞出來的傳說，說百遍千遍就像真的，同一款是宣傳，」我是史料讀到，也不能多作堅持，「不過，骨灰一罈罈送回部落是事實，我想死的大部份是被調到本島的人，在登陸戰中不知為誰為何而死，我也差點變骨灰回來，後來我蹲在迪化街二十年，看清楚『鳥為食死，人為財死』，才想到骨灰回來的不知為誰為何來死，」沙波站起來要帶我到後山坡看看，我看他挺直腰爬著山坡完全看不出任何歪斜，「我們最後就在海灘椰子林裏挖這種洞，」山坡千瘡百瘡都是洞，沒有一定的規格，沙波行走自如，我不小心就栽入洞，「當時的洞是擺機關鎗用的，還蹲兩個人，你想挖遍整個島要費多少力氣，終戰前一年天天挖洞，有一天黃昏我挖昏了頭，把鐵鏟一丟就往海邊走去，好像有呼喚聲雜著吼叫聲，就被沙灘埋的地雷爆了，」沉默了一會，我問，「你挖這些洞作啥麼，」「這是個祕密，」沙波微笑，「有好幾天吧，我站在屋後看著山坡，不知看什麼做什麼就是看，直到有一天拿了鋤頭上去就挖，以後不挖就手癢，一個沒挖好就開挖另一個，反正隨時可以回過頭來挖，幾個部落的人來看過，威脅把我送精神科，只有巴總幹先生說挖得還不錯，我訴苦說不挖就手癢，手癢心就癢，巴幹他也聽得懂，後來就沒人管這事了，有一次派出所主管來還說這個島大夠我挖，」「是夠，」我同意，「你同小巴一樣聰明，」沙波站在數不清洞窟間，用左手拳捶我的肩膀，「那第三隻巨蛋什麼時候掉下來誰知道，不過到時部落人就了解我沙波洞的好處嘍。」我從沙波洞逃生出來，越過部落西村經雜貨店竹林，帶了維士比啤安全回到部落東村，這漫長的路程好比沙波坐的補給船停停開開終於沒被擊沉，這樣的磨難需要酒啤維士比的慰安，一定要抽空去告誡女尼，「燒酒還是少喝的好，」我記得歷代高僧開悟錄中沒有一個是酒燒而悟的，不過這個論點很容易被女尼駁倒，歷代開悟而人不知的遠比高僧多，「因緣酒燒而開悟與否」隨女尼個人因緣那就不是我能著力的了，不知耳聰目明如巴幹者有沒有注意到部落獨居老人的精神狀態是個可以實際研究的問題，孤獨會消蝕老人的心力，讓他的存在變形，我在其他部落見獨居老人都有一雙星星的眼睛深邃虛無中發出一點快要消逝的星光而那星星早就死了，看不懂老人的沙波洞不奇怪，我們也看不懂小孩自己一個人玩的遊戲，有一天會發覺老人躲在不知哪個沙波洞裏不出來，其實「事情早就發生了」，這不分城鄉、都市或部落，文明或原始可能是人的現象真實，孤獨必要及早面對等到老了人在孤獨大貓前就像待吃的雞子，我回到租居的屋洞，孤獨面對維士比啤，直坐到黃昏日暮山的寒氣自合歡一路山脊來看我還在不在、小雜鍋吃了沒、被子不夠蓋兩條，我猛吸一口寒氣，將它閉在內在裏，玩了幾圈再放它出來讓它回去向合歡報告，「那長髮瘋子的內在還在，還很會玩，在川中，」巴幹要我去看沙波是否請我去上一課「逃生」，沙波從一個更大的戰場中逃生，他也是一生只有一次戰爭的人，在戰時他沒有作任何的反抗，個人在集體的歇斯底里中無能為力，這『無能為力』延續到他戰後的人生中，他蹲在迪化街看五、六〇年代的老商街和他在戰時蹲在海灘看夕陽一樣，一種事不關己的疏離，夕陽落不落海，老商街生意日差，跟他沙波毫無關係，令人激憤的「義勇兵自殺式攻擊」被另一位義勇兵完全否認了，他對原鄉馬赫坡一無概念，他回故鄉川中島過一種「完全的個人生活」，與部落外的世界不再來往，文明日新月異的資訊達不到他的生活，同部落的關係也幾近斷絕，巴幹是要沙波向我顯示「人生存充滿歧異性，如何統合在一個觀念下，」或者「就依照你們的理念，將沙波人生當作一個研究個案，」兩者都帶著嘲諷，因為兩者對沙波的真實人生一無意義，好在我是個書寫者，巴幹不知道觀照者的眼睛不同於研究者的眼睛，研究者的眼睛因此因彼而固著，觀照者的眼睛因此因彼而改變同時因此因彼而不變，我用嘲諷的手法寫沙波的真實人生一無意義同時我以嘲諷的手法寫沙波的真實人生精彩無比，「維士比啤喝多了嗎，你，」孤獨大貓一直懶在夜暗中的何處，「何不睡覺去，一人蓋兩被，由我來守夜，」我摸摸大貓的尾巴，牠用舌尖倏地舔了我鼻頭一下，自我內在，「當代」還有話說，「當代」反對巴幹的觀點有四，⑴當代探詢任何可能的觀點包括原始的，探詢的本身就蘊含批判，因為沒有「純探詢」，因為批判帶有永遠生動不凝滯的品質，⑵當代追究細節，細節建構本體，有時會自一個細節中見到整體，當代反對「整體性的涵蓋」，贊同抽絲剝繭的方法，任何細節對整體都具有重要的可能性，⑶當代反對「站在歷史的現場就無批判」，否則就無「歷史的存在」，歷史的書寫者必定是「歷史現場」的觀照者，批判所以觀照，⑷假設或重建一個歷史現場，是理論衍生的方法，不如此，當代容易輕忽掉失任何歷史事實，——我同孤獨大貓一起入被，維士比啤忘了睡前咖啡，大貓鑽入褥海的不知何處，我聽見牠的兩聲打呼，隨後忘記了自己。我在天色微青中醒來，點小燈煮了咖啡，坐在書桌前咖啡窗外慢慢亮了起來，第三聲雞啼過後便是群雞起床交談熱絡的世界，梳洗過後我開後門散步去，這是享受自己的一天，我歡喜在川中島仍有這樣的日子，散步回來後我不開前門，沒人會來敲門，我在後窗前備忘思索和書寫，時時抬頭凝看光影在山巒、菜園的移動變幻，我走過墓場小徑，梅花的小貝葉還戀著露水，狗尾草長得更肥顏色深了似狼尾，透過狼尾我眺望貼在高山腳的部落，它本身就是「寧靜」而不需是任何的歸宿，分叉的小徑想必通往部落，但我從未想越過狼尾草接近它，靠高山峽谷入口處的部落叫「眉原」原就是賽德克達雅人的分支，不知在何年代達雅人的一支向東沿霧卡利溪遷移，越過奇萊山南峰三三五七到後山花蓮尋找新天地，向西移的這一支最可能是越過東眼山二〇七七到布甘溪，因上游賽考列克盤據就下游到山峰開口處，峽谷的兩邊建立部落，劫後餘生的霧社達雅人會被遷徙到川中島主要原因想必是有同族同群的眉原在，三〇年代末剛興建水庫耕田被淹沒同屬霧社群的巴蘭三社六百多人，自萬大遷至眉原與川中島間建立「中原」部落，我初會巴幹時他曾感嘆，「我們現在只剩三個部落，」到後山輾轉落地生根的達雅人，路遙高山阻隔不通音信，顯然巴幹排除了同是賽德克人的道澤群、土魯閣群、萬大群，這種變遷當然絕大部份因「霧社事件」而造成，我最反感眉原兩邊的高山由「國有」霸占成為「公家私有」實驗林場，眉原人都沒有權利進入，平地人買門票後才發覺才開放了一小部份，這種家後山被「國有」的感覺真是枉費了「自然」，有一種壓抑的憤怒，也許這也是我不想去探望兩個部落的原因，那天我作的探險是由溪中過峰谷穿透「國有」，晨起的散步我眺望晨陽首先落在眉原後便回頭，循原路回去，遠遠我看見姑娘站在雞棚前發呆，黑短褲、黑T恤，她自台北回鄉帶了三、四套黑短褲、黑T恤，外穿一件暗紅皮夾克，她走在「首都」的街道上只要皮夾克罩黑T恤胸前便有無限風光還有雪白的長腿交叉炫人眼目，可能令人到發夢的情色我可以想像，這兩天姑娘大半夜睡不著，沒地方可去便走到自己的六分地，「我想了許多很酷的計畫都不行，」姑娘強調，「不是計畫不行，而是在這種部落地方不行，」姑娘想開黑貓吧、大倉庫吧，不是部落就不可能，等到二〇二〇年吧，島國成了預言家所說的廢墟，要「駭」的人只好擠到大倉庫黑貓吧來，到時部落形態的聚落是建築的主流，難怪有一陣子我散步學院見都市計畫系總覺得必定有一天要改名部落計畫系，「我剛回來看到雞棚才想到可以養雞，」姑娘隨手灑飼料隨口說，「六分地的雞場至少三十倍大這雞棚，我用放養自然的方式，那雜草寄養的蟲子夠吃大半年了，我只要每天一次用自製的大噴灑機噴飼料，三十隻雞不到半年就三百隻雞，六分地至少容牠三萬隻吃睡打滾都還有餘，我做公關做到合歡線、日月潭線的休閒遊樂場，每天至少賣出三千隻，生蛋孵雞都來不及，」「那需要多少幫手呀，」「倒不必，自然放養嘛，麻煩的是我需要搬到自己的土地上去住了，防偷雞，你不看一個晚上可以讓你脫光光，」「那當然，」六個人一個晚上不到都可以脫光光，何況六分地衣褲都沒有，「我放舒伯特、莫札特給雞子催眠，做夢都知道自己的肉特別好吃，」「那當然，」雞子的口感很重要在這競吃的島國上，「我要掛起一個大招牌，麻煩你命名寫字，」「餘生養雞場，」我不假思索餘生養雞場那當然，我擺擺手橫過菜園旁直入後門，姑娘喊，「我完了灑再找你，」我馬上燒一杯話前咖啡，是長話長說前必要喝的，想我這「話前咖啡」至少三、五年沒喝了，口感果然不同像「莫那咖啡」，我餘生要在馬赫坡溪的密林前開一家「莫那咖啡」，有硫磺熱氣加密林迷霧來調味「莫那咖啡」必定聞名島國，保證有很「駭酷」的新人類開車至少六個小時來喝一杯「莫那咖啡」，那就值得喝者的餘生了，姑娘開紗門進來，手裏一條絲瓜拿進去廚房放著，絲瓜小雜鍋鮮又甜可惜沒蝦米，姑娘坐定，輕輕說，「餘生聽起來很好聽，」有一種香皂的芳香，姑娘像是梳洗過頭髮紮得整齊髮辮靠在左胸，「養雞場不錯，」我想起國寶魚，「鬪作魚塭也不錯，」「要等我弟弟回來才能決定，我弟弟回來前我不能決定什麼，」「妳不是決定回川中島了嗎？」「那不一樣，那時在外哪有兄弟自己一人顧生顧死，現在不同是在家了，隨時要照顧弟弟，媽媽生弟弟就是要我照顧，不然生他作啥麼，」我想起飄人幾時回來一次，他顧到這個姊姊嗎，「我看你一直很平靜，」姑娘要說什麼我先打斷她的話，「不是這樣，妳沒有看到我揮霍自己的時候，」「我回鄉時有很長一段時間過得很平靜，但現在我很茫然，我不會用辭，人家說喝多酒茫茫然，我現在的心情就是那個感覺，茫茫然，我忍耐著二天或三天不喝酒了，但我不知道可以持續多久，我嚼檳榔青嚼到噁心就會哭，沒有人會看到泰雅女人哭，」馬紅．莫那被叫去埔里認父親屍骨時當然也沒有哭，「我的眼淚不是為了任何人、任何事，失去了回來時的那種平靜，眼淚也很茫然，」槁木死灰最平靜，全心全意投入人事物很平靜，生活沒個安定要平靜也難，生活很安全心不靜真是可恨的平靜，怎麼生活怎麼平靜這幾個字恐怕寫來比較容易，在希望與無希望之間平靜，「可能這是個過渡時期，因為妳發生了一些事，」我斟酌著語句，「不想平靜，想平靜一天到晚要平靜也難，」姑娘晃著頭胸說她實在很想抽菸、喝燒酒、啤酒也好，「我的決心不知哪裏去了，」一下子揉額頭的筋爆，一下子壓自己的胸口，又把T恤扯上用牙齒咬著，我入臥房從長褲袋抽了伍百元拿出來給她，沉著嗓音說，「酒不必一時就戒，妳去雜貨店看要買什麼，回來我有事要跟妳說，」T恤胸口被扯得鬆了，落下來依稀在乳溝間，到雜貨店之路要經過巴幹的屋後，巴太太常在屋後樓房紫羅蘭棚架下同婦人說話，真想問巴太太怎麼看姑娘，姑娘買回來一瓶燒酒、兩罐啤酒、一包菸加一瓶維士比，還好冬陽體貼沒有曬黑了乳溝，姑娘坐好把T恤兩肩拉向背後掩過乳的溝，「回去就換這件被我咬鬆了，」我不能說什麼，裸體本是自然，文明硬要自然穿東披西，弄到今天一件同樣露乳溝的衣服要賣到天價，天價包裝的乳溝就比較美嗎，不見得，我見過最美的乳溝是性愛後披著男人襯衫的乳溝，「先喝燒酒，」我見姑娘拿起啤酒，及時說，「純燒酒一杯，」姑娘微笑帶點羞，燒酒下肚包裝本性的塑膠就還它塑膠廠，姑娘的本性我見過，有事同她本性商量「適切」得多，我們乾了一杯燒酒還是清晨過後不久，「妳的追尋之行呢？」我終於提問，姑娘愣了兩秒、三秒、四秒，「哇啊，」屁股彈跳起來，天花板還差一、二吋，跌下來時長沙發凹成個人模變形立體，「你要去我就跟你去，」我聽了一呆，「是妳要去，妳本來就要去的，我只是跟班隨妳去，」姑娘靜了一會，「是我要去的，我一定要去，這次我要問祖靈如何獲取生命的平靜，」姑娘開了啤酒，「你跟我來我才放心，」「怎麼去，」我問姑娘，姑娘瞪大眼睛多此一問嘛，「沿著部落前溪一路追尋不就終有到達的一天嗎？」我笑，「下溪水容易，下溪後是向北或向南，」「還分南北呀，」姑娘真的詫異，「祖靈來時不分南北彎幾彎就到的啊！」我看燒酒要加點維士比，不然氣爆了肝臟，「祖靈飛天遁地哪裏不是轉眼就到，」我指著姑娘縮在沙發上的黑腿、黑腳好氣又好笑，「妳啊，妳要靠這雙腳一步一步追尋，不是好玩的，是真的一步一步，」「我沒研究嘛，」姑娘替我開了啤酒罐，「啤酒比較冰，」我喝了連幾口冰啤，覺得速度可以放慢些，有時節奏太快人家跟不上，「你不必嚇我這雙腿，我這雙腿是在溪谷中練出來的，你看它冬天夏天同樣熱褲，就知它不畏什麼到怎樣的地步，」是一雙黑到發美的腿，看那大腿內側到小腿的弧線就可以想知肌肉的結實，「我才擔心那雙文人的腿，」姑娘瞇眼看啤酒上的商標啦、日期啦，「走走我的溪谷回來就要休息兩天去酸痛，追尋之行可不好走，但願它跟得上我的腳步，」我瞇著黑腿、黑胸骨間一道白乳溝笑，原本我想拿備忘出來仔細說明三條路線，不過怕傷了姑娘的眼睛，聽說我的字只有自己和祖靈看得懂，我要姑娘慢慢聽，我先從布甘溪上溯越合歡奇萊一路說起，再說上溯布甘溪、至曲彎處越東眼山到眉溪是二路，三路則下布甘溪到烏溪口會南港溪上溯至埔里、沿眉溪而上再轉濁水溪到馬赫坡溪口，我沒說我心目中祖靈是從濁水溪上游越奇萊合歡一路下布甘溪就到川中島姑娘妳的夢裏，我要姑娘憑直覺或者祖靈已經多次暗示她在追尋之路中三選一，姑娘問，「哪條路容易，哪條難？」一路難度最高，光從川中島前下溪上溯到合歡山下一路漫長不知幾個晝夜，不說其中種種溯溪的不好玩，要碰到體驗到才知道，幸虧我已鑽研好溯溪學、攀岩學加上最要緊的野外求生學，所以不僅布甘溪島國的每一條溪流都難不倒我要溯到生命的源頭，我燒酒澆啤一口咕下，難熄我探險的亢奮，我需要停留在這亢奮的當下好好品嚐險之探的想像，「祖靈從第三條路來，」姑娘是在說夢話嗎，還是燒酒話，「祖靈才不笨，天天翻山越嶺幹啥麼，辛苦又無聊，溯那麼長的溪谷下來光寂寞就谷死心靈的細胞，等到看見川中島的燈火，就忙著大家互相急救，好慘，你看電影《寂寞谷》嗎，寂寞真的谷死人，祖靈愛從第三條路來，車流熱鬧，溪邊就有檳榔西施，就可欣賞小鎮變大鎮，小霓虹燈變大霓虹燈，聲色人語好不寂寞，要我就從這條路來，——多爽呀！」我修正姑娘這種事不能用爽不爽來形容，「祖靈的時代還不到爽的時代，」姑娘眨著眼睫同意，「祖靈能忍受車聲、人聲、西施腿嗎？」我隱去這條路是當年放逐之路不適切，提起來太傷感，「哇啊，祖靈最愛熱鬧了，部落有人家新建樓房，祖靈夜夜圍著到天快亮，還有你看今年中秋夜火箭炮特別多，沖得又高到月亮去了，其中一半多是祖靈放的，以前中秋祖靈只是看熱鬧，今年他們自己沖熱鬧，」我真氣死了姑娘人家都選高難度的，就她一人選高容易度，最可惜布甘溪看不到我攀岩後生的身手了，還好我人生規畫將來到隘寮南北溪去溯入魯凱排灣，「搞不好到埔里去看最後一場《蟲蟲危機》，我最愛蟲蟲了，去看它危機個屁，」我校正姑娘漢語中的姑娘「屁」最多只能噤在嘴裏兜，想說「你好屁」時不如說「你好棒」，棒字最得人心，我看泰雅羅馬拼音說文解字也是這麼說，「我不能說棒，」姑娘解讀屁之不得已，「一棒我牙齒都碎了，」還好我見姑娘牙齒顆顆粒大飽滿，會有啥屁的棒奈她何，「我們還找誰同去，」好姑娘第一次提出實際問題，我正衫危坐地想有誰「合格」同去，飄人弟弟當然是第一合格了，要姑娘招弟弟回來事先通知，畸人先生是第二合格了，祖靈看到他都會高興這「憨到美國奶」的小子，得交代飄人在他散步途中遇見時通知他，畢夫先生是第三合格了，身強體壯可以揹必備的東西，沿途還可聽他解說河床環保的理論與實際，晚飯後就去通知他，「長老第四合格，」姑娘要去問問老人家想不想回原鄉看看在有生之年他，「牧師第五合格，」姑娘要牧師帶天父沿路祈禱平安，我反對，祖靈一定不愛見天父牧師檔為了不見這個檔期說不定把馬赫坡溪口都封了，姑娘吐吐舌尖，「取消牧師資格，」巴幹空不出一天以上的時間，沙波太老了，骨盆也不行，姑娘不知部落有「沙波這個年輕人什麼時候回來的？」宮本先生不必問，一定不敢去他的空刀真的能對決番刀嗎，「啊哈，還有老狼，」我不動地跳起來頭碰到天花板不動的落下來坐得好好的，姑娘看傻了，「這是不動之境，」我簡說兩句，「跳不是要點，不動才是重心，」姑娘嚥了幾口水再用燒酒啤吞下去，「老狼是誰？」我在備忘中找到一條是老狼的電話，我記得那電話在頂樓的雜物間，「老狼是誰一言難盡，等妳見了他，妳們自己談吧！」我馬上撥電話過去，鈴響了很久，以為老狼久不在了，竟然有人接起話筒，老狼說他正在後山坡新蓋一間馬赫坡社茅竹屋，我說不久會和幾個川中島人溯溪去馬赫坡作「追尋之行」，他說他都在就等著和鄉親喝酒吃肉，最後他告訴我拉丁·賽德克代達雅·莫那匯一筆錢到霧社，吩咐他繼續進行馬赫坡社重建工程，他希望有鄉親留下來幫忙算工資的，「這樣就決定嘍，」我把備忘當皮球拋著接，「至少有七人會去，」備忘一個不小心打到姑娘的胸乳當場被綳彈了回來夾在我兩膝間，我一時忘了接，「你是不是故意的？」姑娘獰起嘴角，「是它故意的，」我才不怕，「我故意幹什麼？」「你真調皮，我真把它摘下來讓你當皮球玩，」「不用，不用，留在那裏好了，」姑娘手伸進T恤，我怕死了那球玩不好可以彈到山頂後的，找不到怎麼辦，「留在那裏就好，好看又好玩，」姑娘酒燒笑。清晨，我坐在門階，看昨夜雨後群山掛著浮雲，山巒有浮雲來配看起來就有詩意，不似平日那麼呆，遠山的浮雲標在那裏不動標著價錢的山水畫，浮雲在眼前的山巒就頑皮得多，要標上它三塊錢一張了，它就馬上變幻了到五塊錢一張的「浮雲．山」魔術結合，我標它組合一個清晨，價錢貼上去的刹那雲又浮動了，難怪人心浮浮情愛像雲浮，大自然就是這麼啟示我們的，我念頭一過「啟示」這個辭彙同步就見啟示錄中的牧師蓋著灰白髮盔走過前埕照例眼睛注視著黃土地，不敢看人間的花花草草，何況浮雲的飄幻無定，我用眼瞳的吸力把他的頭右斜上仰三十度才讓他見到了我，「哈囉，你好，」標準的外國人招呼不知誰是外國人，我上前去，「哈囉，你好，」牧師說他去某家作特別早禱，又問耶誕那幾天教堂怎麼都不見我人影，我說最近正忙著做「部落生態研究」，往往經過教堂見門都嚴嚴關著，「啊，」牧師說他都在裏面，耶誕是守歲的齋戒時期，不能隨便開門的，我要緊問牧師是否可以介紹一個可以當溯溪嚮導的人，「鎖匙嗎？」牧師不懂這種野外運動新辭彙，「熟悉附近溪流可以當嚮導的，」「啊哈利路亞，我隔壁巷的隔壁的隔壁就有這麼一個溪流熟悉的，」「真的啊哈利路亞感謝大家的疼心，」我穿過高低層密的部落小巷，心想隔壁巷的隔壁的隔壁到底是我見過的哪一家，我前不久修的野外學嚴重警告，依我前次所見像馬赫坡溪那樣的密林若無嚮導千萬不可擅自闖入，我頗無喜歡這不可擅自闖入，顯然島國還存在有許多不可闖入的神祕，不是那些假期空中旅人一句話「這個島呢到處還不是一樣」可以了結的，有空請路透社問調一下有觀光島外經驗的人一定遠出觀光島內多，這就應了那句話「生在哪裏，死都不知道」，我轉過教堂就看到原來是部落第一不鏽鋼銀柵那一家，我每散步黃昏自田埂回來，必要讚嘆那二樓銀柵的亮度和厚度，不知他的防禦系統是要保全部落什麼，「有人在嘛？」我貼著銀柵喊，那柵的形模可能模倣牢房的門打造的，有可能請的是同一個打造設計師，「在人嘛？」我提高音腔，「啥屌？」我退了一步有多自我行走部落多年從未聽見有人把這兩個字音發得如是純熟的，啥屌後頭現出一人黑得黝亮，散髮鬍渣，其餘的還不好意思看文字就不足以形容，「我們想請個澇溪的專家作嚮導，帶我們去澇溪，」「澇溪是啥？」想不到這人只知啥屌，不知屌也可以澇溪，不過這難不倒我，文字有幾個層次語言就有幾個層次，我可以降得再白一點，「我們幾個朋友要去玩溪啦，想請個懂得玩溪的人帶我們去，付錢的哦，」「玩溪是什麼？」那人也貼近銀柵，隔著柵隙在瞄清我是幹啥的貨色，「要請一個帶我們去迌迌溪的人啦！」這個他聽懂了「迌迌」口中喃唸著「迌迌」「迌迌」然後「迌迌啥屌？」還好我的文字耐力不錯，撐得起語言，「去溪底迌迌啦！」到底語言完成了初步溝通，他進屋拿張籐椅坐下，要我在屋外隨便找張板凳坐，我們就隔著銀柵繼續溝通對話，「我電魚回來，剛睡下就被你吵醒，究竟哪有啥屌大事，多年來我睡下從沒被人吵醒過，」原來是個電魚人，哎呀，虧在我經驗沒有電魚人的作息表，不然也不必啥屌至此，「你對附近的溪一定很熟悉囉！」「南到濁水溪，北到三峽大溪，哪一條溪沒被我電過，」啊原來是個電溪人島國稀有品種，自電魚昇華至電溪，「想要請你當嚮導，你到過霧社馬赫坡溪嗎？」「電溪人不當啥屌嚮導，塔羅灣馬赫坡霧卡利溪是我故鄉，熟到好比後壁門，」我覺得啥屌嚮導四個字蠻押韻的，聽他唸那幾條溪的速度像唸經就知他熟到爛的程度，「有付嚮導費的哪，」野外學講究的必要嚮導就是這人了，尤其馬赫坡密林，「我電溪人不要啥屌費，你看，」他從屋角搬一鉛桶過來，裏面電的什麼都有，最壯觀的是兩尾大鱸鰻，「我的魚是不賣的，像這鱸鰻大的一尾一千萬我都不賣，你想他從小尾仔長到大鱸鰻的甘苦，一千萬能買得起嗎？」我欣然同意自然演進的過程，金錢一腳也插不進去，「你去那裏幹啥麼？」他俯身向前才看清楚他一身綠色制服褪色到青春綠加上多年霧迷的顏色、峽谷的氣味密林的不通風，看來就是大自然改裝過的制服，「我們想去馬赫坡溪谷走走看看，」「嘿走走看看，你以為是我們部落前的頭前溪，我告訴你那是我老家，我還在那裏面迷失兩次，峽谷一彎又是峽谷，一彎又是峽谷，出口好幾個，你就是峽谷裏繞，等到出了口又不知在哪裏，」「有這麼可怕，才需要你當領隊，」「告訴你，那兩夜我都睡在溪中大岩石上，一步不敢踏入密林，你領隊踏入密林，你一輩子就唰的的在密林裏啦啊！」電溪人怕密林天下還沒聽說過，密林最多潛伏著什麼，還有那種超出小孩子所能承受的幽深，「你可以一面電魚，一面帶我們去，」「啥啥啥麼屌啊！」這主意令他結巴了，「我電溪有史以來孤獨一人，」嚮導沒有希望了，碰到孤獨的電溪人，我向電溪人謝多謝讓他睡覺去，「小心密林，」電溪人眼珠咕嚕轉，「這柵做得粗又美，」我拍拍銀柵，「新做的，」電溪人眺向遠處，「管制哨撤走那天開始做的！」「川中島魚多嗎？」「這裏的魚我不電，讓部落人去抓，我柵做好那天深夜就有一串車開向後山，」「是電魚同志？」「啥屌同志，」電溪人逼近銀柵，我一時失言，同志這兩個字豈是可以亂用的世紀初如此世紀末更是如此，回頭又望見牧師踏入堂埕，「牧師同志！」我高聲喊，同志牧師回我一臉疲倦的笑，在埕緣吩附我說他可以抽空教我羅馬拼音泰雅語，只要我有空隨時找他。經過兩年秋冬，我由適應漸而熟悉川中島的生活，根本上它跟島國其他的深山部落沒有兩樣，憧憬部落外尤其都會生活的年輕人及早離開了，老幼婦孺是日常的居民，部落生活平靜，只有日常的瑣事，偶爾回來一個久未返鄉的人熱鬧幾天又走了，倒是那種人到壯年、中年決定歸鄉的人，可能給部落帶來或小或大的騷動，因為他要適應部落的生活，外來的習氣會一天一天被山的寒氣消蝕，他或慢或快會找到固著下來的方式，深山部落的平靜便是由各式各樣的固著的生活方式烘托出來的，川中島只有一位姑娘還在晃動之中，她的騷亂或平靜都是暫時的，也許剛好這兩個秋冬我見到的姑娘是這樣，在這之前她也有固著生活方式，她的溪谷，水岩下她放的魚筌，她藏烤架用具的草叢，她屋內的溪石子和枯木，她的絲瓜和夜曲，幾乎沒有人在日常的談話中提及「事件」，很少有人感覺自己是活在「事件」的餘生中，實在他們是生活在「事件」的餘生裏，是「事件」令他們離開原鄉流徙到川中島，由墾荒而收穫而有餘裕，由陌生而熟悉而固著，部落後的餘生紀念碑註明「事件」至今不到七十年，每年十月二十七日國家會通知川中島派代表公祭挺立在霧社的祖先，「事件」留給川中島的不僅是一種欽定的尊榮，而是一種淒美的悲傷的餘韻，尊榮予生活是疏離的，但只要真心感覺，那種淒美的餘韻給川中島一種「屬於歷史的氛圍」，歷史有它的縱深度，縱深帶來滄桑的美，「霧社事件」永遠留給川中島一種血淚滄桑的美——我時常在散步時感受到這些，但我甚至不能問姑娘是否感覺到此，有種感受只能自覺自知，我記得初識姑娘時，她在溪谷不回頭地說「我是莫那魯道的孫女，」說話的氣勢語調讓這句話凝止在時空中，所有的提問都屬多餘，在黃昏日暮之際，入窗的山的寒氣中，我也曾多次自問對「事件」的所有提問是否多餘，畢竟歷史已經定位了它，政治已經尊榮了它，但我必須提問，輕聲的，就算是對少年時代的「質疑」在餘生之時勉力作個回覆，小說一開始我就寫明我的質疑是什麼，在餘生之年重新面對「霧社事件」，其實很難提問，因為歷經人生的滄桑，許多提問成為不必要，我閱歷史料再實地住到餘生之地川中島來，散步餘生之地，見到餘生之人，也一度親臨「事件」的溪口，我在餘生之地思索，「餘生」是不用思索的，它活生生就在眼前，每天下午放學孩童的笑語遊戲，我思索的是「事件」它已逐漸僵死如化石，我重新自歷史的傷口把它捧出來放在窗前的書桌一一檢視，我分明即便在我身處的餘生之地這樣的思索也是無關實際的，但「思索」有它內在的力量，直覺是與生俱來的本能之後是一種累積、一種強度，思索是稍稍遲來的本能之後同樣是一種累積、一種強韌，它可能因外在的因素而修正，但不會止歇，甚至思索對象的一無意義和了無價值也無礙於思索，只有它內在的動力熄火之時「思索」才到了終結，——在我內在的思索中，「當代」已經以存有第一義質疑反抗的尊嚴的正當性，而後，我對「出草」的源起和發展的歷史必然性作了充分的維護，如今我試著對這維護過程中所隱藏的歪曲作辯證，我的當代也嘗試以「個體的主體性」質疑「出草的正當性」，我以「個體自主」簡稱「個體的主體性」這樣的學術辭彙，個體自主便是人存在同時自己做自己的主人，如是自主的個體是存有的第一優先，任何忽視或抹殺「個體自主」即是讓存有空洞無實義，那麼人存有的一切可能也隨之破滅，「出草」否定了個體自主，由獵獸跳躍到獵「人」是一種原始的衝動、或後天利益的引誘，我想不必跳躍，只要延伸就足以由獵獸到獵「人」，人由獸而來，獵獸重要動機既是滿足原始殺戮的衝動，那麼獵「人」是對這衝動更大的挑逗，文明可以藉種種替換壓抑挑逗，原始直接面對經不起挑逗，很快的越過了延伸或跳躍實際是番刀戳過了人頸的無形之線，獵物一變為人頭，獵人的獵物極速被「物化」了，獵人被物化為「偉大的」屁股後跟著更多現實的利益，人頭則被物化為「神聖的寵物」可以消災、可以解禍、可以陪酒、可以對話，值得收集寵物在身，別人就畏你神聖你三分不止，我思索，第一個被獵的人頭，想必是個輸在番刀上的勇士，不待歷史去查證，第二個、第三、第四、第五個可能也是勇士可能是被潛伏設陷的，人頭既可以物化「偉大的」又「神聖的」，那麼，不知從第幾個人頭開始就不論是否勇士了，只要人頭就好，早起或黃昏巡田的老男老婦，懷孕逃不快的少婦，純真不知人世險惡的少男少女，嬉戲遊玩不小心出了部落界限的男孩女孩，只要是人類不管年紀、不管男女，不論取得的手段，都可以成就獵人的偉大性，人頭則犧牲成就神聖而無辜的寵物，被物化了的個體，同樣物化別的個體，人可以藉「出草」自由取走陌生人的生命，個別的生命完全沒有自主不受干擾的權利，人成了被「出草」

的物，所以「出草的狂歡」中隱含作為人極為悲哀的暗影，那暗影是如此的可怖，所以需要更多的狂歡來遮蔽暗影，「當代」反對巴幹的「出草禮俗說」，出草是維護部落存有的共同禮俗，那麼人以殺戮存有來維護存有，尤其在「出草」的形式中，個體永遠得不到自主，人將永遠存有在殺戮同時被殺戮之中，在歷史的長河中，懷著恐懼存有，在逼臨被殺戮的恐懼中殺戮存有，我有位阿美族的朋友她的祖母在清晨巡田時被草去了頭，那是距今六、七十年前島國的某一種「日常行事」，但她祖父晚年還不時提到那天他趕到田埂時不見人頭的悲慘，不是「餘生」可以說得盡的，朋友一輩不了解這件事的真實，只覺得難以接受的酷殘，生活在「出草」之中如其祖父者到死還在這種殺戮的暗影中，「人怎會對人這樣呢？」存有悲傷自問，人怎麼會讓這種「扭曲」日常化成為禮俗，直到文明「受不了它的變態以為常態」以強勢禁絕了「出草」，那也不過距今六、七十年，我再度如此強調，由衷感到存有的可悲。我由野外學擬了所需的裝備，足以兩夜三天溯到馬赫坡溪口，我開了前門到隔鄰找姑娘，平時我關起前門的時候人家知道我在「工作」輕易不來敲門，姑娘的門還是半闔著，全部落只剩少數幾家大門不用鐵柵的，「有人在嗎？」我稍開了半闔的門，「人不在，只有你在，」姑娘的聲音來自臥房，那聲腔一聽便知是無酒無菸清朗的嗓音，姑娘一轉身出來，顯然她在家還是黑短褲、黑T恤，「有事來找妳商量，」今天的T恤齊整了些，反而姑娘的神色有一種賴床過久的慵氣，「沒事不是也過來商量的嗎？」「別開玩笑，」我一臉正經，姑娘就要點菸，「別抽菸，」我說，「你別正經樣子，我看喜歡就不抽菸，」我也不知放掉了正經沒有，就把裝備解說一遍，姑娘正經的聽，看樣子不知聽了多少，「有沒有要補充的，」我徵詢姑娘，「還補充個——，把那些都丟掉！」好在姑娘沒有屁出來不然我就屁回去平生我向來不欺負人也不被欺負姑娘她看我好吃啊，「要睡袋作個啥？」我這才意會到過正午不久，因為庭埕的熱氣上身，害閨房人家不能午睡難免火大，「還要那個帳蓬幹——什——麼？」我准許姑娘點菸，菸之為物是一種替代，一種補償，甚至是一種小小的儀式，「我戒菸了，還要雨衣雨褲誰穿呀？」我甚快樂或甚悲傷或甚覺得生命不值一行萊爾波特時就嗑大藥、睡大覺所以我可以了解姑娘是無聊無心發在必須的物品上，其實不用解說，但這時我就必要詳加解說，睡袋之必要隔絕彼此成就一個個人模，帳蓬當然必要，尤其在島國雨林中紮營，雨衣雨褲既可防水霧又可防黑V晚上有乾爽的衣服睡，姑娘聽呆了，即使黑V也沒有絲毫了她就明白那段過去是掉了的胎衣，「我看你是書呆了，自從你來全部落就多出一個看書寫字的人，就多出了個不知作啥麼用的呆，書呆！」平日姑娘同我說話不是這樣，至少帶客氣禮貌，我不用想也知不是午時節氣的原因，而是菸酒禁斷的發飆，「好，我呆，但東西還是要帶，」「帶個屁！」「妳屁當然要帶，大家都爭著跟在妳屁後面，」姑娘噗笑馬上皺起眉頭，說她幾天心都還不平靜，不然不會屁成這樣，我站起來，「平靜個屁！」我抬出名言一句，「妳要平靜個屁呀？」姑娘被兩個屁拖起來，轉向臥房大約又要床賴去了，我說要去小鎮買裝備，「妳去不去，」一聽要去小鎮姑娘睏眼發亮，手腳慌忙得那樣子說她拿件外套就去，其實姑娘不去我才擔心我自己迷失在小鎮的萬事萬物裏，連根鐵針都買不到，姑娘披上暗紅外套，那雙由白進化成黑的美腿冷熱是不敢入的，途中，姑娘變阿婆心了，解釋帳蓬之所以不必要，因為初夜就住在溪邊親戚家，次夜就在酋長之家，第三夜不是睡在大岩窟就是大溪岩上「本來就沒有帳蓬的餘地，」其次有被褥之處就用不著睡袋，無被褥「就以天地當被墊呀！」至於雨衣雨褲足見我書呆到處把自己包裹得密實不知防什麼，淋點雨、沾點水霧給黑V咬幾下會死啦，「我給黑V針幾萬下都死不了當年！」英雄不提當年事，我專心閃車，到了小鎮兩、三家店就買齊了裝備，看來只有塑膠長統雨靴是野外學指定的，其餘的都是雜碎，譬如姑娘的零食，姑娘送給老狼的見面禮一瓶日本酒窩，姑娘供給祖靈的獻禮一束純白大理菊花，隨後姑娘吵著去看電影，「新酒醉浪蕩的一生」在小鎮，我提議逛旁邊的書店，看看有什麼沒有注意到書上寫的都有，何況太晚回去夜路不好走，姑娘嘟著嘴，「我不是愛酒醉放蕩的人啦，我是對那新人的一生好奇，」我答應改天下次有機會再看，我對新人的一生也很好奇，我從書店頭巡到店尾，發現只有一本《新紅鶴樓》值得買，因為宣傳紙帶上寫明「越超舊紅鶴樓所有的性場面，無論一點還是一滴」，不過讓姑娘借去看可能不太好，尤其新紅鶴樓進駐舊部落所有的樓房都貶值所有的床舖地都增值這筆帳該怎麼算就弄暈了部落人士的頭，無奈我空手到櫃台見姑娘捧著一本蠟紙封的等在那裏，「吔，我只要看這本，」我接過一看，是本土playboy當下買給她看，再轉到超級市場，買些民生必用喝的第一，「沒酒祖靈不會高興的，」那還用姑娘說，想就知道沒有酒味岩窟的門就不會自動打開，才三、四點就離開小鎮，姑娘問我急什麼，「回家看星星才安心，」姑娘笑星星天天多的是，我們停在半路啤酒配霧社的群山，「哇啊！」姑娘哇啊，「那才是我的家！」車過元亨寺，姑娘叫停，元亨寺的柵門正好在山路一百八十度轉彎處，幾次經過都覺得是個「無人」寺，自柵門眺望竹林掩映看不見屋舍，我停好車時，姑娘已高欄跳過不矮的柵門，我是半攀半爬過才問，「可以嗎，這樣？」「都已經了才問，」姑娘睨我一眼，恨不得怎樣的模樣，「我番仔叔公在這裏當主持，」我校正姑娘是「住持」不是綜藝的主持，竹林參差兩層掩映，寬大的三合院屋舍，屋前屋後到處是大小盆栽，都不見僧尼人影，可能都在嗑經豆子，空氣中是滿後山雜林盆栽四時花的味道，當然山氣也不忘源源滲過來姑娘腋裏蓬草密林的汗燜，番仔叔公不在廂房打坐，整個屋宇、庭埕空無一人，感覺寂靜無聲，「有人，但不隨便出房門的，」姑娘悄聲說，「番仔叔公不在廂房就在竹林裏，」我們走過寬敞的庭埕，聽到一輪鼾聲配著竹葉的細細碎碎，地上鋪厚了黃青色的落葉間一把竹椅坐正著打鼾的住持，頭擺得端正不前俯後仰也不左右歪斜，那張臉的皺紋縱橫深刻到看不出年紀，並不光頭見戒疤而是前額自然稀無後腦披著幾綴到肩的白髮，我站定不敢擾了鼾聲，姑娘又把T恤咬在唇間轉著什麼鬼主意吧，「別想拿竹葉，」鼾聲與鼾聲間，有聲音發話，「鼻孔不可亂玩，」鼾聲，姑娘抿著嘴笑，「打噴涕會引起腦中風，」鼾聲，語音並不蒼老，倒像粗胖中年人啤酒肚發的聲，「別把衣服咬破了，這裏沒有妳那種衫換，」那張臉笑起來幾條大土埂，還沒睜開眼，「今天借誰的瞻敢進來吃飯、喝茶，」「叔公，」姑娘拿捏著平地語腔，「是阮住厝邊的朋友啦，作研究吔啦，」老人睜眼便瞪向我，定定的看著沒有絲毫的分心或猶疑，「喝茶來，」老叔公吩咐乖孫她擺桌泡茶，要我到左廂房前搬兩張矮竹椅，我一直注意著這老住持雖然在動靜之間我沒有離開過他，姑娘竟然熟悉茶桌茶具泡茶諸事，我原以為她只會燒酒啤維士比，老人定定看過我之後便恢復了舉止自然，眼神不再定在某處帶點無心的懶，

「這裏只管打坐，禪宗曹洞，」傾聽了茶壺裏的滾水聲後，老住持說話了，他要乖孫女今天只聽不問話，也要我只需傾聽，我想問的和聽的他直接講了方便，「你了解的只管打坐，是一心一意只管打坐，這裏是隨心隨意只管打坐，只管打坐是根本，在這根本上有無限的寬廣的自由自在，但是還是只管打坐，」我提過我已習慣傾聽，這回我靜心傾聽，「我是賽德克達雅人，出生馬赫坡社，十年代初有日本僧人到霧社，傳教兼辦番童教習班，我母親是荷歌社人就讀過教習班，母親有禪緣，她對僧人老師有信賴心，從童年到少女時代跟隨僧人老師學習，禪緣由母親遺傳到我內心，僧人老師那時遊走各部落教習，過馬赫坡社時總會來家裏與母親說話喝茶，老師那時肩布袋裏有一副泡茶用具，有茶罐和一對白瓷杯子，我母親和老師就坐在茅簷下相對喝茶，我和母親共用一個白瓷杯，常常老師和母親都不說話只微笑喝茶，那時我會想部落人不知怎樣看這個場景，後來我才明白當時老師和母親是不在意的，我十三歲那年，僧人徵求我母親同意，我母親說服父親家裏孩子多，我又不是長子，僧人同我父母親到駐在所去備案，僧人老師帶我下山到埔里北郊外三里處牛眠寺住下來，二年後我在牛眠寺落髮為小僧，只有母親來觀禮，也是最後見母親的一面，僧人的傳教非常簡捷，他用日語說，用漢文寫下四個字『只管打坐』，牛眠寺的規矩只有一條，僧人不准出寺，雜務由老師另聘一俗家人負責，牛眠寺的規模不比這個元亨大，好在同樣有後山靠，僧人我去時六位，年紀大小都有，老師要每人自律自修，互相顧持互不打擾，老師在山上部落的時候多，老師放心牛眠寺是最安靜的一個寺，三十三歲那年秋天，老師召集大家在埕前講三點，第一隨心隨意只管打坐，第二老師返去日本，第三住持由我某人接任，我接住持因為我坐得最老，原來六位只剩我一個，另有後來的三個人，老師沒多說什麼，我們是不問的，這樣又坐了二年三十五歲時有個俗家弟弟找到牛眠寺，如是十七年後我才知了家鄉發生的事件，我父母都死在收容所，留有二個弟弟遷到川中島已經十幾年，一個妹妹嫁到北泰雅，弟弟強烈逼我還俗，說時代不一樣囉，可以好好奮鬥人生，我說我坐了二十二年，要我走出去屁股也不答應，只有這個理由，我在牛眠寺坐到四十一歲，寺中傳教同樣四個字，寺中規矩同樣那一條，那年寺中來了一位中年台北人，說他老爸是老修行，最近在埔里西十里購土地，準備建個小寺供養僧人兼自己養老，我說若是修行平房就好，若是起大寺要另請專家，結果就三合院平房這個樣子，竹林是後來栽的，元亨的寺名也是他老頭家取的，我所以過元亨寺來一則埔里發達繁華直逼牛眠寺，二者有信徒過問寺務要成立管理會，三者當初有說自元亨可以眺望整個川中島溪谷，只管打坐何須信徒燒香，女尼三位各自在房內自修無事不出房門，另有老頭家孫女一位已清修多年，當年是被家族押來的小太妹，我只叫她隨心隨意只管打坐，她隨心隨意去後山、去埔里，我都只一句：只管打坐，不久她來告辭說要出寺門過真正的生活，我只一句：想回來，放心回來，一去六年才放了心回來，只管打坐將近十年，我說這些是為了你對這寺的好奇，少有人經過寺前彎路時像你那樣癡迷，今天讓你知道深山中仍有個曹洞坐，我四十一歲來後就不計歲月了，又坐了幾年也不管它，只那孫女一去六年我是一年一年算的，『霧社事件』走過我的身邊，我只管打坐，我只感知母親的死是一遙遠的事，我隨心隨意的說一句你放在心上：『霧社事件是多此一事，』我在元亨這不知多少年後某一日，有一老學者帶一位年輕日本學者找到牛眠又到元亨，他們拿一本書上印的一張照片要我指認，照片中站的人靴前一堆剛草下的頭，至少五六十個，我一眼認出其中一個是我父親，學者要我發表感想，我想無感想，只簡單指認那是我父的頭顱，便只管打坐去，『出草』是迷失方向走錯了路，不知回頭爭相割頭沒完沒了，這是我隨心隨意的一句話，你不要放在心上，我來元亨後不再出元亨門，所以今天也不會順便隨你們到川中島去，我在這裏看得到那裏的族人兄弟，不知今年春天或是去年春天，我妹妹做了祖母帶著孫子到川中島探望弟弟，我弟弟也做祖父的人了，他知道我一直坐在這裏，經過時會慢一下車，他們從不來打擾，讓我安心坐在這裏，定時來元亨的只有老頭家家族探望當年的小太妹，隨時跳進來的就只有這個番女了，」醒來，筋骨錯落，又忘了雞啼，冬陽趴到被褥上，我晨起咖啡也沒喝，臉更不用洗，出後門跑過餘生碑不遠就到了表妹家，「妳有個番仔叔公在山上作住持嘛？」我一見表妹在庭院掃地就喊，表妹一見是我就笑瞇瞇一張臉，「什麼事清早就這麼番？」「有個老人在對面山上寺裏做住持說是妳叔公，」表妹一轉眼珠別看她腳邊一個小兒纏著另個上幼稚園那眼珠一轉可會把男人的眼珠轉暈的，「沒有啊，我們這裏做教堂的有，做寺的不可能有，」「那我昨晚白做夢了，」表妹拿圓大肚籐椅要我到牆邊桑樹栽坐下，問我要酒還是水，「你昨晚夢到番仔叔公啦，」看她那一路歪過去的臀模就聯想到鬼靈精腦袋，表妹拿杯冰水來，先不給我要我也去幫她搬個圓大肚來，「我們這裏可是很純潔的小部落，你大學者別亂夢說出去，嚇著了我們大家，」我冰水下肚又清醒許多，「妳表姊帶我去的，昨天下午，」「哼，我那脣表姊啊！」表妹又笑瞇起來，看她那瞇的眼窩冬陽都要軟凹，「她呀，乾哥、乾爹什麼乾的不稀奇，現在又出現一個乾叔公當住持的，」「我看是真的哪，那叔公蠻有仙人氣派，妳表姊在他面前乖孫女一個，」我稍稍形容了一下昨午夢境，「哦！那麼老我看是真乾的了，不然濕了怎麼辦？」表妹喝熱水，「我看妳被我表姊弄呆了，不過聽說你酒量好又能辦事，」表妹傾上來按著我的手肘，大概指的是姑娘埋石那件事，「等你研究完了就長住下來，我來設法看看我們能不能做親戚，」表妹瞇起來眼洞還是好大，天生泰雅女人的吧，「這可以研究研究，」我一本正經，「妳確定沒有番仔叔公？」「研究什麼這種事還用研究啊，相一下對上眼就成了，」表妹新時代新女性的氣勢來了，「你別以為你漢番，我們年輕小姐就看得上，我告訴你一句漢話物以稀為貴，現在我們可更寶貴了，誰稀罕你們遍地漢番呢！」空杯想再討冰水喝，表妹把她還挺熱的半杯水倒過來，「喝點熱水，冬天還喝冰的，難怪心都熱不起來，我看你們研究的人成天冰冰的樣子對人一點不熱心，」我喝熱水，不燙了，還挺熱，恰恰好的一個女人，我早年若知道早點從自閉療養院中出來，今天也有一個可愛的小泰雅在腳邊纏著玩又不鬧，「我很遺憾，」表妹打斷我的「頹廢語言」，可見她還燒得正旺，不到世紀末流行的「重頹廢」，「人看起來精精壯壯，臉也沒皺紋，你遺憾什麼，當初叫你回去研究你們漢番，現在多少個平地番仔叔公不就都調查出來了嗎，當初又聽說你來研究那個，我們部落哪家沒在那個中死了人呢，死人親手做的事我們活著的人再怎麼說也說不準，偏偏就有研究要來研究，我算算三、五年來一個，你是最近的一個，已經四年多沒人來了，大家想說大概沒有研究的價值了，男人喝起酒來也少了點滋味，幸虧你老遠趕來了救了許多、許多，」表妹過來拿杯子的同時，在我耳腮咬了一下，想是恨我來遲了些，我個人生活多年沒人告訴我部落研究這麼重要，因為許多寶貝快要消失，「我要是知道，二十年前就來了，」表妹拿兩杯冰水來，她說她被我這呆搞熱起來，必要冰水鎮一下，「我先生說你不是平常來調查研究的那類人，你做別的事，做什麼我先生也猜不準，我也不想猜，只告訴你如果真的對泰雅有興趣、有關心、有熱情，延著部落前溪一路北上整個山水泰雅就夠你癡迷一輩子！」我冰水下肚，迷茫悵惘，「你有癡迷的種，」表妹笑瞇又很正經，「你回去迷都市二十年後你會後悔，你來癡迷我們泰雅二十年後，難以想像你的神采值得你一生，」表妹說必須去載幼稚園小孩回來，還帶歉意說也許她太熱心，她年輕時太熱情，所以才會選個穩重的小學老師平衡一下，她結婚生小孩後就不再愛說真心話了，「今天說這麼多，記住，是你引起的！」我帶著一種「人生沉重的失落」回來，過餘生碑時我進去繞了幾圈，那失落感加上「逝去的生命不可挽回」重得讓我駝背，我回廚房喝了兩杯失落的咖啡，坐在書桌前看了許久的山巒、菜園，表妹住在西村，表姊住在東村，她們的「表」可能是遠之又遠的「親」，表妹不曉得表姊有個叔公當寺住持也有可能，叔公與表妹又有「時空落差」，加上在部落有堂無寺，叔公只管打坐那就更無人聽說了，那麼結論「表妹無法否定番仔叔公這個人的存在」，那麼我昨夜奔波到筋骨錯落就沒有白費了，昨天黃昏後回來，草草弄了小雜鍋，準備即時備忘「番仔叔公」，但怎樣也寫不順文字，不是文字不聽話而是我感覺這人事「缺漏」了一大段什麼，不久敲門進來姑娘手中捏著翻開的一頁美女，「你看，」她指著美女的長腿、小腰、小腹、大胸懷，「我年輕時就是這樣，只差毛髮顏色不同，」她把年輕的自己立在窗口書桌寒夜可以溫暖我的心，我沒起身，姑娘輕輕摸摸我的頭，自己開門出去，我凝視著少女姑娘，橢圓湖形的小腹，那湖中央有甚深不可測的臍孔深淵，我自深淵掙扎著爬出頭的一剎那才曉悟我「缺漏」了什麼，我熄燈上床，馬上自床上出發牛眠寺，我緊急告知做兒子的父母正在「事件」的砲火中，做兒子的才十七、八歲吧，急得淚水漣漣「要救救我媽媽啊」可是屁股離不了只管打坐，我馬上離開了牛眠趕到了大岩窟，一眼就認出在窟裏人堆中坐禪的母親，兩個小小孩趴靠在她的腿上睡，我悄悄貼近母親的耳朵，「妳也要為出家的兒子著想呀，」「他出家了就不用多想，」母親靜靜的微笑著，一會兒後要我帶話給兒子「生死不知，生不如死，死不如生」，我馬上出馬赫坡溪口，趕回牛眠寺，可惜兒子不懂母親話中意只一味唸，「快跑出來投降就好囉，守個鳥×的嘛！」一想是「坐」尚未久火氣未消鳥×的就出來了，我終於想到有辦法去救媽媽出來，「你只管打坐的屁股坐在我肩膀上，」馬上一路到了人止關兒子從肩上遠遠望見父母都逃出來在收容所，「可以放心了不要哭坐我回去，」我是沒有料想到有事件「第二次的」，想坐禪的母親也料不到自己在午夜星光下坐禪時被番刀砍死，不過，這樣奔波連夜就把這個牛眠兒子的「餘生」找了回來，事件之前他不知為何而坐為誰而坐，事件之後他的餘生為「事件」而坐——為了死在坐禪中的母親而坐，歷史的因緣真是不可思議，一個缺漏花我連夜奔波救了回來，我備忘兼書寫至此覺得「餘生」大勢底定，剩下一些雜瑣之事必要整理，不妨先燒一杯「餘生咖啡」喝，雜瑣譬如「唯心感應」是極誘人又極易誤人的，為什麼那老頭知道我為那寺癡迷真的我每回經過時，我不是癡迷每一家寺的，是不是宇宙哪顆星星在白天照見了我當晚傳真到竹子老人的瞳裏，另外，必須針對禪人禪語作個「界定」，不然小說可能迷失方向走錯了路回不了頭爭相唯心沒完沒了，小說只「界定」事件這是第一原則，唯心感應是另一個領域之事小說無心涉及，禪人說「霧社事件」是「多此一事」表明他禪認為這事件是「不適切」的，他只「指出事實不作感想」照片中的頭顱父親是表明他腦海洶湧早已化作無波，他出身部落人歷煉人生之後，今天他認為「出草」是迷失了方向走錯了路，意謂部落的原始人生不一定必要走「出草」的路、可能有別的方向別的路可走，至於他曹洞的「只管打坐」是唬不了我的屁股早就相應以「只管寫作」。「出草」豐富了島國的內涵，這是不能竄改的歷史事實，但是如果「出草」是迷失方向而走錯了路，那麼有可能創生另類型「原始儀式」同樣可以豐富島國的內涵，這是不必壓抑的歷史想像，既是事實，我不反對達那夫的「出草儀式說」，不反對「出草文化說」，不反對「出草工作室或工作坊」一類，九〇年代以來在部落表演的「出草祭舞」我也看得興味盎然，我現在就考慮在我餘生開的「莫那咖啡屋」要不要列一道招牌「出草咖啡」，讓人喝咖啡時一面想像出草的實質剎那不免心中一凜同時燙破了唇皮，當「個人出草」演進到「集體出草」時，一整套的出草儀式也在演進中形成，由鳥笞到潛伏到割頭到無眠無休的狂歡歌舞到剝人頭皮到上頭骨架，個人被架構在儀式的一個點上同時泯無了個體的自主性，在集體的暴力中個人的力量消失了，在集體的意志中個體的意志完全的被壓抑，很快就完全的不自覺，只有集體的指向行動沒有個人的方向動作，儀式的眼睛盯著每一個個人、照顧每一項集體的利益，它在孩童時期便灌輸新生的一代以「出草」，如此成長的個人根本上了無批判或反省「出草」的自覺或意識，這種「集體主義」對個體的摧殘與侮辱其實我們在廿世紀的文明西方可以引證更明顯的實例，不過，我在小說中絕少提到島國之外的人事物作為相應或對比，我只願我的文字流動過島國的土地，之前我提及歐姬芙，實在因為我川中島的客廳茶桌上散放幾本隨手可翻的書籍雜誌，其中有兩本畫冊是歐姬芙和卡蘿，我提及歐姬芙不因其畫「女陰之花」而是感知她是位個體獨立自主的「大地的原住民」恰如其分來到深山泰雅一部落，我所以不提卡蘿不因為她的畫而是她的人本質上表現上是屬「藝術家貴族」，現前當下是歐姬芙才帶上一筆卡蘿，歐姬芙必然逃離文明的集體暴力生活方式才能真正成為「大地的原住民」，我為出草年代那麼多的個人無法逃離失喪在集體的暴力中感到憤怒和哀傷，——「當代」為歷史上被集體所埋沒的個人伸冤，「當代」明確反對「出草」，「當代」否定「出草儀式的正當性」，「當代」否認霧社事件是「大規模的出草儀式」，霧社事件是政治性的反抗，出草只是傳統延伸而來的手段，「當代」特別譴責「第二次霧社事件」，無論是陰謀說或報復說，那都是藉「出草」之名行屠殺無抵抗之人的羞恥事實。我們訂在元月三日清晨六時在部落橋頭相會，空氣中有一種假期過後的空爽，姑娘說表妹來說長老交代他若年輕二十年他會號召部落人大家一起去，顯然這個邀約晚了二十年，不過表妹說她若非孩子纏身她很想跟表姊和「不知研究什麼的」好好去混一混，畢夫在六時差三分趕到橋頭，幫我們拍了照要發到地方版或原住民通訊宣傳這一趟「馬赫坡追尋之旅」，他自己抱歉說國寶魚不能三四天沒有他現在是部落個體戶獨立作業，我們都安慰他會叮嚀祖靈多照顧畢夫他的寶貝魚，畢夫臨走前發給各一包塑膠袋吩咐我們沿溪順便環保，我們等到六時五分飄人弟弟和畸人先生應該正在途中某處可能無意中就碰見，我看姑娘一眼姑娘回我一眼，清晨六時六分我們就從橋墩邊滑下溪谷「追尋之旅」自此開始，好在裝備輕便一雙塑膠高統鞋看起來就可以行遍島國溪谷，我只多姑娘一頂竹笠原也要買一頂給她不料她回鄉後就立志以原裝的臉見貓貓狗狗太陽，一出部落轉幾個彎我們就走進大水溝似的北港溪，坡嵌的一邊上面車聲噗呼另一邊是廢水管通口的有一尿無一尿，沿著小溪流的河床我們在雜草掩映中時隱時現，姑娘腳步奇快可能走慣了山中亂岩溪谷走不慣這種河床平原，我習慣散步的節奏不一會就落後姑娘二十公尺有多，我想這是姑娘的「追尋之行」，在途中有她要思想要面對的人生難結，我也難得散步這種河床大水溝，才知都市封了大水溝的可惜我小時住家邊就有垂著一整排柳楊的大水溝，起飛後何時不知就被經濟水泥封了，不然多了多少條河溝散步也免看機器怎比得野茅雜草的帥，平面散步演進到立體多度空間散步這是可以想見的趨勢，島國若是不做宇宙可讓先做，我回去就設計一張立體多時空散步圖交給少年時代的我包商組頭免得他到老一事無成，溯溪學有寫溯溪之時必要注意腳下看有鱸鰻之類沒有，我注意腳下看有水蛙沒有懂事之後我專愛吃水蛙腿股的肉嫩，若無蛙鰻就知昨夜電溪人走過聽說他銀柵內有大井窟專養電來的畢夫曾去他柵外靜坐抗議電溪人也出來靜坐柵內抗議靜坐，牧師說電溪人不在的夜晚鱸鰻都逡出柵外有的掛在教堂簷下風涼有的去他廚房找吃的「麻煩得很這事情」，派出所所保管宮本先生的武士大刀歷經五十年刀片都鏽成碎片冬至前發一張公文連帶空刀刀柄還給他結了宮本「私藏刀械」的案，我不時想到迪化街沙波二十年的性生活怎麼辦他知不知道去江山樓不用上樓騎樓下就有，又不時想到川中島沙波四十年的性生活怎麼辦也許他多年在各種大小洞穴跳入跳出就遂行了「替代的儀式」，出草之成為歷史之必要其實是為了「性」割下人頭的血腥的恐怖可以刺激性上腺當夜男女夫妻就有蠻野的性交媾不然平日部落的性生活被看老了的山水弄得貧乏無力得很，擺姿勢之需求完全符合自然原理一箭穿心不比都市人弄來弄去白費許多力氣，光就歡暢時大呼大吸山的寒氣就增多壽命不知幾多，山中部落只看電視不知實際都市都用廢氣養人經年累月個個都成了廢人一有事只知道撲殺這個撲殺那個，凡事沒有永遠哪一天宇宙看見豬撲殺口蹄人那時就輕鬆了部落都換豬養人不像每一天一大早阿婆子養她一大豬，走在排水溝河床看出去都是缺割的超現實畫面走來一路也超現實，巴幹太太昨夜偷生一個小豬人就是阿婆豬公播的種都是每星期一下午來教阿婆羅馬拼音聖經順便的，那不奇怪「借用一下啦」當年老祖先的太太耐不住獵人先生長期打獵去都借用兒子的寶貝東西，這事連現代姑娘都知道「借用一下啦再還你」，姑娘走到哪裏野草都看不到想她心思亂長野草的，牧師聖樂部落第一配姑娘夜曲的可憐見他小腿經不起姑娘勾，霧嵐的黃昏迷霧都往姑娘的乳溝鑽這幅人生美景只有在餘生見得「入了那裏」

「入了那裏」心中不禁呼，平生我最愛看端莊女人奶子正經穿得也正經唇也正經吃也正經，比正經端莊不過少年時代的我，才會那樣的質疑才會走到餘生看到餘生美景感覺餘生的美妙，這是一種叛逆嗎從都市自我放逐出來過一種遊牧的生活在部落與部落間調查研究書寫都只是藉口沒有追尋不期望什麼是自我對生命的叛逆，廢話太多文字感到厭倦書寫的動作成了純粹的虛妄，虛妄就夠沒有不純粹的虛妄，是心靈在汩動或是腦海波湧或是血脈的奔竄，本來就沒有目的或目的就是目的或隨地都是目的，用砍下頭顱的手勁捏女人的奶子代代如此遺傳遂成其碩大，那碩大令別族的女人自卑到豐胸隆乳術盛行都市世紀末，那些反抗的勇士不想想光捏碩大奶子就足夠餘生管什麼不義什麼尊嚴，美麗的奶子值不得尊嚴嗎，現前當下的美好感受不到嗎，必要去追尋去冒險那不可測的未來嗎，吊死自己的孩子砍死自己的妻子用鎗打死自己要大家一同跳崖這是什麼思想帶來的什麼尊嚴做出什麼樣的動作，留名歷史雕像看每年飄落的櫻花比得上互相擁抱的肉體嗎，性愛的高亢激昂比不上割別人頸子的興奮緊張嗎，失落了性愛的美好遂轉向割頭戳頸的高潮吧，出草的定義是「出草作為性愛的主要前戲」歷史不知此定義直到後歷史才覺知此定義，作為「性愛事件」必要有個大場面的前戲如是而已現實作了過當的反應歷史看腫了眼睛到底還是錯看了，「第二次」之不可愛是它竟把前戲當真的玩而且玩過了頭破壞第一次的美好，讓亡魂一個個出來當代回答「你悔恨嗎」只能點頭或搖頭，想到那麼多美麗的軀體被「工具」結束了活生生的美麗你能搖頭嗎，有死的美麗嗎，書寫不能離開一貫的文體文法讓文字有胡言亂語的自由嗎，胡言亂語是為了說出真實還是真實滲透文字讓書寫成其亂語胡言，沒有胡言亂語的自由儼然書寫就失去了根本的自由那麼書寫的動作就被「工具」化了，不給書寫自由奢談什麼生命自由，「書寫」與「軀體」同被工具了所以四十五歲這年就到了我的餘生之年，餘生悠悠日照長月照也長同聲一哭莫那魯道哭到悲傷就成微笑，「笑什麼，」姑娘也微笑蹲在土堤眺望原來到了烏溪口，排水溝到了大河床，姑娘說她一路聽溝上車聲沒有聽到一輛是弟弟的她就越走越快越生氣直到烏大河床才看開了心，我說飄人弟弟是不用人擔心的我一路野草亂想起來就越來越慢越傷心直到聽到見到姑娘妳才開了心，「傷心個屁，」姑娘笑，我也笑，「屁個氣生！」我也蹲下土堤，時已過午想不到一下子走了這麼長久時，姑娘自背包拿出大芋頭，昨夜蒸的午餐，「我在這裏蹲著等你至少二個小時不氣也生氣，」我自背包拿出川中島水源礦泉，「你是不是做什麼事都像烏龜一樣，」姑娘啃一口芋頭大的，我也啃一口就知道她有所不知不見得縮頭烏龜一剎那的可愛，「走路也烏龜是不是，」芋頭還是番芋的好吃，想必其他也是，「還是本來就烏龜，」姑娘笑得很開心，我不吭聲喝水啃芋讓她玩，遠眺烏溪兩三下龜睛就眺到了海可惜只是個小海溝，想到海溝對岸那些也是「人類」的動物島國就不能很開心，「吔烏龜等一下揹我好不好，我走不動了，」姑娘眺著烏大溪洲上一隻烏鶖笑，「好是好不過壓碎肩胛你賠，」姑娘停止了一切世界忽地拿芋子打來，「別亂扯到那兩隻寶貝奶上，人家可沒得罪你，」我說我說的是事實，姑娘霍地跳下土堤拍拍屁股拍拍手，「出發啦，各走各，要你揹到明天中午都到不了，說不定真的一壓就碎！」我們上路，奇怪我啃東西也比姑娘慢半拍我還有半截芋頭可以沿路啃去，姑娘一轉奶頭就朝南港溪走去，還是小河床亂雜草姑娘說比部落的巷道還容易，我實在不想這麼寫「一轉奶頭」，不過實際就是那樣我照實描寫忠於原貌，南港溪流過小村荒野山壁老是擋在眼前，姑娘東看風景西望觀光大道在不遠處，彷彿聽到車聲隆轟，細聽是風掠山壁刮得風痕瘕瘕的聲音，「晚上你請我吃西餐，我帶你去看電影，」望著觀光大道姑娘就想到觀光西餐廳，「好，只要妳走得到，」姑娘回頭笑笑短褲裏的臀擺得快了些，當年這段路被放逐的人可是坐台糖小火車的，經過兩次殺戮倖存的人徒步坐車徒步向一個陌生地，那種對未來的茫然驚恐我約略可以體會，新兵結訓後分發的輾轉過程也有茫然和驚恐，被軍車載來載去最後不知朝向哪個陌生地的茫然，同時意識到己身已在一個壓制體制中的驚恐，而且分來分去換了幾個組合後同行的人都是陌生的兵，同幾個陌生的人被一個更大的什麼所制約身不由己的奔向未知的命運，歷史上有極相類似的映象，他們由烏溪口柑仔林徒步走到川中島時已經黃昏，他們走過小吊橋進入放逐之地時正是黃昏日暮之際，只有餘生之年的人在迪斯可酒吧的一角面對狂歡亂舞才能貼切感受到那種情境與映象，有人覺得生命值不得這樣選擇上吊，同樣的有新兵以各種方式自殺其中最詭異的一種是「永遠失蹤」，上吊加上水土不服死於疫病加上後來的「清洗」存活下來的不到二百五十人，事件前六個部落的人口有一千三百多人，這是人類歷史的小事但是島國三〇年代的大事，它的「大」可以從平地人只敢以文字、口號聲援對比出來，城鄉知識份子放棄武力反抗整整十五年了，猶有高山「土番」給予最後的一擊，不幾年不分山上山下一體邁向「同化皇民」，又不幾年迎接另一批統治者，隨後來了更大的「反抗事件」不分城鄉高山隨後被鎮壓加上後十年大清洗，喊了三〇年反這個抗那個，最高的部落都有統治者的雕像，後來又高喊和平統一同時獨立建國直到現在，歷史只紀錄「事件來去」無能觸及真實感覺，政治的無賴在於集體揮大刀的同時撂倒「無政治性」的個人，個人對島國命運的茫然與驚恐不知要持續到某年某月的某一天，當溪流接近觀光大道的水泥架構著龐然的路面時，溪流也有它的茫然和驚恐嗎，「好大的——」姑娘倚著巨大的橋墩聲音被橋上的轟隆淹沒了，過了路橋後，溪流自此伴著觀光大道時而在左時而在右，河床另一面貼著峭壁，我們走在大自然與大工程之間，大自然面對人類的無止盡的機械工藝時不知是否懷著同樣的茫然與驚恐，年來媒體報導土石流造成人的死難時總帶著意外事件的語氣，其實自九〇年代以來島國的大自然已在變動之中，平靜了不知多少年代的深山溪谷開始顫動，只要從原來自然雕刻在巨岩上的細緻水紋就可以想見它安靜過多少歲月至少以百年千年計，如今一個颱風過境，風尾掃過溪谷，幾噸重的巨岩竟然滾動了不知下落何方，而原本的自然排列得美而有序的溪谷像被一隻宇宙大怪手攪亂了一番，中游的溪谷在一夜之間土石流成平地原來人類來烤肉賞溪的山谷不見了，不到二十年前我穿著軍服假日閒蕩到廬山，過霧社後在大吊橋前下車讓公車空車駛過，乘客步行過橋，當時我望橋下溪谷驚人的深邃及動人的美，心想畢竟廬山之名不虛傳，多年來我對廬山的印象是大吊橋橫越很深很深到絕美的溪谷上，去年我從川中島去馬赫坡溪口經過同樣的吊橋，土石流把「很深很深的」填到離吊橋只一層樓的距離，在這裏一種「絕美」自島國消失了，我心中的撼動不能自已到在橋上走來走去甚至懷疑是到錯了地方，當然大自然永遠在變動之中，但它的變動除非經過長時間的觀察否則肉眼察覺不出比如巨岩上密佈的水紋圖案，為什麼島國大自然的激烈變動集中在近幾年，我只能淺顯的回答是因為人手操縱機械的手一處又一處破壞大自然，那種破壞即是對大自然蝕損累積到了崩潰，我對大自然痛心的同時對和自己同種的人類感到失望，近乎絕望，所以四十五歲這年看山看水再返身看人由衷感到已到了餘生之年，「好吵啊，」姑娘倚在橋墩下等我，姑娘說沒想到會這麼吵，我說沿溪都是這樣要到馬赫坡溪才得平靜，「這裏的山，這裏的溪，真不幸，」「還好，深山裏面的溪還很寧靜，」「部落後的溪谷就感覺不一樣，」「是不一樣，空氣也不一樣，」「每出來一次，我就不想再出來，再出來就會想很快回去，」不說羨慕，但我覺得姑娘比我幸運，臥房的窗可望見後山的青翠，站在偌大的庭埕山峰圍起了可以把握的一片天空，更不需去想像，便可感覺身旁的山連緜向更高更高的山，部落前後溪流長遠上溯到深山竣谷，——渺不可知的神祕之處，我在都市居留的前窗後窗都是鐵柵窗，有風的晚上吹來一種煙薰的臭氣，不知是不遠的大垃圾場悶燒了起來，還是有人在那條死亡之溪邊又燒起廢五金，那種噪音的壓力自然使我的腳步加快到可以與姑娘並肩，我很早就察覺都市人的腳步為什麼比散步快三倍，「安慰一下自己吧，」我掏出巧克力一人一片，可以想知為什麼都市有零食連鎖店許多人胖到需要減肥因為時時需要安慰自己一下，不到黃昏經過四處與路面大工程的交會彎曲溪流到了烏牛欄橋，我們不管南港溪還可上溯到何處就趴上烏牛欄，烏牛欄之所以小小有名是因為在戰後那次「大事件」中人民反抗軍在此打贏了唯一的一戰，人民軍的領導人曾入霧社部落說服加入反抗但顯然沒有說動當時占有霧社的道澤群、土魯閣群與萬大群，我揣測也許因為十七年前「霧社事件」的教訓，當時餘生才十七年的川中島正處於艱難困乏的時期可能一無心思顧到外面的「大事件」而姑娘還未出生，莫那魯道若未殉死「霧社事件」他會率社眾參與這個「二二八」嗎，我想不會，整個部落的情勢已經不同，也許會，為了島國的共同命運到了一個轉捩點，但如果莫那魯道有限度的支援反抗軍，他將同鄒族的頭目一樣不幾年就被清除掉，同時今天霧社也就沒有紀念碑和他的雕像，政治的無賴我願意再強調一次以「無賴」來形容政治，政治的無賴和歷史的翻覆「真不是人生的」，這是姑娘自小常來的小鎮，霧社上的部落人下山的第一處落腳地，二十年前在客運站右旁也有整排木板造二層樓客棧多是供部落人來往歇息一夜的，「我餓了，」我看著姑娘黑裏透紅的臉，也覺得支撐著臉的肢體早該補給養分了，在鎮內鬧街姑娘看上一家「醉生夢死＋舊愛新歡」西餐廳，亂正的古典裝潢，放著七〇年代的歌，我們吃了牛排、沙拉，姑娘說這是她離開台北後第一次有心情上西餐廳，我說我們都市西餐廳的大庭園太吵雜令我多年不思西餐廳，姑娘低頭想著心事，沉默裏冷氣送過來姑娘腋裏密林的煙香，我闔起眼睛沉迷在密林的香煙裏幾乎睡著，「我們看電影去，」我以為是夢中有人要看電影去，隨後看到燈飾下姑娘端正的表情，「我們是不是該早一點進入情況？」我頗猶豫，「什麼情況，誰沒有進入情況，我一大早出發前就進入情況了，不，昨晚，昨晚我沒睡好就已經進入了，」姑娘沒有問題是我有「情況進入」的問題，等明天見了老狼再進入也不遲，就答應姑娘去看一場新舊片《我心狂野》，姑娘親戚家在近郊，「我能享受那種感覺，」姑娘在前帶路不回頭的說，「狂野嗎，」我大聲問，「狂野，」姑娘沉著嗓音把狂野吞下腹內，親戚是落腳小鎮的舊貨買賣收藏家，沒有上鎖的一樓填塞著各類古董，我們踩在古董上小心過境，姑娘在二樓梯口朝房間講幾句話，房間內一個女人也答了幾句母語，姑娘帶我上三樓，三樓有一個房間鋪著木板，還有一張雙人床，「看你睡床還是地板，我就睡地板還是床，」姑娘洗浴去，我選擇了地板鋪了薄薄墊被，姑娘圍著浴巾回來，說短褲T恤洗了晾了看明早會不會晾乾不擔心她還另帶一套，隨即連浴巾裹緊被褥裏，我去刷牙梳洗看姑娘的衣物一例黑色晾在風口，我躺在地板上翻來覆去，白天散步河床時想得太亂太雜了，腦海靜不下來兼又受「狂野」的鼓動，姑娘像躲在褥被岩洞的動物沒有聲息，「上來睡，地板硬，你翻來翻去我睡不著，」我說還可以，「上床來，別虐待人，」自褥洞發出遙遠又冷涼的聲音，我抱著棉被翻上床去，姑娘縮在內裏的深處，「祖靈喜歡我們快快樂樂清清爽爽去看他，他才不要看人家哭哭啼啼的臉，」果然清爽得多窗口送過來肥皂香沒有密林的味道，我背過身睡去前還聽到一句，「連這一點都不明白吔的阿呆。」下眉溪，面對寬廣的河床峭壁高山也有了氣勢，有一種感覺「這才是原鄉的山谷，」河床一眼望去盡是不大不小的岩石，一流湍急的溪在亂岩中間，左邊是峭壁右邊不遠不近是觀光大道，二十年前公車出了小鎮，便慨嘆山谷的雄奇，小小的山路伴著寬大的河床可以一眼望到河床山谷的無盡處，現在是出了小鎮觀光大道旁一排鐵皮房屋連迤密集沒有縫隙，我們靠著溪流向峭壁的一邊走，只聽到鐵皮屋陣後或大或小的車聲，不知何時開始八〇年代起飛後吧鄉村的大街拓寬連延到緊接著都市，七〇年代一出都市郊外便見田園原野的喜悅消失了，一家連一家都爭相店家，就像長條的鐵皮屋阻擋了觀光大道的視野，觀光之後失去了沿路河床壯闊的美，鐵皮屋裏不是起碼的生活便是貪婪的生活兩者並存在後起飛的島國，「水好清好涼呀，」姑娘刻意走在溪流的邊邊，我詫異溯溪必備的長統塑膠鞋怎麼不在她的腳上了，姑娘說昨晚脫在戲院散場就忘了，我心還在狂野中沒有印象她是赤足穿過暗夜的小鎮還是套上今天的涼鞋，「明明說沒有塑膠長統千萬不可溯溪，」我為溯溪學不平，姑娘還笑，「我們小時候玩溪谷都是赤足的玩，媽媽只叫我們小心草叢小蛇，我們走中間都是水的地方，從來遇不見水蛇的可惜！」想是小蛇抓起來不用剝皮就可生吃最滋補泰雅小孩的小腿筋，最近聽說打下飛鼠雄的即時咬下那兩粒嚼爛也可以直接吞下就更壯大了獵男胯下的那兩粒，想到吞那兩粒我不得不再開一罐晨起伯朗咖啡吞了幾口就下肚了，「我看你咖啡喝太多，晚上睡不著，光亮著燈打瞌睡多可惜，」姑娘說是她半夜起來尿尿時常看到，姑娘家的廁所是不跟主屋在一起的獨立在後田園中，可是她上廁所腳步聲尿尿聲全無響在午夜的闃靜中，真不是人可以辦到的，更可怕陷在午夜思索中的自己竟不時有尿尿人來窺，難怪就只不時人家尿尿時我的靈感隨之尿湧潮騷了，可見日常事物之間也有渺不可測知，更別說眼前面對的大山大谷內裏深藏的詭密，「我知道我知道，誰打瞌睡了，每次尿時都入窗來燒酒尿味，」姑娘停下腳步站得很挺，「誰喝燒酒，我睡覺前只喝簷下滴的寒露，我媽從小就教我滴在罐子裏，可以養顏不老的，」胸前越挺越顯得山河好大，不是壯觀兩字可以看盡的，人家越生氣，「你半夜偷聽我尿不羞呀，你是不是為了偷聽加想像睡不著覺的啊？」我站到溪中讓湍流衝得歪來歪去感覺「聲色都好」好看又好聽，姑娘說她要到前面去尿，要大尿衝垮我的寶貝鞋，至少在我鞋面上留下永恆的夜露尿味，我喜歡姑娘活潑好玩說話也有創意比窩在部落家沙發床上瞇著燒酒眼睛說話同樣比美，「這裏的石子跟我的溪谷不一樣，」姑娘尿完撿了溪石過來，「這石子是被大洪水沖刷過至少三四次的，刻痕特別深，我溪谷的石子比較溫柔，」果然每顆石頭都有不同的刻痕或自然的鑿痕，「可能每個溪谷石子都不一樣，」我說，「幫我記得，」姑娘捨不得石子，「見到祖靈時，請他每次經過不同溪谷時，都幫我帶幾顆石子，石子我要玩到老的呢！」看那樣子石子是可以吃的，怪不得島國真有小女生吃砂石子，姑娘早上空腹上路說是今天不能吃東西要空腹才能全精神見祖靈，我說會瘦的其實我擔心空腹溯溪又是書上一大忌，「別擔心好嗎，它瘦都瘦腰，我媽媽祖母都說泰雅女人天生這樣，」那我真的放心了，初識姑娘時看她在溪谷水急中的腳勁，還不時及時回頭拉我一把，我就確信這泰雅不是我們平地漢族，後來又曉得，姑娘每天吃得極少野菜芋頭為主偶爾想到燉雞，但也不見真瘦下去，倒是後來燒酒生涯把原來「碩大」的烘得遠山近山峰峰都驚，長老特別照應她大約也覺得無論性情外貌她是長老一生所見的泰雅本色吧，我們在眉溪走得極為悠然，不時溪流小洲被岩石擋了姑娘就跳來跳去，我也適時拿出剛學的攀岩功夫小試一下，實在悠然是因為身在廣闊壯麗的河床中又面對一層比一層高的山巒，「我有舅家住在眉溪部落，順眉溪不遠就到，」我們在人止關攀上公路，舅家改天再訪，眉溪上湖還有一段溪流可能消失在東眼山脈中，我們越嶺上到霧社，當年被放逐的祖先也是徒步走這段路的十步便有槍彈監視著，下到人止關坐台車伴著眉溪溪谷到小鎮他們一定羨慕有一對男女悠然的走在溪谷中，在碧湖的尾巴連接到濁水溪上游，由此上湖山谷由大而小，水流甚急，河床盡是碎石碎岩，我們經過兩個山谷交會處，左望吊橋下的土石塞滿了溪谷一直傾瀉下來，像被土石灌漿了的腫瘤更多觀光的人在腫瘤上來去，濁水溪谷有完整的乾淨與僻靜，凡是人所到不了的地方大自然便擁有這兩種「特質」，姑娘加快腳步，溪谷坡度明顯上升湍流旁有大片大片的碎石河床，經過陡高山巔下的溪床含蘊迴繞著濃厚的「幽氣」，我拿著泉水瓶裝了一瓶滿滿幽氣瓶蓋封緊回去放在書桌角伴我餘生之年，姑娘在山谷峻嶺的會合處等我，左邊寬河床溪流面大的顯然是濁水溪，我們右轉入一個小山谷溪流小而湍急岩石擠得水從岩石隙縫中過或者橫越岩石瀑布而下，姑娘的涼鞋像山羊的足蹄，大岩小岩一樣過，我謹記攀岩學的吩咐必要時手腳狗熊一樣地爬，姑娘時時回頭過來看我攀岩的姿勢，我大聲喊她自己小心，峽谷再闢開兩個小溪谷，姑娘面對開天闢地兩溪谷坐在一塊巨岩上，「那麼小的，這大呆是怎麼過來的，」我也不懂，開闢天地那時我尚未出生，沒有看到現象即真實，「像我那些小隻的出生吧，擠來擠去硬是撐大了才肯出來，好在大了的自然讓它小回去，」我摸摸巨岩真辛苦一趟才得坐在此，我忽然想到「備忘」在腦海中鑽研了一番，「我們走錯了，這是塔羅灣溪谷，」我用平淡的口氣說，「我們要在濁水溪第二個會合才右轉，」姑娘轉頭一笑，隨即，站起身來往回走，那微笑帶著一種疲倦的空虛，我在某些餘生之年的老人臉上見過這種笑，姑娘掠過大岩小岩的腳程更快，我懷疑我剛剛對那笑容的感覺可能失誤了，姑娘在濁水溪口等我被來回攀岩弄得有點精神恍惚了，我自背包扒出兩片巧克力，「妳都不吃，我真的生氣囉，」我塞給姑娘一片，姑娘小口小口的嚼，「自從巧克力到部落，老人都愛看小孫女啃巧克力，」我吃了一片又一片灌了礦泉水才又清晰見了山水姑娘，我內心暗自發誓餘生之年隨時攀岩輸也不能輸給一個姑娘這麼多，何況隨時需要攀岩才能到達頂峰，到得峰頂還不能氣喘，看人家姑娘平靜無事，自己氣喘吁吁的，可能當下趴死峰頂被人看笑，姑娘喝了礦泉水就上路，濁水溪碎石床奈何不了她，那種勁道我只有在一位清秀又高壯的女巡山員身上感覺過，我遠遠望見姑娘在馬赫坡溪前低頭默思，我一趕上姑娘馬上啟程了，我看一眼緜延而去高山邃谷的濁水溪，「下回吧，」心裏向濁水上游道別，姑娘已在小峽谷的溪流岩石間上溯，這回是真的上溯窄迫的岩石溪谷，在險峻處姑娘停下來等我使勁拉我一把，我不說謝姑娘的眼睛帶著一種「疼小孩」那樣的笑，我幾度想坐下來休歇吧，姑娘都在休歇處等著拉我一手，我不害羞那眼裏的笑溫暖了我，在我從無奮鬥的半生中也從不需要別人的援手更不需要這樣的暖意，我在孤獨中自閉自足，而現在一雙女人的援手多麼迫切而實在，我感覺到淡淡的帶著喜悅的悲傷，就在我又被那雙手拉上去之時，峽谷的一邊開始出現白色的建築，然後是一幢好幾層樓的樓房，我攤開兩手朝姑娘笑，姑娘也笑，她衝過來兩步頓停，緊緊握著我雙手，而後我們便走在一個白色漆的大水溝中，溝兩旁不時冒出建築物的頭，出了白水溝我們上溯兩尺寬的馬赫坡溪上，遠遠見老狼蹲在酋長客棧石板台階下，「老——」我竟然喊不出嗓音，「老狼！」姑娘代我喊，老狼吃一驚回頭看姑娘愣了三十秒有吧，才看到我，老狼跑了過來，「從中午就在溪邊等你！」我介紹姑娘、老狼同是賽德克達雅人，同時六〇年代後期出生在川中島，應該彼此見過時空隔離滄桑不同，竟然不識對方，「我在川中島的時間短，」老狼有點靦顏，「也許你住西村我住東村，」姑娘笑，「小時候我們東村小孩不敢過西村，」老狼邀我們上客棧休息，姑娘猶豫說，「離天黑還早，何不繼續走一段看看，」「好，」不知為什麼我感到神清氣爽的，「繼續走下去，」老狼去換塑膠鞋，溪雖小但流溢得滿滿的只好在右邊峭壁作容一人身的棧道應是舊時的步道，觀光之人走在棧道往水煮蛋，我們三人走在馬赫坡溪中，「中間水是冷的，兩邊水是熱的，」姑娘在溪中越過來越過去，我漫走在溪水流中感到一種到了家的舒適的慵懶，兩邊峭壁上的草木讓溪水一直在一種幽蔭中，直到溪流變寬到了懸崖，厚重的硫磺味隨著霧氣漫上來，溪水自兩側高嶺竄流下來會合在溪流中，一部分就跌下去成了懸崖小瀑布，就在對面眼前至少三個峽谷密林在霧漫的水氣中，「我想到那峽谷的面前，」姑娘指著懸崖下的密林前的河床，老狼帶我們自棧道越過水煮蛋推開一扇木門，鐵皮屋後便是霧林的世界，有一條幾乎被雜草掩沒了的小徑，水霧濃到濕了姑娘的長髮辮，我的斗笠簷掛著不斷的水滴，但是感覺不是雨甚至不是細雨的綿綿，而是帶水的霧讓人迷失了密林，小徑到了分叉處，一條陡然爬高另一條向下，老狼說向上通往何處他也不知，向下可以下到溪床，我們向下幾乎踩在雜草枝梗葉片上，依稀可以看出雜草交叉間曾有一條草徑，我走在最後只見到姑娘的黑衫都濕成鮮新的黑色，走在前面的老狼穿的卡其布衣被霧隔開了，我們下到河床才看到天色還是鑾亮的，眼前有四個峽谷密集成一個山凹，峽谷的出口處就是落岩沿著望上去，都是大小碎岩，水流就在岩隙間滲，會合又分開又會合，峽谷可以內望三、四尺遠之後便是霧迷密林了，姑娘在幾個峽谷間奔來奔去，像在尋找什麼，「大岩窟應該在剛才小徑爬高那上面，」老狼說，「也許，」我問，「十月底的水霧有這麼濃嗎？」老狼說秋深以後就每天這樣要到夏天早晨陽光才照亮密林，過午二、三時水霧就又漫了，那麼馬紅是在水霧密林奔跑，他們在霧迷中互相殺戮，只有大岩窟才是霧進不去的密林聖殿吧，「現在幾乎沒有人進來，」老狼的卡其布濕成鹹菜脯，「春夏蛇多，秋冬迷霧，」我在姑娘奔過前面時喊了一句，「密林不屬於人間的世界！」老狼低笑說，「好像有點瘋？」我忽然想到電溪人不敢入密林睡覺是真的，他在這岩石空隙可以電到平地沒有的大溪鰻也是真的，密林的水霧可以養出大溪鰻必然也能蘊育出別的什麼，我猜電溪人在春夏的午夜自川中島出發，早晨進入溪谷午前出來，可能只有一、二次他嘗試在水霧的岩石上過夜，「你們過旁邊走走好嗎，」姑娘水霧圍的眼瞳都發燒了，那內裏炯炯的火焰是心靈厲火發的光，我明白姑娘有自己的儀式正如她有自己的溪谷，我偕老狼向左走向懸崖之下的河床，馬赫坡溪不知上溯到何處才是盡頭，老狼伸手畫個大半弧說，「背後都是三千公尺的高山，」「馬赫坡原本是個美麗的部落，」我內心感嘆島國的高山人原都安住於祖先看中的美麗之地，「如果在今天，」老狼也嘆，「馬赫坡社不可能讓給廬山，」「可能不容易，但也別想太多，金錢集團假如看上馬赫坡，金錢再結合權力集團，馬赫坡要不變成今日廬山可需要一番奮鬥，」「一番殺戮，」「對，另一種形式的殺戮，」我同老狼沿溪床走了好遠才又回頭，我希望姑娘有足夠的時間，天色已經灰濛，姑娘站在峽谷中間頭仰向密林的迷霧，身子站得挺直挺直，「好了嗎？」姑娘微笑問我們，我們點頭笑，那微笑有一種平靜，不，是像峽谷溪水密林霧迷那般活潑生動的寧靜——老狼先升起了一個火堆，他準備了火鍋菜和一隻烤土雞、醃山羌肉歡迎我們，老狼給我們各一瓶燒酒，「隨意喝，不乾杯，」老狼要我和姑娘以舒服的姿勢烤火，他說姑娘一定累壞了，晚餐由他一人包辦不要幫手，我給每人一片巧克力叫老狼可以慢慢來，「祖靈剛才說他們喜歡看孫女吃巧克力，」姑娘挨近來，「我把話，內心的，都說了，祖靈記得，他們每天日暮後便到川中島，他們知道放夜曲的就是我的家，」我會心微笑，「密林是祖靈的居厝，迷霧是用來遊戲的，你說得對，我感覺任何人都不要打擾祖靈的居厝，來到祖靈的居厝前，不用開口說話，祖靈都知道你要說什麼，那種信賴的感覺讓人平靜，很平靜，」我們同時聞到烤肉及火鍋湯的香，最香的還是身旁姑娘密林的汗燜肉香，是必要用燒酒來配的，我們舉瓶互敬身在原鄉馬赫坡，姑娘還舉瓶向祖靈的居厝，老狼先給我們一碗火鍋湯，接著再一盤醃肉，我看火光中的老狼瘦了些也憔悴了些，老狼說他要趕在雨季來前建好一排房舍，「雇不到工，不是工資低，而是不願過春陽那邊去，」我想到川中島的閒人，可以商量老大來包工，不過老大的人會不會把單純的事搞雜了，另有一事也讓老狼憂心，三不五時管區警員便來看看，嘲說老狼白費力氣了，因為「客棧地位未定」，老狼到小鎮把這事以及工程進行情況傳真給達雅．莫那，達雅打了通電話來說，拉丁．賽德克會處理，不久接到一信拉丁．賽德克說她正託「有錢有勢的人士」設法把客棧變更為「莫那魯道紀念館」，以別於官方的「霧社事件紀念館」，吩咐老狼堅持下去不要離開要照顧好酋長的客棧，必要時她會扶著達雅．莫那回島國一趟弄出個眉目，

「達雅患了風濕性關節炎，」老狼翻著烤肉，「說是早年跑來跑去採問『霧社事件』的後遺症，」我想老達雅也七十歲了，又想到馬紅丟下嬰孩達雅給溪谷的剎那，「人生真是不容易啊！」要不是祖靈接了去，姑娘慰我以燒酒，老狼慰我以烤肉，老狼說他不會離開，因為已回到了真正的原鄉地，「達雅吩咐女兒在霧社開了個戶頭，」老狼喝著湯，「錢不愁用省著用，工作難做每天做，倒是長久一個人寂寞，馬赫坡現在屬於盧山，盧山屬於觀光，有一天人不做觀光這種事了，盧山才可能還給馬赫坡罷，」姑娘勸酒，老狼一口咕了三分之一瓶，我勸老狼保重身體，還年輕，何況等待有一天老達雅回來搞「還我土地運動」呢，我們喝酒吃肉，姑娘唱起一首歌，老狼也會唱，他們告訴我是媽媽教的「泰雅原始之歌」，老狼進三合板屋內拿出吉他，姑娘便一首連一首唱了，在火焰的跳動中，在燒酒血脈中，在密林肉燜中，我失喪在某個部落之夜了，那種禁不住自己喪失自己的感覺，帶點失墜的惶惑又無能止住自己墜迷，「我先去睡了，」我在失墜前勉力起身，姑娘在歌聲中扶我歪了幾歪的身子，「老狼照顧姑娘，」我扶著手梯下樓，先到澡堂一泡，我感覺燒酒的後勁一波又一波，也感覺到硫磺味中不斷滲入來山的寒氣，人之將死也難，不死也難，都其痛苦，沒有真正的歡欣，沒有訪客的等待，也許，因為很難，也許有一天從痛苦的間隙感覺到有一種小小的喜悅，無所依傍的生命的喜悅，餘生就在這內在的小小的喜悅中過……好大好潔淨的廳堂，圍繞著白色紙門的榻榻米房間，好白好白的棉被，我鑽進棉被裏再滾出來鋪好墊被再鑽進去，頭向窗口，窗口正對著馬赫坡的夜霧密林，而溪水在我躺著的不遠處溜過，我在半恍惚半清明的馬赫坡的枕上，突然想到這客棧的主人莫那．魯道，他死後的餘生像一場荒謬劇，事件後三年被道澤社的獵人發現，送到小鎮武德殿從川中島請女兒馬紅來認屍，馬紅認了屍大約在公文上也蓋了手印，又被移到鎮公所曝給鎮民看，之後不知用什麼車運送到幾百里外的首都帝國大學，作成模型放在展覽室展示至少十年歲月，之後換了統治者立即被打入材料間，作為報廢的材料無人聞問，一越二十八個年頭，才有賽德克人子孫迎回霧社埋葬立碑，總計他死後的餘生在外流浪了四十年，歸鄉接受尊榮與祭拜至今又二十五年，一個人死後的餘生還像一齣戲的近代島國只他莫那魯道一人，死之不可思議莫如莫那魯道，——我聽到不遠處的沖澡聲，睡意模糊中意識著姑娘的身體裸露在屬於她的原鄉中，「我可以，」睜開眼睛時，見潔白的墊被上雪白的棉被裏緊姑娘的身子，「我可以睡近一點嗎，」姑娘的聲音從未如此輕巧，像夜曲琴韻，「我看不到你的眼睛，」我揉揉眼，翻身與姑娘相對凝視，我在夜暗的青灰中看入她的眼瞳，有一種生命的哀傷，那種哀傷，不，不止是傷悲，是生命滄桑的積累，是長久對未來的迷茫，與絕望，不是任何動作或作為可以暫時慰安的，我想到時間，之後我想到姑娘身在的山水，然後一種自然簡樸的生活……我不知何時睡去，也許早在融入姑娘的眼瞳時，我貼切感覺溪水流過我的身體，柔潺的，不絕的。每天，我在部落散步的時間增多了，我披著一件黑大外套，在部落的這裏那裏駐足凝視，我用心靈一次又一次將影像定格、固著成為映像，在我浪蕩的生涯中，沒有一處可以安置大批的底片、照片或錄影帶的地方，我已安于只剩一只布包內有紙筆的生活，我大學以來每一段生活所積累的書籍、雜誌日常用品甚至辛苦「扒梳」影印的資料，在搬動時都放棄了，我走後不知被遺棄的命運如何，它們有它們不可知的命運吧，正如我面對不可知的未來，在再度定居下來之前可能要浪蕩過不同的城鎮、山顛或海邊，我很珍惜在川中島兩個秋冬的生活，也許來時已知道不會久遠，也許我對已經固著的部落生活無能為力，部落人視我為一個安靜的居留較久的研究什麼的人，我寧願我研究為什麼梅花和檳榔可以並存在這山谷，而且兩種花香都是飽滿的，我應該向牧師先生學習泰雅語，進入泰雅母語的內在，而不是疏離的回到「歷史現場」觀照一個「歷史事件」，我不是凌空俯視看到模糊的整體，便是夾在事物的間隙仔細看到了局部，兩者湊合起來便是我從事的工作嗎，我願望我散步島國只深深的凝視而不作任何的記錄、批判或結論，但這樣的散步可能嗎？我們的文化教育不允許人「無所為的永久散步」，無所為是為了有所為作準備，或者在無所為之中有了所為，但人不知自己也裝作不知道，其實幾天來我是肩著一個重擔在散步，駐足凝視的餘裕讓重擔暫時卸下，不必讓肩頭壓到腫起來，——是時候了，我必須對「事件」作個總結，有一天黃昏大約在元月中旬吧，我散步回來燒了一壺咖啡，有一種什麼燒盡了的焦味，我想這壺就是「總結咖啡」了，我面對夜的山水，呼吸山林的寒氣，字字竟艱難寫下我的總結：當代面對歷史，當代歷史針對某一「歷史事件」重作評估，這個評估的意義和價值，是屬「當代存有」的一部份，而經由評估的過程「歷史事件」重現於當代，活生生於當代歷史中，我在餘生之年，來到餘生之地，重新評估「霧社事件」，史料、田野調查、思索是評估的主軸，自我的內在，當代並不肯定「霧社事件的正當性」，它以「存有第一義」反駁「反抗的尊嚴」，復以「存有自主」否定「出草的集體意志與儀式」，當然當代嚴厲譴責統治者相應以「戰爭型態」的報復作為，同時，當代認為「霧社事件無適切性」，其一半數部落在反抗發起之初就不願參加，顯示反抗與否在當時內部就有爭議，其二族群存有的危機未到最後的關口，另外，當代特別譴責「第二次霧社事件」，——我以這樣簡短的總結回覆少年時代以來的「質疑」。我不說永遠，但我可能永遠不再回到川中島，島國仍有不少陌生地，而我內在有個小小孩對陌生滿懷新鮮的好奇，我想去看看去散步，或者我作較久的逗留，讓陌生的山水人文有時間融入內在，熟悉是一種很好的感覺，像一再回到所從來的子宮，熟悉外在幾乎相等於內在的成熟，兩者都寬容對陌生的不安、騷動，姑娘兩次帶我去她的溪谷，她要教我真正野外求生的方法，我思量姑娘也有幾個可能的去處，但姑娘說只有在部落的家她最安心，「我要離開了，」我們並肩坐在大岩石上看姑娘的游魚，突然我說，「真的，我要離開了，」姑娘黑衫黑褲崩入水中，藏在水裏好一會才抬出頭來喊，「不要你離開，我表妹說部落前的溪一路上去就夠你一輩子！」姑娘游過來攀住我的腳，在水中用力掐，「不要你離開——」我待到舊曆年節前幾天，「你不會再回來，」唯姑娘一人送我出部落到溪橋，我手提一個背包，書籍雜誌都留給川中島了有心人會去閱讀它，「你不會不再回來的，」我想說些什麼，但感覺說什麼都不貼切，「你看我是個率性的女人，我也可以守在家裏一個月不出門，只做家庭主婦，」我微笑，姑娘也笑，「我愛你微笑，」在溪水奔流的橋上，我把左手握住姑娘的右手，放開，「你要多微笑，」姑娘左手握住我的右手，放開，「微笑時想念我。」離開前一天，午後三時我就出後門，先去向餘生碑道別，然後隨心走走，心思全無有一種離開前的茫迷，落日還在山脊尾端時我就上田埂回去，在部落巷道有人喊住我，說他多次在床上自後窗看我經過，可惜沒有碰面談話的機會，他邀我坐在靠壁的長凳上面對著遠山近山，中間擺兩瓶燒酒，長凳下雜著酒瓶有的開口了有的沒開，原以為又是一個孤獨老人，但他要求說話小聲別吵到床上老妻，「我和老妻想睡就睡，」他笑著說，從做活退下來後，他倆就隨興上床不管日夜，敞開的衣襟猶可見結實有型的胸肌，還有那溜來溜去的小腿肌，他倒給我一杯酒，「酒要慢慢喝，床上的事不能不做，慢慢做，」他啜了一小口，我一口乾掉，被酒燒的尾勁嗆到，「哎呀，」老人伸過手拍著我的背，「慢慢喝，慢慢做，」在嗆咳中我問他一句：「餘生怎麼過？」老人弄懂了「餘生」就是剩下的人生，舉起杯來，要乾了，還是啜了一口，「感謝你不問我什麼大事，只問我餘生怎麼過，過去多年來，不時就有人從多遠多遠的地方來研究調查那個大事件，我攏說不清楚，」老人再倒杯酒要我學他慢慢喝、慢慢做，不管日夜，日夜就久長，「實在，我到這裏來時不過三歲，我老妻老愛說是三十歲，我很清楚是三歲，之前一段日子被我媽抱著奔跑四處，有時決心把我在樹枝吊了頭，有時決心母子跳下溪谷卻被近崖的樹欉擋住，我媽驚惶發燒的呼吸，把我的頭殼燒壞了，我所以鼻頭塌塌是我媽用力抱我壓在伊鎖骨的緣故，我記得三歲以前的事，我有一個勇士爸爸，不過我媽當年要我發誓不說，」老人邀我對杯，各啜一口，老人叮嚀酒要讓舌轉幾圈可以感覺咱地球轉動的慢速度，「三歲以後的事我就弄不懂了，所有人間的種種，比如『巡查』和

『狗腳仔』是專門來巡什麼、探什麼、訓什麼的，今天來的是巡查昨夜來的是狗腳仔明天來的又說是警察，這我就弄它不懂，我最不懂政府這個東西，常常配給我們一些『現代的飼料』，還有現代的器具，有一天我爸媽揹著一組現代的器具下田去，中午就被發現倒在稻田中，中了現代的毒，雙雙半途死在送醫中，」老人又啜一口，啜到遠山來到近山、近山去到遠山就是上床最正當又適切的時刻了，「還好部落裏人說不懂沒關係，管來管去、統來統去，青山綠水照常在，大家幫看著，只要肯勞力會稻種養豬餵雞採檳榔就足以過一生——我三十歲那年吧，就是我老妻常提的那一年，有道澤社的人來提親修好，大約大家都還在事件中沒有臉面對彼此，圍坐的人都在事件中靜默，這樣連續有三天，道澤的人提不成親走不回去，部落的長老也不准牧師說話，道澤社的姑娘是頭目的小女兒，我們賽德克人也感到原是同族的誠意，而且不是血仇血報的時代了，在我們的山谷外有更大的力量約束著我們，川中島歌舞三天，媾和的儀式完成了，當夜新娘送到我破落的家，長老說平地人有一句『天公疼憨人』，我憨人疼天公送的不勉強也收下，我雖憨，做活的事我做得專精，晚上我不再噴菸看星星，人家是貴族大小姐，我田裏回家後煮飯洗衣洗手腳，飯後再替我女人洗臉洗腳到洗腳尻，白天她習慣擺個嫁過來的手織布機在前埕，織出的布做成的衣沒有倒是三年生了四個憨囝，我老婆平日沒有笑臉，她老以為她是『媾和』的犧牲品，她貴族的血液看不起我這不懂什麼的憨人，我在床上做牛做馬，駛力駛到伊又哭又叫又笑，我三歲前後的記憶回來了，我駛力的憨大力來自我爸，我爸是勇士獵人中的獵人，不過現在多說什麼已經沒用，只要床上有用不說也知勇士過去現代實在管用，幾個月前有位來自大都市的觀景或景觀專家來痛罵胡亂翻新房子，說是山水中窩窩是豬窩只會模倣都市各個年代的建築式樣，部落裏有鐵筋專家，但沒有什麼觀景一類的，也沒有人回答他，我住的是泰雅式翻日台式的平房，四十年來通風不漏雨，大兒子和媳婦搬到台中新社區去住，聽說鄰近有百貨、有超商、有M堡、有7-11，道澤貴小姐硬要我陪她去管管媳婦，順便百貨、M堡，我回來才明白一事，道澤女人沒有達雅男人睡不著覺，現在，達雅男人也是，」老人說啜完這一杯他就要去床上日夜長了，「感謝你來沒問我什麼大事，害我說了亂講的話，有關那個『大事件』我有許多話要說，但現在不想說，眼前道澤老妻還在，孩子也是道澤生，不知道你了解不了解，不了解沒關係——喝了酒上床去，有一點老積蓄加上兒子孝敬的平地錢，存起來買肉喝酒，至少不破壞人家現代專家什麼，至少醉眼看山水看幾十年了，也不會想到什麼過去破壞現在破壞將來，餘生就這麼過——無思無想床上過。」

後記

舞鶴

這本小說寫三事：

其一，莫那魯道發動「霧社事件」的正當性與適切性如何。兼及「第二次霧社事件」。

其二，我租居部落的鄰居姑娘的追尋之行。

其三，我在部落所訪所見的餘生。

我將三事一再反覆寫成一氣，不是為了小說藝術上的「時間」，而是其三者的內涵都在「餘生」的同時性之內。

九七年冬，九八年秋冬，我兩度租居清流泰雅部落，昔日的川中島。不時見翻飛稻田上的白鷺，還有可以散步的梅香。

我寫作這些文字，緣由生命的自由，因自由失去的愛。

序論／

拾骨者舞鶴

王德威

舞鶴是九〇年代台灣文學最重要的現象之一。一九九二年他以短篇小說〈逃兵二哥〉獲得吳濁流文學獎。之後的〈調查：敘述〉、〈拾骨〉、〈悲傷〉等作，也連續得到好評。這幾篇小說以扭曲晦澀的筆觸，記錄狂人囈語，憑弔歷史傷痕，充滿實驗精神。而穿刺其間的性、瘋狂、與暴力描寫，尤其引人側目。一時之間，舞鶴之名不脛而走，成為後現代狂潮外，獨樹一幟的聲音。

然而舞鶴之名雖然新鮮，卻竟是文壇老手。早在一九七五年他即以〈牡丹秋〉一作得到成大文學獎；七八年的〈微細的一線香〉也頗受行家青睞[1]。八〇年代以來，他卻聲銷跡匿，隱居淡水，絕少再有作品問世。十三年後，方才改頭換面，以舞鶴為名重新現身。故人別來，可曾無恙？而其間台灣的政治、文化局勢，早已歷經幾次大轉折了。

舞鶴特立獨行，注定難成為大眾作家。但他「孤絕」的生活抉擇，「孤高」的美學執著，反而成就了邇來台灣文學念茲在茲的邊緣視景[2]。面對其人其作，批評家們紛紛有話要說。葉石濤稱他為「天生的『台灣作家』」，因為「他熟悉台灣歷史的變遷，台灣庶民生活中的禮俗、文化、政治、社會等背景，正確的掌握了台灣歷代民眾的生活動脈。」[3]楊照則指出舞鶴揉合了六〇年代以來，台灣文學「鄉土」與「現代」兩大命脈。而舞鶴作品中所透露的「衰敗與頹廢」，無不緊扣世紀末的氛圍[4]。葉昊謹也強調「舞鶴大量奇異化語言與不穩定腔調結合成『異質』敘述體，凸顯了精神廢墟社會的畸型、虛無與頹廢。」[5]

這些評論都有言之成理之處，但仍未能道盡舞鶴的特色。舞鶴對台灣歷史情境的關懷是如此深沉，而他表述的方式又是如此詭異，不能不讓我們細思他的寄託。我以為在他最好的作品裏，舞鶴總幽幽的探索一種台灣人與社會的曖昧處境。這一處境，用他最新的長篇小說的題目來說，是一種「餘生」的記憶與書寫。在此「餘」有兩層涵義，「多」餘或「殘」餘。前者冗贅，後者不足，卻都暗示歷史、社群，或個人主體的缺憾。餘生的記憶是事過境遷的記憶。逝者已矣，生者何堪；回憶成為徒然卻又不得不然的追悼形式。餘生的書寫是痛定思痛的書寫。千言萬語，無非重複銘刻、探測那再難治癒的創口。舞鶴的作品鮮少涕淚飄零，反而充斥露骨的、荒謬的黑色幽默。弔詭的是，正因為這些笑謔場面，我們才得逼近他的悲傷癥結。

而餘生的記憶與書寫，總是以死亡為前奏。劫難已然發生，宿命無從豁免。夾處其間，舞鶴和他的角色們投閒置散，苟且偷安。他們所面對的最大挑戰，不是來日無多，而是來日方長。死亡與頹敗成為一場漫長的等待，所謂生命的殘局原來要花上一輩子來收拾。這才是種最奢侈的浪費，最矛盾的「勝利大逃亡」。作為舞鶴的讀者，我們不禁要惴惴不安了。而作家呢？委身在生命的暗角，他可能在閒閒的竊笑著：此中有深意，欲辯已忘言。

一、拾骨者

餘生漫漫，何以遣無盡也無聊之涯？這大概是舞鶴小說最重要的動機之一。對此他在短篇傑作〈拾骨〉中，作了相當動人的演述。故事的敘述者舞鶴開頭寫道，「在連年激烈的妄想性精神病後，我多半痿在床上，離床行走時也傴著胸背，腳掌黏在地面舉不起踵來。」[6]忽有一日，逝去已十九年的老母幽然入夢。原來地底荒寒，難以棲身。於是家人張羅拾骨，好重新安置亡靈。

這樣的一個故事，也許見證了葉石濤所言的，舞鶴對台灣庶民文化與禮俗的關懷。舉凡通靈託夢、扶乩請神的描寫，無不顯現一個社會種種儀式化的精神生活。敬天畏祖，原就始於多事鬼神。然而舞鶴別有所圖。他的敘述者曾是個妄想性精神病患，舉目所見，皆是怪力亂神。擺盪在這兩種迴然不同的「精神」敘述間，故事輾轉進行。從殯葬公司的討價還價，到拾骨儀式的行禮如儀，再到家族成員的聚而後散，皆由敘事者娓娓道來。但我們知道他不夠可靠。一個慎終追遠的故事被他講得七零八落，枝蔓處處，而且竟不乏插科打諢、異想天開的時候。更要命的，在拾撿亡母遺骸及金牙時，他居然春情蕩然起來。小說的最高潮裏，他從墓地回程的半路上脫隊，急急繞道妓女戶：

> 我躲到（妓女柚阿子）蓬草的恥毛間，悄悄將娘的金牙含在唇齒，埋纏大腿內底撕咬，腿窪間蒸騰開一種廢水沼澤般的殺氣。——後來我嚙吮她的臍肉時，她說她從未有過兒子——今天她感覺我就是她無緣來出世的兒子。我說我要從臍孔入去，她說只要能夠就讓你進去。你入去就永遠不會出來了。你不會再來。不過不要緊你入去永遠不會出來了。[7]

從枯骨到女體，從傷逝到尋歡，從母親到娼妓，舞鶴的敘述轉變太急太快，使我們幾乎無言以對。倫理的秩序崩塌在妓女的臍下。舞鶴安排他的角色以最猥褻的方式，傾洩一切。然而就在他拜倒柚阿子雙胯間埋頭苦幹時，生者與逝者間種種暌違乖離，居然暫時有了安頓。

熟悉精神分析批評的讀者，可以在〈拾骨〉中找到絕妙的素材。人子對母親的孺慕之情，早已跨越死生尊卑的藩離，作了幾近亂倫的表達。死亡與性的誘惑，以想像回歸已失去的母體為終結。委靡不振的敘事者面對亡母的遺骸及金牙，情不自盡的摩之挲之；但戀物與戀屍的癥候只能指向他空洞的欲望循環：

> 我右手尾三指捏緊金牙，食指姆指扒著，扒著眼窪鼻窟中的砂土。也許近水潮濕，顱面是赤棕色，像娘每晚臨睡前喝的當歸補血液的色澤。我左手掌貼著頭蓋骨，沿著後顱，徐徐起伏來回：讓這質地與曲線進入、成為我掌肉的記憶——小時娘也這麼撫著我們的頭顱嗎？食指姆指悄悄繞過下顎，趴吮著顱壁，一分分蠕入內裏：恍惚無止盡的，洞空。[8]

這真是當代台灣文學極其傷感，也極其性感的一刻。

但把格局放大，我更注意到這些片段後，綿綿不盡的鄉愁及悼亡衝動。拾骨本身就是面對人事殘骸，收拾歷史遺蛻的儀式。是埋葬後的重新挖掘，忘卻後的重新記憶，逝者大去之後重現人間，一切宛如當年；但一堆枯骨，赫然提醒我們時間流洗，「失去」的已然失去。這裏有種「重複」的機制，在在點明我們與逝者難分難捨，卻又陰陽兩隔的牽扯[9]。魂兮歸來！魂歸何處？掘開的墓穴，殘存的葬物，散落的骨殖：在廢土遺骸間，我們追思往事，召喚亡靈，並且再次承認——或否認——天人永隔的事實。在這一層次上，舞鶴的〈拾骨〉讓我想起了黃錦樹的〈魚骸〉。

〈拾骨〉中所描寫的拾骨儀式，早在台灣商業體制下物化了。敘述者的家人從四方歸來拾骨，無非行禮如儀。但只要儀式仍在，它畢竟暗示了一個更大的禮俗傳統，死而未僵。拾骨因此不僅是對特定亡者致敬，也更是已然消失的歷史儀式的一部分，本身也需要被拾掇。而小說中最重要的拾骨者，不是那些職業拾骨師，而是敘事者舞鶴。因為他的妄想症，他成了通靈人。穿梭陰陽兩界，他亟亟要為老母再盡人事。文明與瘋癲的差距，原在一線之間，生與死的分野，何嘗可以盡信？作為家族、社會的零餘者，他不按牌理出牌。在譫思狂想間，在嬉笑怒罵間，在妓女的兩腿間，他執行著自己的拾骨儀式。

我更要說，舞鶴拾骨儀式的極致，體現在他的語言及敘事方法。當有關國族、倫理、個人主體的「大敘述」早已分崩離析（或未嘗存在），舞鶴僅能從這些敘述的碎片殘骸裏，拼湊本事，遙想當年。血肉已經流失，髮膚化歸塵土，起死回生，談何容易？唯有此時，舞鶴檢視文字、語言的絕對存在，一如他檢視母親遺骸中掉落的金牙；他想像文字、語言的無盡象徵況味，一如他舔舐女陰深邃豐繞的縐摺。骨頭與文字，肉體的死亡與意義的誕生：追根究柢，華族的歷史，本就源於刻在枯骨——甲骨——上的符號。

寫作者舞鶴，拾骨者舞鶴。這大約是舞鶴「餘生」志業的所在了。游蕩在時間的遺址間，他以文字銘刻廢人舊事，並排遣有生之年。於是他寫道：

每一篇小說好像是一段時間的小小紀念碑。〈牡丹秋〉是六〇年代末大學時期的紀念碑。〈微細的一線香〉是府城台南的變遷之于年少生命成長的紀念碑。〈逃兵二哥〉是當兵二年的紀念碑。〈調查：敘述〉是二二八事件之于個人的紀念碑。〈拾骨〉是喪毋十九年後立的紀念碑。〈悲傷〉是自閉淡水十年的紀念碑。〈思索阿邦・卡露斯〉是在魯凱好茶三年經驗的紀念碑。[10]

每座碑下，鬼聲啾啾。拾骨者舞鶴的筆桿子，仍在一點一點的挖掘著。

現當代台灣文學一直有個悲情傳統。控訴不義，審理傷痕，成為作家重塑台灣主體的必要手段。舞鶴屬於這一傳統，但比絕大多數同儕走得更遠。他不寫有血有淚的東西，因為明白血與淚有時而盡。真正刻骨銘心的經驗，像化石、像枯骨，深埋地下[11]，總在等待重見天日的時刻。舞鶴的拾骨工作提醒我們：我們每個人心中，不都有一座墳？每個人都是自己那座墳的拾骨者。

二、「努力做個無用的人」

舞鶴小說的主人翁多以第一人稱出現。他們因為各種原因，遊手好閒，無所事事。從早期〈牡丹秋〉、〈飄的少年是我〉、〈漫步去商場〉到〈拾骨〉、〈悲傷〉、《思索阿邦．卡露斯》，到最近的《餘生》，莫不如是。這些角色不乏精神疾病症狀。〈拾骨〉中的敘述者精神妄想症大病初癒；〈悲傷〉中的敘述者儼然是躁鬱症患者。即便其他作品中的角色也難謂正常。如〈微細的一線香〉中的父祖三代，有的癲狂、有的痙攣病纏身，有的自閉；或〈逃兵二哥〉中的二哥，不斷叛逃兵役，幾乎類似慣性精神官能病例。

這些角色是舞鶴「餘生」哲學的實踐者。因為身心的裂變，他們被隔離、醫療，或放逐，任其終老或猝死。很奇怪的，也因為如此，他們得到了一種意外的「祕密自由」，他們是一群飄泊者（nomad）[12]。傅柯（Foucault）有關「文明與瘋癲」、「訓誡與懲罰」等立論，在此大可派上用場。這些角色的存在，一方面凸顯了社會加諸個別主體的斲傷，一方面也暗示了社會本身要求秩序、理性、文明的機制，已經包含了自我解構的因素。我們對秩序、理性、文明的定義與實踐，每每始於對體制外的，非理性的、暴虐與不明的畛域的排比及防閑。然而所被排斥的因素總已游竄你我之間，伺機揶揄或反撲。

〈逃兵二哥〉就是這樣的一個例子。敘述者的二哥入伍四個月後開始了逃兵生涯。他屢次逃亡，屢次被捕，刑罰愈益加重，卻依然無悔。他的大哥認為「逃兵如逃稅，都是一種食髓知味的劣根性在作祟」。然而枯躁顢頇的兵役生涯，還有無所不在的國家意識形態機器，才可能是真正的罪魁禍首。「兵役制度是一個大王八，必要強姦每一個處男，在每一個男人身上留下污辱的痕跡……為什麼人一出生便要隸屬某個國家，為什麼國家從來不必請問一聲你願不願意當他的國民？」[13]

逃亡成了雙重誘惑，自暴自棄的誘惑，奔向自由的誘惑。更耐人尋味的是，逃亡者與搜捕者，獵物與獵人，天涯海角，相違相隨，形成了奇異的共生關係。逃兵二哥終於累了，自閉於一個風塵女郎的小套房中。在日夜拉攏墨綠窗簾的斗室裏，他竟然摸黑過起了男煮內的家庭生活，學會了做小籠包子。然後忽有一日，電鈴響起，獵人來了……。

這是個卡夫卡式的故事，但舞鶴對現實制度的批判嘲諷，溢於言表。值得再次一提的是，由逃亡與自閉，落跑與落網間，舞鶴發現了詭譎的循環。而在二哥重複演出這一過程裏，一種荒謬喜劇的韻律已然形成。逃兵二哥自嘲嘲人，他的生命注定將在這一循環中終了；相對於無從逾越的體制，他的存在是浪費，也是提早報廢。

逃亡不只是身形的漂蕩，也更帶來語言及象徵體系的離散。久居陋室，「在米酒B的微醺中，二哥嘀咕起一種奧語。」所謂奧語，「就是要別人聽不懂，聽不懂就不怕洩密，不怕洩密就有隨時隨地開講的自由，有了自由日子就好過」[14]。果真如是麼？不能溝通的語言、失去空間的自由，形成一種弔詭。逃亡的語言也是自閉的語言。二哥所面臨的語言誘惑／困境，其實可以在舞鶴自己的作品上看出來。「奧語千變加萬化」，「是二哥軍監生活中逐步開展出來，等到那天，他全會了，說得順啦，他就要出發到說這種奧語的地方去，不再回來……。」[15]那奧語的世界是逃亡者最後的歸宿，也可能是沉默，是死亡。

逃亡與自閉的主題在〈悲傷〉一作中有更細膩的描述。這個故事有兩條主線交錯。首段情節中，敘述者「我」遁居淡水小鎮，與一名喚鹿子的女性過著「耕讀」的生活，間亦與少數鎮民往還。三年之後，鹿子發現敘述者除了一千多條近似箴言的文字，「不是東西」，一無所成，憤而離去。之後敘述者住進精神療養院。

另一段情節裏，與敘述者「我」平行的「你」登場。「你」出身海邊蚵寮，服役期間跳傘意外，被診為精神異常而除役。之後入贅妻家，卻因性活動過於粗暴，傷及妻子，被鄰里囚禁十年之久，再送入療養院。「你」「我」院中相遇，成為難兄難弟，並一起逃離。

這樣的情節，匪夷所思，更何況舞鶴用字遣句，生澀迂迴，難怪使讀者望而卻步。但我卻要說這是舞鶴的傑作。敘述者「我」避居淡水的情節，顯然有舞鶴自己的影子。而敘述者「你」的故事如此驚心動魄，幾乎像是精神病例個案。「你」飽含驚人的性欲，「夭壽拿妻作肉砧」，一次「衝入伊的內裏；老爸以飯桌腳震動的次數計算衝了三千下，老媽說不只此數，因為一道抓自埤塘燉的鱉湯涼到鱉都爬了出來四處游走尋找下桌的路。」[16]他最後在性交中把妻子撞昏，引起公憤，而被私囚起來。「我」與「你」這兩個人物一文一野，前者藉「耕讀」定義存在，後者則訴諸性虐待式狂歡發洩欲望。兩人都在社會及家族邊緣游走，終不免精神病院相見。

舞鶴的敘述看似漫無節制，卻時有神來之筆。「我」的知識與「你」的性欲，「我」的文字與「你」的精子，四下播散，一發而不可收拾。我們的文明禮教，那裏容得下這樣的放肆。「你」「我」殊途同歸，一起在療養院做了「社會的寄生蟲」。精神病患的世界詭異蓬勃，舞鶴的內幕式報導，的確不是一兩句佛洛依德或拉崗就能打發得了。在抗精神分裂藥物效期空檔，「你」閒中偷忙，瘋狂自慰，甚至用「精子漿糊縫成兩人合蓋的大被」，成為「開院以來病人自己創作成功的第一號藝術品」[17]。但「你」「我」的橫衝直撞，終歸徒然。他們只有努力，「努力做個無用的人。」[18]

「努力做個無用的人。」這是一句弔詭的話，卻道盡了舞鶴「餘生」哲學的糾結。現代文明的特徵之一，在於對「用」及「有用」（utility）效能的發皇實踐。從小到大，誰不曾被諄諄告誡，要做個對國家、社會的「有用」之人。「無用」的人成為你我的負擔，社會的多餘。俱往矣，莊子抱殘守拙的世界。舞鶴所見識到的，是個由黨政機器、軍隊醫院，及縝密教化制度所築成的世界，「男有分，女有歸」。然而他的角色並不完全妥協。「用」與「無用」的判定也許身不由己，但「努力做個無用的人」卻暗示一種「反抗絕望」的意識抉擇，一種「知其可為而不為」的犬儒姿態。由是產生的張力，最為可觀[19]。

八十多年以前魯迅的〈狂人日記〉講的就是個精神病例的故事。狂人被他的家人隔離監禁，因為他舉目所視，古中國的仁義道德無非就是人吃人的盛宴，四書五經的字裏行間，總已潛藏「吃人」的號召。我們的狂人抑鬱幽憤，百難紓解，終於發出「救救孩子」的吶喊。然而〈狂人日記〉並不就此打住。魯迅回馬一槍，告訴我們狂人終被治癒，並赴某地候補官職。

讓瘋子變清醒，化無用之徒為有用。魯迅在中國現代化彼端的門檻上，已經對現代主體為何物，提出質疑。然而他的寓言不脫急切的道德焦慮；他的狂人畢竟是為了對

「有用」的意義汰舊更新，現身說法。舞鶴的世紀末狂人缺乏那樣的決絕姿態。禮教也許依舊吃人，但孩子早已無可救藥。失去了「吶喊」「徬徨」，唯有「悲傷」長相左右。舞鶴的狂人或許胡思亂想，或許獸性勃發，但即使他們最狂暴的言行，不脫悲傷的底蘊。這是〈悲傷〉一作的要害之處了。悲傷是人子重回母體的欲望與絕望，一發不可收拾；悲傷是象徵次序的錯亂，意義由此流失；悲傷是有去無回的鄉愁，徒留往事成空的嘆息。但更可能的，悲傷同是自怨與自「愛」的起點與終點，主體與客體交接短路的徵兆[20]。

在〈悲傷〉的結尾裏，「你」與「我」兩人結伴回到「你」的故鄉看視女兒。回鄉之旅，也是回歸女體／母體之旅。自「燕巢轉入田寮小路……多少條條……都通到像女人內裏陰壁那樣的肉巒肉褶。」「滿山谷的黃帶一點枯褐的青……感覺那是某種生命的色調。」[21]探親之旅無功而退。隔日「你」的屍體被發現「倒插泥沼之中，全身挺直用一根枯枝幹撐著，肩膀以下隱在泥沼中見那可見世界之下的巒壁肉褶。」[22]

是什麼樣的欲力使得「你」化身為陽具，倒插在泥沼之中？是什麼樣的大悲傷、大歡喜使得「你」視死如歸？故事仍未結束。「你」死「我」活，日子還得過下去，餘生仍然在前面。

於是我們看到「我」四下漂流，成了公廁的守門人。「十元一尿」，「我立志把這嚴肅的『看守工作』做好後半生。」努力做個無用的人。這是個哭笑不得的結局，但卻延伸了他早年的「漂流」觀點，因此也正是舞鶴式「悲傷」行徑的又一次開始。

晚近流行的創痕論（trauma）試圖為歷史浩劫的敘述與回憶找尋解釋。創痕不論形式，都只是身心的一種記號，指向久已被壓抑、忘懷的始原災難現場。但創痕也只能是種記號，提醒卻無法還原那不可言傳的過去[23]。浩劫已然發生，後見之明總已是「沒有用的」。舞鶴的寫作不妨作如是觀。然而他必須「努力」做這沒有用的事，與主流本土文學信誓旦旦的要為歷史作見證，舞鶴的辯論恰是我們為歷史記憶的「無從見證」作見證。這一姿態望之消極，卻包藏了更多的自省與批判。

三、傷痕書寫

從廣義的當代中文小說觀點來看，舞鶴式的怪誕敘述其實有前例可尋。大陸八〇年代中的殘雪（一九五七—）及余華（一九六〇—）可以作為類比。殘雪作品的出現，曾為大陸文壇帶來不少震撼。〈山上的小屋〉、〈蒼老的浮雲〉等一系列故事，狀寫一個充滿臆想、狂人，及死亡的世界，令人不寒而慄。誠如她的短篇〈在我們那個世界裏〉的題目所示，在殘雪的世界裏，久被「政父」壓抑的惡靈重回人間，蠱惑與瘋狂成了生活的常態。父不父，女不女，共和國的子民像幽魂一般，游蕩在一個陰濕墮落的世界裏。到了余華的筆下，這一視景更變本加厲。因為現實的殘酷不明，使社會總沉浸在血腥與荒謬的嘉年華中，個人身體成了暴虐最終的所在。在血肉之軀的四分五裂裏，家國與歷史的主體隨之分崩離析。而面對讀者一片驚詫，余華告訴我們〈世事如煙〉，這不過是〈現實一種〉。

我在他處曾指出，像余華、殘雪之類的作品，必須放在「毛文體」或「毛語」潰散後的情境下來討論[24]。三十年毛派極權統治，造成了無限血淚傷痕。而極權統治的極致，在於對所有社會象徵符號的控制——毛語成為制式的思維、表意媒介。文化大革命之後的傷痕文學，代表了文學界第一波的批判行動。一時之間，涕淚飄零，多少恨事，都化為千言萬語，排撻而來。

傷痕文學也是一種悼亡文學。往事已矣，餘恨綿綿，只有寫吧。但文字所指證的後見之明，又怎能彌補這樣的悲傷與怨詈於萬一？寫作本身成為一種自我牴觸的試鍊，或用德曼的話說，「一種喪禮。」[25]當殘雪與余華崛起時，他們的作品代表了相當不同的悼亡策略。他們以暴制暴，用精神錯亂的人物，變態妄想的情節，烘托出一個違背常情常理的世界。然而越是乖謬情理的書寫，卻反似乎越逼近歷史裂變的深淵，真實陷落的黑洞。余華、殘雪式的傷痕文學於是也可視為一種反傷痕文學，因為他們拒絕為悲傷創痕找尋明白易解的源頭，開立一服見效的藥方。傷痕成了定義浩劫主體存在的先決條件。

殘雪的作品一度讓讀者怵目心驚，但久而久之，她卻陷入自己的文字障，重三疊四，不知伊於胡底。余華的作品渲染暴力，甚至形成獨特的美學奇觀。但我曾指出他的文字如此狂暴專橫，可以看作是對「毛語」的無情褻瀆，也可能成為對「毛語」的諧謔模仿，一刀雙刃，噬人或自噬，成為始料未及的僵局[26]。九〇年代以來，殘雪聲銷跡匿，而余華則改弦易轍。他的三個長篇，《呼喊與細雨》、《活著》、《許三觀賣血記》，顯現前所少見的（正統）寫實情懷及敘述渴望。他的力道依舊，但關懷已自不同。

舞鶴的作品與殘雪、余華頗有相互觀照之處。他的新作《餘生》尤其可與余華的

《活著》並讀。他所關注的大半世紀台灣歷史，何曾少見各種不義與不公？他的書寫也是一種（反）傷痕文學。但與彼岸作家相較，舞鶴有所不同之處。比起殘雪，他的作品多了一分敘事的頭緒；家族及個人的歷史總不時浮現於他的字裏行間。比起（早期的）余華，他則少了些暴烈的執著，而更常出現自嘲及自省的片段；他的黑色幽默早為評者津津樂道。我以為，舞鶴更有意識的經營「餘生」的敘述。瘋狂、血腥、死亡雖然無所不在，但畢竟有時而窮。他的角色必須學著化悲憤為「沒有用」的力量，以莫名其妙的餘生，對抗傷痕過快或過早的被合理化、制式化的寫作。因為如此，他重新帶入了冗長、荒涼的時間向度。是在等待死亡的緩慢過程中，他的角色拾記憶骨骸，咀嚼悲傷況味。

在早期的〈微細的一線香〉裏，舞鶴式的傷痕書寫特徵已經可見端倪。故事中家族的潰敗，使得一線香火飄搖如絲。祖父自認遭「天譴」而發狂；父親被太平洋戰爭經驗所耗廢。被命為「承祖」的小說主角，只有在成為廢人的努力中，繼承了祖業。甚至他的兒子「比同年齡孩童細瘦的身子，襯得頭惹眼的大……老縮在妻背後歪斜腦袋愣愣的瞧人。」[27]當主角把家藏舊書賣盡，成為排字工人，小說中對歷史／知識的頹廢看法，達到高潮。

另外在〈調查：報告〉裏，因應二二八事件的平反風潮，調查傷痕成為新興事業。年逾五十的敘述者憑著片斷的記憶，向來訪的調查者傾訴往事。「遺憾事件發生那年我僅十歲，十歲孩童的眼睛看得不夠真切」。他記得父親失蹤後，家業傾圮，也記得母親的後半輩子活在徒然的追蹤等待裏，甚至因此被騙受到強暴[28]。他更記得事件二十三年後，他母親死前所透露的祕密：他父親被捕後的一百五十六天，「他們送來一張家父被斃在泥地的死相」，強迫母親拿著挨戶示眾；她的母親「爪嚙相片掐成子彈一樣吞入肚內。」[29]

我在家母臨終的癌痛中感受到，她正享受著那種穿嚙的痛苦，在穿嚙嚙嚙中她體貼同時濡入穿刺刺刺中的丈夫，汗水血水不斷滲出年輕丈夫的肌膚是多麼秀美……她一定不要嗎啡止痛，燒炙的甘苦中，她在我肘肉留下斑斑爪嚙的痕。[30]

這樣的報告令人淒然聳然。但末了調查者卻提醒敘述者「有關死相照片，似乎是運河尾某造船世家大兒子的故事」。更耐人尋味的，敘述者「微笑說我知道」。真相到底是什麼？逝者埋冤多年，真相是亡靈之間共享的沉默？是倖存者相互傳播的故事？還是敘述者自身欲望的嫁接？無論如何，對遺族而言，日子還得過下去，故事還得說下去。

回到當代本土文學的傳統。我以為舞鶴之外，至少仍有兩位作家值得相提並論：施明正（一九三五—一九八八）與宋澤萊（一九五二—）。施明正的創作始於五〇年代末，曾頗受彼時詩壇祭酒紀弦的推崇。六〇年代初，他因牽涉其弟施明德叛亂案而被捕入獄，判刑五年。出獄後的施明正除以家傳推拿為生外，寄情詩畫金石小說，醇酒美人，唯對政治敬而遠之，甚至被施明德譏稱為「懦夫」[31]。但是這位懦夫卻在一九八八年施明德絕食抗議政府時，悄悄進行了自己的絕食抗議，終告不治。

施明正究竟因何而死，至今人言人殊[32]。所要強調的是，經過六〇年代白色恐怖的洗禮後，施明正其人其作，都體驗了我所謂的「餘生」敘事的特徵。他對台灣本土文學的貢獻，應不在於他對官方機器明火執杖的反抗（一如其弟施明德所為），而在於他的不能及不願反抗，以及隨之而來的各種交代心事的方法。在這方面，文學成了他的懺情錄及（自我）起訴書。他的小說一方面誇張自己的性及自傳經驗（如〈我，紅大衣與零零〉、〈魔鬼的自畫像〉），一方面追記軍中及獄中生涯（如〈渴死者〉、〈喝尿者〉、〈指導官與我〉）。自吹的「惡魔」與自嘲的「懦夫」，紊亂的情欲衝動，荒蕪的白色恐怖，在他的作品中交織成奇詭的對話。與此同時，他偏執及酗酒的傾向有增無減。一九八八年當媒體全神貫注施明德絕食、強迫灌食，及復元的政治奇觀時，施明正選擇孤獨的了斷自己的生命，而且真的就這樣走了。

我們到今天可能仍低估了施明正的意義。本土的論述在強調抗議精神與烈士邏輯時，往往忽略了「儒夫」的世界裏，才真正蘊含了一個時代最沉重的悲劇——何況我們的儒夫未必真是儒夫。舞鶴所言的「努力做個無用的人」，再度浮上心頭。施明正避談政治，但云空未必空，他終以他的生命及作品實踐了一種徒勞的美學，無可如何的政治。是在這層意義下，舞鶴可能比施明正走得更為徹底。自殺是一了百了的方法，生活下去才更是對荒謬的堅持。〈悲傷〉的悲傷結尾，不是「你」的死亡，而是「我」的決定株守公廁，嗜糞以終。

宋澤萊崛起於七〇年代初，早期以《紅樓舊事》等帶有頹廢意味的心理小說受到矚目。之後他捲入鄉土文學的狂潮，憑〈打牛湳村〉等系列成為後起之秀。八〇年代以來宋廁身反對運動，兼又修習禪理，一動一靜，頗見其人獨特一面。我以為宋的成就，不全在於一般評者讚之頌之的正宗鄉土小說。相對於此，他於八〇年代以「蓬萊誌異」發表的一系列短篇，才凸顯了他的才華。這些小說以冷冽的眼光，紀錄戰爭、政治，及經濟大變動下，「被侮辱及被損害」的小人物。宋原意在自然主義式的觀察，但行文每見浪漫、神祕色彩，引人低迴不已[33]。敘述者偶然的邂逅（〈蕉紅村的一宿〉），鄉俚人物的一段講古（〈創痕〉），都出其不意的暴露一層層身世謎團、歷史遺憾。宋的說故事者是一群倖存者。他們說故事的方法也許聽之平淡，說故事的時機及故事的內容卻總為深沉的悲慽所籠罩。

這是舞鶴與宋澤萊契合之處：他們是時代廢墟中的拾骨者。所不同者，寫「蓬萊誌異」時期的宋澤萊謹守自然主義的風格，力求素樸，而舞鶴的誇張怪誕則顯得另立一格。其實宋的早期作品已卓顯他沉溺頹廢、想像詭異的能力未必亞於舞鶴；而這一能力要等到九〇年代像《血色蝙蝠降臨的城市》這類小說裏，才算捲土重來。簡單的說，《血色蝙蝠》是本記述台灣末世的浩劫小說。台灣某市政客多行不義，為惡魔附身，霸占地方，引來天譴。惡魔化為血色蝙蝠，肆虐民間，美麗之島的前途，行將毀於一旦。一群仁人志士力圖挽救危機。善惡神魔之戰，使天地為之變色。

宋如此敷衍他的末世寓言，已充滿了宗教天啟色彩，比起他前此的《廢墟台灣》，可謂再下一城。宋儼然祭起舞鶴式的「奧語」，他創造了一個大型的狂人世界，劫毀救贖但在一念之間。但更讓我們目炫神迷的是他層出不窮的頹廢景象，天陰地慘，妖孽橫行——不愧為另類的世紀末的華麗。在「蓬萊誌異」及《血色蝙蝠》的敘述裏，我們看到作家構思歷史、辯證浩劫的幅度。如果「蓬萊誌異」強調逆來順受，《血色蝙蝠》則傾向玉石俱焚。值得注意的是，《血》書的正反角色都是前一次浩劫的餘生者。但如廖朝陽所述，浩劫不必是意義完全的了絕，宋澤萊的小說其實已提供了置諸死地而後生的契機。同樣的，我們要說餘生敘述不必導致意義的完全浪費，反而是棄而後用的逆向歷史操作[34]。

四、餘生的敘事學

在以上三節裏，我從不同的角度描述舞鶴復出後的創作特徵。他在個人、家族，及歷史記憶的紀念碑下，撿拾殘骸，排比碎片，成為自成一格的拾骨者。面對國家、政治制度的無限權力擴張，他拒絕被徵召收用，「努力做個無用的人」。這種細懷歷史暴力，重新定義（分裂了的）主體的嘗試，使他成為二十世紀末華文傷痕書寫的重要代表。舞鶴的作品可以置於近年台灣悲情文學的傳統旗下觀之。但他的考掘、拾骨方法，顯然讓他挖出了許多原不在挖掘計畫的物件；他的報廢／頹廢美學，尤其難入只顧民主進步者的法眼。儘管如此，他所呈現的「異質」的本土現代主義風格，已為日益僵化的主流敘述，注入另類聲音。

然而如前所述，如果一味沉浸「悲傷」、輾轉「漂流」，舞鶴畢竟要遭遇視野上的局限。一九九五年的中篇《思索阿邦．卡露斯》因此代表一種突破。這篇小說根據作者九二年客居台灣南部魯凱族好茶部落的經驗，描寫世紀末原住民生活的變遷。他離開公廁，走入原鄉，已是一大突破。從題材而言，舞鶴打破了本土文學本省與外省的界限，將眼界擴及原住民／漢人／外來殖民者的糾結關係，更可記一功。而他的行文夾議夾敘，集報導文學、田野報告、民族誌學、虛構想像於一爐，也跨越了小說文類的範疇。

好茶村位於屏東縣霧台鄉，是西魯凱族聚落的主要地點。相傳六百年前，魯凱族的先祖追隨著雲豹的蹤跡，來到舊好茶部落原址，極盛時期是一擁有一千二百餘人的強大部落。作為雲豹的傳人，魯凱部族階級分明，愛好藝術花草。青年頭上綻放的百合花冠，精緻的石板房屋，是他們文化的重要部份。但二〇年代以來，日本殖民者及新宗教（天主教、基督教）介入，早先的祭祀、聚落組織逐漸解體。七〇年代在政府「山胞生活平地化」的號召下，魯凱遷村，原來的凝聚力量更每下愈況[35]。

九〇年代初，舞鶴來到好茶。他目睹了這一「美神」的子民如何在後現代狂潮下掙扎的痕跡，油然發出尊重原住民的心聲。然而他何嘗不明白大勢已去，好茶風光已經不再。《思索》的主要人物除作者外有三，一個發願後半生以攝影『專業魯凱』的素人攝影家阿邦；有心以文字記錄魯凱文化的卡露斯先生；以及回鄉尋根的原住民女性貞小姐。小說幾乎沒有情節可言。這幾個角色間的互動及由此延伸的訪問、對話、隨想，構成了主要的特色。

六十多年前，沈從文曾以一系列文字如《湘西》、《湘行散記》記述故鄉的山水之美，而湘西原住民苗族及土家族的人情風貌，是他無限嚮往的鄉愁源頭。沈有部分原住民血統，曾被戲稱「小苗子」；他的作品一清如水，也似乎輝映了他清澈的原鄉想像。舞鶴祖籍台南，因緣際會來到好茶，並深深為其所吸引。相對於沈，他顯然認為魯凱的困境千頭萬緒，只有以迂迴的「思索」，不搭配的人物，及不像漢語的漢語，才能表達其複雜性。這一人物及敘事風格的駁雜性，卻是以舞鶴自謂的「真本土」論為前題。他在小說中一再嘲諷田野人類學者的考察，蜻蜓點水，卻往往打擾、違反了部落的規矩；中央政府的政策儘管大言夸夸，卻從未嚴肅考慮文化及自然生態的問題。魯凱獵人不再出獵，傳統的雕塑及石屋盡被荒廢。但舞鶴不能為自己的發言地位自圓其說：他畢竟也是過客，不是歸人。這引來了楊照對他的批判：我們的原鄉既然總已墮落，本土的真假也只能有程度而非類別上的不同[36]。

循著前述的「餘生」敘事學，我們可說舞鶴的魯凱經驗是在具體的層次，思索一個部族的衰敗，一種文明的頹散。但《思索》一作的生態及文化危機感激發出他前所鮮見的同情心，與他的歷史命題相互起了矛盾，但正因如此，《思索》一書顯現了更複雜的「餘生」論述。

舞鶴的難題使我們想到了人類學家李維史陀。在《憂鬱的熱帶》中，李維史陀寫道：「我會不會是唯一的除了一把灰燼以外什麼也沒帶回來的人呢？我會不會是替逃避主義根本不可能這件事實作見證的唯一聲音呢？」[37]多年亞馬遜叢林田野研究後，史陀對文明與野蠻的微妙鬥爭，感慨叢生。作為一個人類學者，他「鍥而不舍的要從殘片遺物中去重現早已不存在的地方色彩，不過這種工作是徒勞無功的」[38]。究竟我們應尊重各個文明的原貌，因此減少互相污染的機會，還是我們總已是在種種已被熟悉、穿透的文明間，累積我們的知識。我們只有兩種選擇：「我可以像古代的旅行者那樣，有機會親見種種的奇觀異象，可是卻看不到那些現象的意義，甚至對那些現象深感厭惡加以鄙視；不然就成為現代的旅行者，到處追尋已不存在的種種遺痕。」[39]

書寫已經開始，意義總是帶來墮落，文明的真確性往往因應文明的劫毀才變得明晰起來。書中的阿邦急於為將逝去的生命拍照存證；舞鶴及卡露斯惶惶的書寫、銘刻部落的「真實」身分；返鄉的女子盡其所能的執行尋根儀式。他（她）們其實都是一個世代消亡的見證者。憂鬱的熱帶，思索阿邦．卡露斯，舞鶴的問題剛剛開始。

小說告終，舞鶴與魯凱父老告別，互嘆「人生是多麼美呀」，「我更捨不得死了」。注意這裏的「更」字。面臨必將要來的命運，我們無能為力，但相約各自好自為之。「真」或「假」的問題暫放一邊，生存本然的訴求浮上枱面：餘生悠悠的生存，生生不息的生存。比起前面所論諸作逃亡、禁閉、死亡、瘋狂等結局，舞鶴的〈思索〉畢竟為他的世界帶來救贖意義——不論是多麼有限的救贖。

是在《餘生》中，舞鶴繼續展現了他思考上述問題的誠意。這回他選擇「拾骨」的地點是霧社。對多數人而言，霧社以山明水秀、櫻花溫泉著稱，但就在七十年前，這裏曾是原住民大規模起事，對抗日本殖民者的現場。一九三一年十月廿七日，泰雅族馬赫坡社的首領莫那．魯道夥同其他六社戰士共約三百人，突襲並當場殺死並斬首日人一百卅四名。為了敉平叛亂，日方出動軍警近七千人，山砲、機槍，甚至毒氣瓦斯亦全數派上用場。事件持續至十一月十一日，莫那．魯道兵敗自殺，共赴死者亦多。起義六社原有人口一千二百卅六名。經此一役，戰死及自殺者高達六百四十四名，日方傷亡亦慘重，史稱「霧社事件」。但事件並未就此結束。次年四月廿五日，投降並被日人收容的五百六十四名「保護番」竟遭敵對番社出草突擊，劫後餘生者僅二百九十八名。之後均被移置川中島，即今天的仁愛鄉清流村。是謂「第二次霧社事件」[40]。

霧社事件是日本殖民台灣史上最大的反抗事件之一，導致當時總督石塚英藏辭職及「理藩」政策的全盤更新。而且事件發生之時，平地漢人的反抗活動早已偃旗息鼓。但事件的來龍去脈如何，數十年後逐漸為人淡忘。儘管官方在事件原址設立紀念碑及莫那．魯道塑像，年年行禮如儀，霧社的櫻花同時照開不誤，馬赫坡社遺址如今成為泡湯勝地——廬山溫泉[41]。

舞鶴對這一歷史事件別有所思，因此於九七、九八年二度來到泰雅清流部落停駐，並完成《餘生》調查。在《餘生》的後記裏他寫道，此書目的有三，探尋「霧社事件」的「正當性與適切性」如何，兼及「第二次霧社事件」；所居部落一位「姑娘的追尋之行」；在部落所訪見的餘生。舞鶴欲將三事「一再反覆寫成一氣，不是為了小說藝術上的『時間』，而是其三者的內涵都在『餘生』的同時性之內」。善哉斯言。過去與現在，浩劫與回憶在他的筆下展現了奇異的共時性；傷痕的緣起及後果哪裏是起承轉合就可以說得清的？《餘生》全文不分段落，糾纏發展，造成閱讀極大的阻力與魅力，其意或在於此？

小說中的舞鶴當然造訪了官方的抗日紀念碑。但真正觸動他的是另一座碑，「餘生碑」。「『天皇』的榮光搬走之後十餘年部落人才謙默的立了一個『餘生碑』」，「小學童高，健康小學童似的身材，純真動人，沒有不平的吶喊或榮顯的輝耀」；「那種餘生的低調到近乎卑微」。在紀念碑與餘生碑間，舞鶴開始他的考掘。

舞鶴在部落游蕩思索，頭一個問題就是，「霧社事件」究竟是單純的原住民抗日事件，還是部落原始「出草」獵頭儀式的流風遺緒？殖民者對原住民的歧視壓榨，引起公憤，終爆發為流血事件；史錄斑斑，信而有徵。但舞鶴懷疑，如此書寫與其說彰顯了原住民的義勇抗日精神，不如說埋葬了他們原有的、同仇敵愾的部落血性。莫那·魯道及其從者突擊日人，砍首誇耀，畢竟有著傳統「出草」的正當性吧？如此一來，歷史的書寫又將起於何處，止於何處？不僅此也，「霧社事件」竟有續篇。在第二次屠殺中，攻擊與受害者都是泰雅敵對的部落；儘管日人在背後煽風點火，土著間自行了斷恩怨的動機不可忽視。對強調大歷史的研究者，「第二次霧社事件」是個蛇足，往往略而不論。

但對舞鶴而言，只有從這不必要的重複，「第二次」事件，我們才能回顧第一次事件的曖昧動機性，才能釋放原住民文化記憶的主體位置，君不見，當年相互出草的部族，今天可以相互婚娶。因為他們明白，這也是他們自己傳統的一部分，不足，也毋須，為外人道也。

小說除了敘述者舞鶴外，另有一重要的角色「姑娘」。姑娘是泰雅女性，在平地歷盡風塵後回歸部落。在小說的開頭，她就說「我是莫那．魯道的孫女」。她是嗎？二次事件之後，馬赫坡等六社幾乎滅種，並被遣離舊址。他們在川中島重新開始生活繁衍。遙想泰雅祖靈，追思莫那．魯道，他們的新生已是餘生。姑娘是族群飄零的後裔，是莫那．魯道再難認祖歸宗的子孫。她讓我們想起〈十五歲那年春天〉裏墮入風塵的女孩。《餘生》中她年紀不大，已經歷盡滄桑。從平地到山地，酗酒縱欲，肉身布施：她活在「那觸不著碰不到生命欲望黑洞的絕望」。但絕望之為虛惘，正與希望相同[42]。姑娘又是舞鶴最重要的嚮導。她回鄉與魚蝦為伍，「有一天要出發追尋……」。小說後半部也將以追尋之旅為高潮。

藉著姑娘的牽引，舞鶴得以拜訪部落的各色人等。這些訪晤構成小說的重點。他所見到的包括當年參與出草的勇士，事後閉關修武士禪的耆老，力求為「霧社事件」抗日加出草翻案的原住民學者，提倡泰雅部族自覺的社運組織者，太平洋戰爭「義勇軍」的倖存者，無所事事的「畸人」，行蹤飄忽的「飄人」——姑娘的弟弟、牧師、長老、雜貨店老闆，貨櫃箱中修行的女尼……。這些人物有老有少，不論在地或外來者，都是事件後廣義的餘生。最動人的是舞鶴從各種資訊裏，遙想莫那·魯道的女兒，馬紅·莫那。事件後她僅以身免，但畢生悔恨她未能與族人一同赴死。中年以後馬紅屢次自殺未遂，間中常返回當年族人退守、殉死的神祕峽谷中，追悼亡靈。這是個標準的劫後創傷案例。她的倖存是下半生詛咒的開始，她的歸宿就是死亡！[43]

舞鶴又遇到自稱為莫那·魯道孫子的老者達雅。事件發生時他仍是嬰孩，被救出後連夜送到埔里長老會之家，並被培養成為牧師。未料十八歲那一年「教堂外發生動亂」，他又輾轉被送上船，「終於逃亡到了南美，離馬赫坡豈止萬里啊」。這位泰雅牧師在南美喝酒嫖妓讀邪書，又與一中年拉丁富商結婚，生了個混血女兒。晚年他葉落歸根，被視為「當年逃到瘋人院的瘋子」回來。他採訪母親遺事，「每一次他都痛哭到失聲……直到痛哭成為『喚起傷痛』的噪音，長老請他離開，因為人無法時時在傷痛中，他們必須耕種養豬餵雞，還有最嚴重的是『在傷痛中出生的小孩是被祖靈詛咒的小孩。』」

達雅的故事似幻似真，從霧社事件到二二八事件，從基督教到部落信仰，從馬赫坡到拉丁美洲，從失母離散到尋母歸宗，從瘋狂到悲傷，太多的歷史因緣在此交會。達雅的故事真偽不再重要，重要的是他的故事也是「舞鶴的」故事，移植了「舞鶴的」悲傷。早在六〇年代白色恐怖時期，舞鶴已為霧社事件所觸動。以後三十年，在黨外運動及自閉流浪間，在「軍隊」與「國家」的宰制間，他苦苦思索自己的歷史處境。「我並非偶然到川中島來。但純因為『餘生』兩個字讓我居留下來，我想真實體會『劫後餘生』而『事件』只是必須觸及的因緣。」這是一針見血的自白，引導我們舞鶴後記所強調的「『餘生』的同時性」。用他人的創傷澆自己的塊壘：偶然與應然，當下與歷史，此生與他生，我們到底同命相憐。阿多諾（Adorno）回想班雅明（Benjamin）時曾寫著：「他不只是急切的想喚醒已成化石了的事物中，被凝結的生命——像寓言所為——更要檢視活存的事物，視活存著的事物為遠古的，泰初歷史的，因此猛然釋放出它們的意義。」[44]

誠如故事中的姑娘所述，泰雅族是台灣各部落中被同化得最快的部族，而霧社事件成為最重要的轉捩點。世紀末的今天，像「出草」獵人頭的習俗早已被禁止消失了。舞鶴環步霧社、廬山，商店林立，遊人處處，恍若隔世。但果真一切都「過去」了麼？晚期資本文化是不是以更文明、更細膩的方法在找人頭、獵人頭呢？我們不曾忘記魯迅早就寫著禮教「吃人」；四千年的古文明無非是人吃人的盛宴。文明中內蘊的野蠻機制，模仿與被模仿者間的相剋相生，使陶西格（Taussig）提醒我們從「落後」文明裏，我們其實見證自己原始的劣根與慧根，何嘗須臾稍離[45]。而舞鶴不只耽於這樣的對立循環。他又訕訕的想起，原住民從獵獸到獵人的儀式，是否已經代表一種自身文化的墮落和演進？如果寫《思索阿邦．卡露斯》時期的舞鶴仍執著某種原鄉信念，寫《餘生》的舞鶴儘管依舊擇善固執，毋寧是更為世故與憂傷的。

李維史陀的話：

遺忘把記憶一波波的帶走，並不只是將之腐飾，也不只是將之變成空無。遺忘把殘剩的片斷記憶創造出種種繁複的結構，使我能達到較穩定的平衡，使我能看到較清晰的模式。一種秩序取代另外一種秩序。在兩個秩序的懸崖之間，保存了我的注視與被注視的對象之間的距離，時間這個大破壞者開始工作，形成一堆堆的殘物廢料。稜角被磨鈍，整個區域完全瓦解：不同的時期，不同的地點開始碰撞，交錯折疊或裏外翻反，好像一個逐漸老化的星球上面的地層被地震所震動換位。有些屬於遙遠過去的小細節，現在突聳如山峰，而我自己生命裏整層整層的過去卻消失無跡。[46]

李維史陀雖不脫結構主義的思維模式，下筆則充滿謙卑與自省，極可作為舞鶴小說的參照。但舞鶴不比李維史陀樂觀。《餘生》敘述隱藏的斷層處處，隨時有意義陷落的危機。一旦失去，事物也許難再尋回。

《餘生》寫作完成後，台灣發生空前的大地震。書中所述清流部落九十戶人家，三十四戶全毀。更偏遠的一個村莊前此已深受土石流的威脅，因此面臨遷村的命運[47]。殘山剩水，斷垣破壁，面對又一場浩劫，莫那·魯道的子孫將何去何從？我們又將何去何從？震後的「餘生紀念碑」可仍無恙？《餘生》似完未完，舞鶴的餘生書寫還在繼續，拾骨者也仍然在荒塚廢墟中尋尋覓覓。

本文為《餘生》初版序論（二〇〇〇年一月）

1 見李昂評〈微細的一線香〉，《六十七年短篇小說選》（台北：爾雅，一九七九），頁一四八－五一。

2 葉石濤，《拾骨》序（台北：春暉，一九九五），頁一－三。

3 同上，頁二。

4 楊照〈「本土現代主義」的展現〉，舞鶴《十七歲之海》序（台北：遠流，一九九七），頁九－一九；〈衰敗與頹廢〉，《中國時報》人間副刊（一九九六年四月二十八日）。

5 葉昊謹〈異質的吶喊——論舞鶴〈悲傷〉的寫作技巧〉，吳達芸編《台灣當代小說論評》（台北：春暉，一九九九）。

6 舞鶴〈拾骨〉，《拾骨》，頁五四。

7 同上，頁八九。

8 同上，頁八五。

9 有關戀物、悼亡的議論，近年屢見不鮮。參見如 Eric Santner, *Stranded objects: Mourning, Memory, and Film in Postwar Germany*（Ithaca: Cornell Univ. P., 1990）; Marylin Ivy, *Discourses of the Vanishing: Modernity, Phantasm, Japan*（Chicago: The Univ. of Chicago P., 1997）。

10 舞鶴，《拾骨》後記，頁二七五。

11 Susan Buck-Morss, *The Dialectics of Seeing, Watter Benjamin and the Arcade Project*（Cambridge, MA: MIT P., 1993）, p.170.

12 Santner, p.8.

13 舞鶴〈逃兵二哥〉，《拾骨》，頁一二三。

14 同上，頁一二三。

15 同上。

16 舞鶴〈悲傷〉，《拾骨》，頁二九、一九。

17 同上，頁四四。

18 同上，頁三。

19 我引用了汪暉論魯迅的說法。《無地徬徨》（浙江文藝出版社，一九九四），頁三五八–八四。

20 可參見 Julia Kristeva, *Black Sun:Depression and Melancholia, trans. Leon Roudiez*（N.Y.: Columbia Univ. P., 1989）; Jennifer Rdden "Melancholy and Melancholia," in ***Pathologies of the Modern Self:Postmodern Studies on Narcissism, Schizophrenia, and Depression***, ed. David Levin（N.Y: New York Univ. P., 1987）, pp.231-35。

21 舞鶴〈悲傷〉，《拾骨》，頁四八。

22 同上。

23 見如 Cathy Caruth, ed., ***Trauma, Explorations in Memory***（Baltimore: Johns HopKins Univ. P., 1995）。

24 見拙作〈傷痕即景，暴力奇觀〉，余華《許三觀賣血記》（台北：麥田，一九九七），頁一一一八。又見 Lu Tonglin, ***Misogyay Cultural Nihilism & Oppositional Politics***（Stanford: Stanford Univ. P., 1995）, chapter 3, 6。

25 引自 Santner，p.15。

26 見 24。

27 舞鶴〈微細的一線香〉，《拾骨》，頁一三一。

28 舞鶴〈調查：報告〉，《拾骨》，頁一〇六。

29 同上，頁一〇七。

30 同上。

31 黃娟〈政治與文學之間〉，《施明正集》（台北：號角，一九九三），頁三一七。

32 向陽認為施的酗酒及精神耗弱亦為原因。一九九七年五月三日的談話。

33 見拙作〈原鄉神話的追逐者——沈從文、宋澤萊、莫言、李永平〉，《小說中國》（台北：麥田，一九九三），頁二四九–七八。

34 Liao Chaoyang, "Catastrophe and Hope: 'The Politics of The Ancient Capital' and The City Where the Blood-Red Bat Descended," Conference paper in Vienna, June 11, 12, 1999.

35 瓦歷斯．尤幹〈漫漫十年歸鄉路〉，《荒野的呼喚》（台中：晨星，一九九六），頁一六九–九〇。

36 李維史陀（李維—史特勞斯）《憂鬱的熱帶》，王志明譯（台北：聯經，一九九九），頁三七。

37 同上。

38 同上，頁三九。

39 同上，頁四一。

40 中村孝志〈日本的「高砂族統治」——從霧社事件到高砂義勇隊〉，許賢瑤譯，《台灣風物》四十二卷四期，頁四七-五七；藤井志津枝〈一九三〇年霧社事件之探討〉，《台灣風物》三十四卷二期，頁六一-八三；王志恆〈霧社事件面面觀〉，《中外雜誌》十五卷六期，頁一三-一七；近藤正己〈台灣總督府的「理蕃」體制和霧社事件〉，張旭宜譯，《台北文獻》直字一一一期，頁一六三-八四。有關霧社事件資料承蒙台大梅家玲教授代為蒐集，謹此致謝。

41 馬赫坡社即今廬山。見瓦歷斯・尤幹〈夜夜笙歌馬赫坡〉，《荒野的呼喚》，頁三四—三六。

42 我當然是借用了魯迅散文詩〈希望〉中的名句；原文出自匈牙利詩人斐多非（Petöfi）。

43 見23。

44 T. W. Adorno, "A Portrait of Walter Benjamin," *Prisms, trans. Samuel and Sherry Weber*（Cambridge:MIT Press, 1981）, p.227.

45 Michael Taussig, *Mimesis and Alterity: A Particular History of the Senses*（N.Y.: Routledge, 1993）, chapters 16, 17.

46 李維史陀，頁四一。

47 舞鶴的傳真，一九九九年十一月十九日。

國家圖書館出版品預行編目資料

餘生 / 舞鶴著.-- 四版.-- 臺北市 : 麥田出版 : 家庭傳媒城邦分公司發行, 2011.09
面； 公分.-- (舞鶴作品集 ; 4)

ISBN 978-986-173-675-4(平裝)

857.7 100016786

舞鶴作品集 4

餘生

作　　者　舞　鶴
責任編輯　林秀梅

副總編輯　林秀梅
編輯總監　劉麗真
總 經 理　陳逸瑛
發 行 人　涂玉雲

出　　版　麥田出版
城邦文化事業股份有限公司
104台北市中山區民生東路二段141號5樓
電話：（886）2-2500-7696 傳真：（886）2-2500-1966、2500-1967
發　　行　英屬蓋曼群島商家庭傳媒股份有限公司城邦分公司
104台北市中山區民生東路二段141號2樓
客服服務專線：(886)2-2500-7718；2500-7719
24小時傳真專線：(886)2-2500-1990；2500-1991
服務時間：週一至週五上午09:30~12:00；下午13:30~17:00
劃撥帳號：19863813；戶名：書虫股份有限公司
讀者服務信箱：service@readingclub.com.tw
麥田部落格　http://ryefield.pixnet.net/blog

香港發行所　城邦（香港）出版集團有限公司
香港灣仔駱克道193號東超商業中心1樓
電話：(852)2508-6231 傳真：(852)2578-9337
E-mail：hkcite@biznetvigator.com

馬新發行所　城邦（馬新）出版集團【Cite (M) Sdn. Bhd. (458372U)】
11, Jalan 30D / 146, Desa Tasik, Sungai Besi,
57000 Kuala Lumpur, Malaysia.
電話：(603)9056-3833 傳真：(603)9056-2833

美　　編　黃瑪琍
印　　刷　前進彩藝公司

初版一刷　2000年1月15日
四版五刷　2020年10月30日
定價／320元
ISBN：978-986-173-675-4